DIAM'S,
AUTOBIOGRAPHIE

DU MÊME AUTEUR

Mélanie, française et musulmane
Don Quichotte, 2015

Mélanie Georgiades

DIAM'S, AUTOBIOGRAPHIE

Don Quichotte éditions

TEXTE INTÉGRAL

ISBN 978-2-7578-3566-1
(ISBN 978-2-35949-072-5, 1re publication)

© Don Quichotte éditions, une marque des éditions du Seuil, 2012

Le Code de la propriété intellectuelle interdit les copies ou reproductions destinées à une utilisation collective. Toute représentation ou reproduction intégrale ou partielle faite par quelque procédé que ce soit, sans le consentement de l'auteur ou de ses ayants cause, est illicite et constitue une contrefaçon sanctionnée par les articles L. 335-2 et suivants du Code de la propriété intellectuelle.

10 juillet 2012, plume à la main, me voilà sur le point d'achever mon autobiographie.

En l'écrivant et, donc, en me replongeant dans ma vie, je me rends compte qu'elle a été une aventure hors du commun, tant ce qui m'a liée à mon public était fort.

Quoi que l'on ait dit de moi, et même lorsqu'on m'a traînée dans la boue, des milliers de personnes n'ont jamais cessé de m'aimer et de me témoigner leur soutien. Mon public était ce que j'avais de plus cher. Sur scène, à travers mes textes, je passais des messages, je me livrais.

J'ai toujours considéré cette foule comme une addition de cœurs, des êtres à part entière avec qui j'aimais partager, et non comme un simple miroir dans lequel j'aurais pu m'admirer.

Nous étions si proches, si proches...

Puis, un jour, je me suis tue, et je suis partie sans dire au revoir.

Ce n'était pas du dédain, croyez-moi, ce n'était pas non plus de l'arrogance ni de l'ingratitude, mais j'avais tellement de choses à dire qu'il m'aurait fallu bien plus de cinq minutes sur scène ou d'une simple vidéo postée sur Internet.

C'était tellement long à expliquer, mais pourtant si beau à partager, si merveilleux à raconter.

Pendant des années, les gens m'ont vue courir, décrocher des trophées et devenir célèbre, mais ils n'ont vu de moi qu'une enveloppe derrière laquelle se cachait un cœur meurtri.

J'ai longtemps couru sans me questionner sur le but que je visais, mais cette course haletante, trépidante m'a finalement usée et déçue.

Ce livre, je l'ai voulu sincère et honnête envers celles et ceux qui aimaient ces qualités dans mes textes. Il est aussi l'ultime moyen de rétablir des vérités, mes vérités, car, depuis trois ans, j'écoute…

On a dit de moi que je me suis transformée et je pense au plus profond de mon cœur que c'est faux, en tout cas ce n'est pas là ma réalité.

Toute ma vie a été une école, j'y ai appris qui je suis et qui je ne suis pas, ce que sont les autres, ce qu'ils ne sont pas. Qu'ils peuvent être des amis mais pas des refuges, qu'ils peuvent donner la main mais pas décider à ta place.

À cette école, j'ai aussi compris qu'il n'est pas bon d'être une idole et que, plaquée sur des murs, enfermée dans des images, j'ai manqué d'étouffer.

On a dit de moi que j'ai renié celle que j'étais. L'âme humaine est plus complexe et plus profonde que cela. Je dirais plutôt que je me suis cherchée, que je me suis découverte, que j'ai appris à m'aimer et qu'aujourd'hui, je suis en paix.

On a dit de moi que, perdue, je me suis réfugiée dans la religion. Dans cette parole, j'ai ressenti comme du mépris face à celui qui sombre, puis trouve sa voie. Parfois, toucher le fond donne beaucoup d'ardeur à vivre, à aimer, à donner, à méditer et surtout à choisir de ne plus être un consommateur de la vie mais un cultivateur du bonheur.

Il y a deux ans, je suis descendue de l'estrade et j'ai repris ma place auprès du peuple. J'aimerais lui dire que personne n'a le droit d'être au-dessus des autres pour vendre du rêve, un rêve qui ne changera jamais la vie de l'affamé ou du jeune qui erre dans cette société sans savoir où il va. Un rêve qui ne changera jamais la vie du père de famille qui galère à la fin de chaque mois ou d'une mère détruite à petit feu par son travail à la chaîne, et qui préférerait peut-être rester chez elle, auprès de ses enfants.

En lisant ces pages, vous découvrirez que ce qui m'a touchée a également touché des millions de gens et que l'étrange n'est pas celui qui met un genou à terre et qui se relève, non, l'étrange, c'est celui qui tombe sans chercher à comprendre pourquoi.

Je veux vous emmener sur les routes sinueuses que j'ai foulées, dans mes voyages au bout du monde, mais aussi dans ce voyage au fond de mon cœur, pour que vous compreniez ce qui m'a émue, ce qui m'a bouleversée, et qui m'a fait renaître.

Non pas que ma vie soit plus intéressante que celle des autres, mais si j'ai là une occasion de partager un moment d'intimité avec ceux qui m'ont aimée, avec ceux qui m'aiment encore, alors je ne veux pas la rater. Dans mon silence, je n'ai jamais cessé de penser à vous et d'espérer vous retrouver. Et si ce livre peut vous faire entrer dans ma vie comme vous entreriez chez moi, alors…

Soyez les bienvenus.

I

Je suis née le 25 juillet 1980 à Chypre, dans la ville de Nicosie. Si je n'ai pas vu le jour en France, pays où je vis, c'est tout simplement parce que ma mère s'est mariée avec un homme d'origine chypriote, et très fier de l'être : mon père !

Au cœur de ce joli mélange de cultures, autant vous dire que les conflits ont débuté dès ma naissance. Déjà, le choix de mon prénom a été l'objet d'un grand débat : ma mère voulait m'appeler Mélanie, en référence à une chanteuse qu'elle admirait dans les années soixante-dix, alors que mon père, dans la plus grande des traditions, avait choisi le prénom de sa maman : Avgusta. Ma mère, l'air de rien, avait un caractère bien trempé. Elle est donc entrée en rébellion contre toute la famille et les a menacés de m'appeler « France » s'ils s'obstinaient à vouloir me donner un prénom connoté grec ! « France » n'a pas dû leur plaire, car ils ont fini par abdiquer. À eux le nom de famille, à elle le prénom, le ton était donné ! Mon père était un Méditerranéen, avec tout ce que ça implique, et ma mère, née à Roubaix, aurait très bien pu se trouver au premier rang des manifestations féministes de sa génération... Je crois que leur seul point commun avait été d'être tous deux nés dans les années cinquante. Pour le reste, je ne comprends toujours pas pourquoi ils se sont dits oui en Angleterre, et plus précisément à Londres, le 12 octobre 1973. Sur le papier, cela semble assez improbable, c'est à se demander ce que faisaient une Française de vingt-trois ans et un Chypriote de vingt-quatre ans chez les *British* à cette période !

Tout devient clair lorsque l'on sait qu'à Chypre, dans les années soixante-dix, la plupart des jeunes allaient faire leurs études à l'étranger, faute d'université dans leur pays. Ma mère était dingue des Beatles et de tout ce qui concernait l'Angleterre : son diplôme de tourisme en poche, elle a sauté dans le premier bateau pour se rendre à Londres. Elle rêvait d'y trouver un job pour pouvoir y vivre. Je ne connais pas l'histoire de sa rencontre avec mon père dans le détail ; tout ce que je sais, c'est que d'emblée elle a voulu se marier avec lui ! Très peu de temps après s'être rencontrés, sans même la présence de leurs parents ni de leurs proches, ils se sont unis officiellement et le sont restés près de douze ans. Le mariage précipité a été un choc pour les deux familles qui ne le voyaient pas d'un bon œil... Aujourd'hui, tout le monde en parle en souriant mais, sur le coup, l'événement était difficilement acceptable. Heureusement, mes grands-parents maternels sont des êtres merveilleux et ouverts, ils ont accueilli mon père avec amour et beaucoup de rires aussi, puisque leur gendre ne comprenait pas un mot de français avant de rencontrer ma mère ! Mes parents avaient l'habitude de se parler en anglais. Le souci, c'est que ma grand-mère, elle, ne connaissait que le français ou le ch'ti ! Je n'ose même pas imaginer les sketches que cela devait être à la maison. Même difficulté pour ma mère, lorsqu'elle s'est rendue à Chypre :

ma grand-mère paternelle ne parlait que le grec ! Tout ce petit monde a dû s'adapter et, aujourd'hui, disons que chacun connaît un peu de la langue de l'autre mais dans des proportions limitées. Pour l'anecdote, ma grand-mère grecque et moi, cela fait trente ans que l'on communique des heures durant sans que je ne comprenne *rien* à ce qu'elle me raconte... C'est aussi ça, l'amour !

Après quelque temps passés en Angleterre, mon père a demandé à ma mère de le suivre à Chypre. Là-bas, tout ne s'est pas déroulé comme prévu, car elle a eu du mal à s'adapter aux us et coutumes de sa nouvelle famille. Ma mère rêvait de liberté, de faire carrière, de voyager, ce qui n'était pas courant chez les femmes chypriotes. Elle a donc été ravie lorsque mon père, en 1974, s'est fait muter à Oman, dans le sud, en plein désert, pour exercer le métier de métreur dans la construction de routes. Ma mère, elle, a trouvé du travail comme secrétaire médicale dans l'hôpital qui pouvait accueillir au besoin les trois mille personnes venues travailler sur cet énorme chantier. Ils y sont restés neuf mois, jusqu'à la mutation de mon père dans les Émirats. En 1977, de retour à Chypre, mon père et ma mère travailleraient pour une société de réassurance, établie à Beyrouth.

Lorsque ma mère parle du Liban aujourd'hui, c'est toujours avec les yeux qui brillent. Elle a tellement aimé y vivre, y exercer son métier. Leur appartement se situait dans un quartier appelé Achrafieh et, deux ans durant, ils y ont vécu heureux.

Entre-temps, la guerre avait éclaté à Chypre. D'après ce que je sais, à l'été 1974, en réponse au coup d'État organisé par les Grecs contre le président chypriote, l'armée turque a envahi le pays pour, disait-elle, protéger militairement les minorités sur place. Si le coup d'État grec a échoué au bout de quelques jours, les Turcs n'en ont pas moins continué d'occuper plus d'un tiers du territoire chypriote, coupant ainsi l'île en deux parties. Assez mal organisée, il est vrai, et éparpillée ici et là, la résistance a commencé à se manifester et les hommes de ma famille, comme tant d'autres, sont partis combattre. Mon père, alors à l'étranger, n'a pas participé à la guerre.

Aujourd'hui, les Turcs sont toujours présents à Chypre, et c'est un sujet délicat à aborder lorsque je suis avec mes proches. Je n'ai jamais connu mon pays en paix. J'ai toujours connu cette fameuse « ligne verte » tracée par l'Onu, symbole espéré d'une conciliation, mais qui en réalité divise le pays. Au nord les Turcs, au sud les Grecs, alors que jusque-là peu importaient leurs origines, tous se sentaient chypriotes. Je n'ai jamais su qui avait été le premier fautif mais, quoi qu'il en soit, jamais plus ma grand-mère, ni mes tantes, ni mes cousins n'ont pu remettre le pied de l'autre côté de la ligne verte. Quels que soient les biens qu'ils y possédaient, ou même s'ils y vivaient depuis longtemps, dès lors qu'ils étaient d'origine grecque, les Chypriotes devaient tout abandonner sur place et s'exiler au sud de la ligne.

J'ai toujours suivi de près les négociations de réconciliation, et c'est loin d'être gagné. À noter tout de même que, à ma naissance, personne ne pouvait se rendre sur le territoire de l'autre ; or, depuis quelques années, sur présentation d'une pièce d'identité et pour une période limitée, chacun peut franchir la ligne et accéder de l'autre côté. Jamais les Chypriotes de ma famille n'ont accepté de se plier à cette loi et pas une seule fois je n'ai pu prendre ma part dans leurs discussions sur cette guerre, car le sujet est trop épineux. Aujourd'hui, après la chute du mur de Berlin, Nicosie, ma ville natale, reste la dernière capitale divisée d'Europe.

Pendant ce temps, mes parents vivaient donc au Liban... Ma mère aimait Beyrouth, il y faisait bon vivre, son travail et ses collègues lui plaisaient énormément. Elle, qui s'était éprise de ce pays et de cette ville aux multiples cultures, s'est retrouvée à son tour sous les bombardements de la guerre civile. À croire que la guerre était partout... Cette fois, les Syriens et les milices chrétiennes du pays se déchiraient. L'immeuble et plus précisément l'appartement de ma mère était mitoyen des locaux de la radio des Kataëb, ces miliciens formés entre autres par Pierre Gemayel, leader politique libanais et fondateur du parti du même nom. C'est dire qu'au même moment, alors que la ville vibrait sous les violences de la guérilla, ma mère ne se trouvait qu'à quelques centimètres des rafales et des bombardements dont cette milice était la cible. Sous les attaques incessantes, tous les habitants ont dû se réfugier dans les caves des immeubles, devenues des abris contre les obus qui tombaient par milliers à l'heure et qui ont détruit l'appartement de ma mère. Après deux semaines passées dans ce bunker, un cessez-le-feu a été décrété durant deux heures. C'est à cette occasion que mes parents ont croisé des journalistes français venus tourner un reportage ; ces derniers les ont emmenés avec eux pour franchir facilement les lignes syriennes, leur voiture étant précédée d'une ambulance. Arrivés à Beyrouth-Ouest, passeports en main, billets d'avion réglés par le P.-D.G. de leur société, ils sont rentrés à Chypre.

Les obus n'ont pas seulement détruit l'appartement, ils ont aussi effacé toutes les traces de son passé. Ses albums photos souvenirs se sont consumés, seules restent dans nos mémoires les histoires qu'elle me raconte de temps en temps.

Ma mère est toujours éperdument éprise du Moyen-Orient, de ses vastes étendues, de ses déserts, de sa culture et de ses gens parfois si simples, qui placent la richesse du cœur avant la richesse matérielle.

Si je prends le temps de raconter l'histoire de mes parents, c'est qu'elle fait partie de la mienne ; avec ce genre d'aventures, je ne pouvais pas me fermer aux autres... Ma mère est si ouverte, curieuse, tolérante, véritable citoyenne du monde, elle a toujours éprouvé le besoin de partir, de voyager, et d'aller à la rencontre des gens. Un jour, j'ai osé lui dire : « En fait, tu ne te sens bien nulle part... » Du tac au tac, elle m'a répondu : « Ah non, Mélanie, au contraire, je me sens bien partout ! »

Ça, c'est ma mère dans toute sa splendeur. Cette femme, je l'aime comme je n'ai jamais aimé personne. Je l'ai même tellement aimée que, pendant vingt-huit ans, je n'ai jamais su le lui dire – mais j'y reviendrai.

Après ces mésaventures libanaises et leur périple dans le monde oriental, ma mère et mon père sont retournés vivre à Chypre. Quelque temps plus tard, en 1980, ma mère m'a mise au monde, à l'âge de trente ans. Je ne me rappelle pas ma vie là-bas, à cause de sa brièveté, car ils ont décidé de s'installer en France dès 1982. De ma petite enfance à Chypre, je n'ai pour souvenirs que les quelques photos qu'a conservées ma mère. On m'y voit proche de ma famille, auprès de mes tantes, de ma grand-mère et de ma cousine que je considérais comme ma sœur. Malgré la distance, j'ai toujours eu dans le cœur un grand attachement à mes racines chypriotes et à ma famille.

En 1982, mon père a été muté à Paris, ma mère a trouvé un job de secrétaire de direction, tous deux vivaient confortablement. Nous habitions un grand et bel appartement en face du Champs-de-Mars. Me restent quelques souvenirs de nos sorties au parc, tout comme de l'ambiance à la maison qui n'était pas au beau fixe. Mes parents se déchiraient souvent, jusqu'au jour où mon père est parti.

Je le vois sur le pas de la porte, costume cravate et attaché-case à la main, qui me dit au revoir. Je sais que ce n'était pas le jour où il allait définitivement quitter le foyer, mais aujourd'hui encore je garde en tête cette image comme celle de son départ. Je n'ai pas le souvenir d'une grande complicité entre mon père et moi, même si, comme toutes les petites filles, j'aimais mon papa ; j'ai beaucoup souffert qu'il s'en aille. De ce jour-là, ma mère a toujours assumé seule, et je lui en serai à jamais reconnaissante.

Le divorce de mes parents n'a pas été un traumatisme ; j'étais jeune et, durant des années, entre l'âge de quatre et dix ans, j'allais régulièrement voir mon père pendant les vacances scolaires, en Grèce, à Athènes, là où il vivait. Je passais la plupart du temps sur la plage. En général, toute la famille se réunissait, mes tantes, mes oncles, mes cousins et cousines, nous étions heureux de nous retrouver. Je baragouinais quelques mots d'anglais avec eux, mais il est vrai que la communication n'était pas facile. Cela dit, j'étais petite et, tant que l'on s'amusait, on se fichait de ne pas se comprendre ! Mon père travaillait sans relâche, si bien qu'il n'était pas toujours avec nous ; je garde le souvenir d'une profonde tristesse chaque fois qu'il s'absentait.

Petite, il me manquait tellement lorsque j'étais en France que mes voyages en Grèce étaient de grands moments de joie. Il m'arrivait de ne pas voir mon père pendant des mois et, comme nous ne parlions pas la même langue, on communiquait très peu par téléphone. Alors, une fois là-bas, j'étais comme qui dirait accrochée à lui. À cette période, mon père roulait sur l'or. Il menait un grand train de vie, sa maison était immense, sa voiture luxueuse, et j'en profitais pleinement ! C'était rare qu'il me refuse quoi que ce soit. Et, comme il me confiait souvent à la famille, pour s'excuser de travailler autant il m'offrait tout ce que je voulais : jeux électroniques, baskets, vêtements ; j'étais très gâtée. Cela avait de vraies conséquences sur mon éducation lorsque je rentrais chez moi, où tout avait de nouveau un prix. Il me fallait bien travailler à l'école pour mériter une récompense, être sage pendant des semaines avant de recevoir un jeu, alors que chez mon père, quoi que je fasse, j'obtenais tout ce que je voulais. Si nous communiquions difficilement, il savait tout de même me poser les questions essentielles : est-ce que j'avais faim ? soif ? En dehors de ces considérations pratiques, nous peinions à avoir de vraies discussions. C'était frustrant de ne pouvoir interroger mon père sur des sujets qui me contrariaient, et cette frustration n'est allée qu'en s'accentuant. Si, jusqu'à l'âge de dix ans, j'ai vu mon père deux à trois fois chaque année, en grandissant j'ai commencé à préférer les colonies ou les copines qui m'invitaient à passer les vacances chez elles. Progressivement, mon père et moi nous sommes ainsi éloignés l'un de l'autre. Nous ne nous appelions que pour les grandes occasions, je lui en voulais de laisser s'écouler tant de temps sans prendre de mes nouvelles. Il me manquait, beaucoup même, et j'avais l'impression qu'il était en train de m'abandonner.

Plus tard, à l'aube de ma quinzième année, lorsque j'ai mieux maîtrisé l'anglais, il était déjà trop tard, quelque chose s'était brisé entre nous. C'est comme si dans ses longs silences j'entendais : « Je n'ai pas besoin de toi, ma fille. » Je me suis détachée de lui pour moins ressentir son absence, dans tous les sens du terme. Je dois admettre qu'au fil des années, il avait fait de réels efforts en langue française, mais son vocabulaire restait trop limité pour que nous puissions avoir de vrais échanges et apprendre à nous connaître enfin. Inévitablement, nous avons totalement perdu le contact – il me semble même que nous sommes restés trois à quatre ans sans communiquer – ; c'est à ce moment-là qu'une certaine rancœur est née en moi. À cette époque de ma jeunesse, je traversais beaucoup d'épreuves, je découvrais les « aléas » de la vie, ma mère était contrainte à être autoritaire pour me recadrer, et je dois dire que la présence de mon père et son regard sur moi me manquaient. Son éloignement, voire son indifférence, me faisait affreusement mal et, quand bien même je l'aurais appelé, il n'aurait pas perçu ce que j'avais sur le cœur ; je lui en voulais de ne pas jouer son rôle. Avec le temps, je suis devenue une « écorchée vive », une adolescente constamment dépassée par ses émotions ; je me réfugiais dans le « ah, si j'avais un père, lui au moins il me comprendrait ». Je crois que son abandon me renvoyait en pleine figure le fait que je ne méritais pas la peine qu'on s'occupe de moi ; son attitude me dévalorisait énormément. Je me disais : « Suis-je si peu importante pour lui ? Suis-je si insignifiante pour qu'il en vienne à oublier mon existence ? » Inconsciemment, je pense que son désintérêt cultiverait plus tard en moi l'envie de « capter » l'attention des autres et la nécessité de les interpeller à travers mes textes, comme si je devais me venger de ses silences en essayant de partager ma vie et mes sentiments, avec des millions de personnes.

De son côté, ma mère aussi était très absente, malheureusement. Seule pour assumer sa fille et son foyer, elle devait travailler deux fois plus. Elle partait tôt et rentrait tard, si bien qu'on se parlait peu. Elle ne voyait donc pas que sa fille était si triste. Nous étions pudiques toutes les deux, nous ne dévoilions nos sentiments que par écrit et en de rares occassions. À cette époque, en 1994, ma mère s'acharnait au travail. Depuis quelques années déjà, elle avait trouvé un job dans le monde de la musique. Rigoureuse, elle s'était fait une place de choix dans une grande maison de disques. À son arrivée dans la boîte, elle avait d'abord été secrétaire de direction pendant plusieurs années, avant de se voir confier le département événementiel. Elle organisait les lancements d'albums, les soirées de remises de prix, les *after shows*, les rencontres avec les fans. C'est ainsi que je baignais depuis l'enfance dans cet environnement-là.

J'ai donc débuté mes premières années d'école à Neuilly-sur-Seine, à côté de son travail, et, après la classe, j'allais la rejoindre à son bureau. J'y faisais mes devoirs, je m'amusais avec tous ses collègues. Quelquefois ma mère finissait tard le soir, alors je m'occupais en l'aidant à trier le courrier des fans ou en jouant à des jeux sur minitel. C'était les heures de gloire de la musique ; en ces années, beaucoup d'artistes vendaient des centaines de milliers d'albums, certains des millions. Parmi eux, il y en avait qui jouaient avec moi dans les couloirs. J'étais comme qui dirait la mascotte de la boîte et, alors que les gens se seraient battus pour approcher leurs idoles, moi, je jouais à cache-cache avec l'un, aux billes avec l'autre. Je ne me rendais pas compte de leur statut car, auprès de moi, ils ne me semblaient pas différents de mon papa. Lorsque ma mère organisait des événements sur les tournées, il n'était pas rare qu'elle m'emmène avec elle, si bien que j'ai vu des centaines d'artistes sur scène : des Rolling Stones à Prince, en passant par George Michael et Tina Turner, je m'éclatais de concert en concert, sans oublier Michael Jackson – paix à son âme – que j'ai vu au moins huit fois – à Londres, Montpellier, Nice, Paris… Je me suis même retrouvée sur scène à ses côtés à trois reprises. Deux fois, j'ai fait partie des enfants qui dansaient sur la chanson « Bad » lors de sa tournée française en 1988 et, quelques années plus tard, j'y serai de nouveau avec une multitude d'enfants pour « Heal The World » à l'hippodrome de Vincennes. Quand à mon tour j'ai eu du succès, ma mère s'est souvent amusée à dire : « Pas étonnant que ma fille puisse gérer des milliers de gens sur scène, car, son premier concert, c'était devant plus de quatre-vingt mille personnes ! » OK, c'est vrai, sauf qu'elle oubliait de mentionner qu'à l'époque j'étais habillée en marin, toute de bleu vêtue, un béret à pompon sur la tête, on aurait dit un schtroumpf chaussé de Reebok Pump ! J'étais ridicule et Michael, en réalité, était bien loin de nous ! Je n'ai pas pu l'approcher et ne lui ai jamais parlé, mais pour moi il faisait partie de la famille. Ma mère, qui travaillait énormément pour lui lors de ses passages en Europe, rapportait toujours une quantité d'objets à son effigie ou lui ayant appartenu : disques d'or, pièces collector, et même le chapeau noir qu'il lançait à la foule... Ce chapeau mythique, elle finirait par le vendre quelques années plus tard pour compenser des fins de mois difficiles. J'ai fait aussi un voyage en bus avec son équipe artistique, dont l'habilleur, qui m'a montré comment il cousait un à un des petits diamants pour faire briller les chaussettes de Michael : ça m'amusait beaucoup.

Je n'ai pas eu une enfance « banale », même si, sur le moment, l'univers pailleté et magique de la musique me paraissait une chose habituelle, faisait partie intégrante de ma vie. J'aimais imiter les chanteurs et, puisqu'aux yeux des gens ils étaient, je cite, « des personnes importantes », ils sont devenus mes premiers modèles. Certains d'entre eux, amis de ma mère, venaient quelquefois dîner chez nous. C'est sûrement la raison pour laquelle je n'ai jamais été impressionnée par les stars : l'après-midi, elles étaient à la télé, le soir à la maison, ou bien c'était nous qui étions invitées chez elles. Pour moi, ces célébrités étaient des personnes « normales », il m'arrivait de rêver de leurs carrières mais jamais de leur argent ou de leur gloire. D'ailleurs, des années plus tard, quand viendrait mon tour d'être célèbre, je ne comprendrais pas que certains m'adorent, pleurent pour moi ou veuillent me toucher ou m'embrasser à tout prix.

Ma mère travaillait donc énormément et, malgré le peu de temps qu'elle pouvait m'accorder, elle mettait tout en œuvre pour que je ne manque de rien et que je sois au mieux. En 1989, elle nous avait acheté une modeste maison à Brunoy, dans l'Essonne, où nous sommes restées au moins quatre ans. Dans cette petite ville, je me suis fait des amis, les absences régulières de ma mère me donnaient une grande liberté. J'en tirais profit, j'avais la possibilité d'aller chez mes amis, ou eux de venir chez moi, la ville était calme et nous étions souvent dehors. Livrés à nous-mêmes, je dois avouer que nous avons fait un certain nombre de bêtises…

J'ai fini ma primaire à l'école du centre-ville, puis je suis entrée au collège. Au cours de mon année de cinquième, ma mère a été contrainte de vendre la maison et nous avons emmenagé dans un bel appartement à Massy, toujours dans l'Essonne. Le problème, c'est que le trajet pour se rendre au travail était long ; elle devait d'abord me déposer à Brunoy, à l'école, puis filer à Paris. Alors, pour simplifier les choses, je suis restée vivre chez une copine de classe qui habitait une grande maison et dont les parents m'ont accueillie. Ma mère venait me chercher le week-end, ça facilitait son quotidien ; quant à moi, j'étais heureuse d'intégrer une famille nombreuse. La maman gardait des enfants la journée et logeait aussi toute l'année deux adultes handicapés ; elle les encadrait et les prenait en charge. C'est vous dire s'il y avait du monde chez eux ! Fille unique, sans cousins ni cousines en France à cette époque, je me suis soudain retrouvée entourée : dans cette grande maison où il y avait de la vie, je me sentais bien, car je n'étais plus seule.

C'est à Brunoy que j'ai découvert le rap. Parmi la multitude de CD que ma mère rapportait fréquemment de son travail, il y avait des compilations et albums présentant ce genre de musique. À ce moment-là, le rap était connoté « musique de rue, de brigands ». Je me souviens que j'appréciais tout particulièrement le message social des morceaux que j'écoutais. Là, pas de chanteuses ni de voix mielleuses, mais plutôt des paroles scandées, parfois à des vitesses incroyables et que j'essayais d'imiter.

Avant, j'écoutais tous les styles de musique puis, vers l'âge de treize ans, je me suis mise exclusivement au rap. Jusque-là, je pouvais passer d'un gros morceau de variét' à l'album *Authentik* de NTM. Puis est arrivée l'époque de *J'appuie sur la gâchette*, dont la noirceur et la dureté des propos ont touché mon cœur pour de bon. Je crois qu'écouter de telles choses m'a confortée dans un certain mal-être qui donnait sens à mes combats intérieurs. Mon père me manquait, ma mère aussi, je n'avais pas de grand frère avec qui me défouler ni de sœur à qui me confier : le groupe est venu combler un vide dans ma vie. Peu à peu, j'ai focalisé sur tout ce qui n'allait pas chez moi au lieu de prendre conscience de la chance que j'avais…

En 1993, j'ai donc quitté Brunoy pour Massy après être allée au bout de mon année de cinquième. Je me retrouvais à nouveau seule dans notre appartement et je supportais de moins en moins cette situation. C'est pourquoi, après une discussion avec ma mère, elle a fini par accepter de me placer en internat. Dans ce genre d'établissement, je me ferais des amis et serais encadrée scolairement – c'est en tout cas l'idée que j'en avais. Pour me faire plaisir, ma mère m'a donc inscrite dans une école qui proposait l'hébergement des élèves de la primaire à la troisième. Je suis entrée en classe de quatrième au collège Saint-Nicolas à Igny, toujours dans le département de l'Essonne. La pension représentait un certain coût financier à l'époque, mais elle permettait à ma mère de travailler jour et nuit sans culpabiliser outre mesure de ne pas être auprès de sa fille.

Mes deux années d'internat ont été merveilleuses. J'y ai rencontré de grandes copines, avec lesquelles nous avons fait les quatre cents coups. J'avais développé un caractère très fort à cette période ; véritable garçon manqué, j'aimais jouer au foot, au basket et ne me laissais jamais marcher sur les pieds, même par les garçons, ce qui m'a valu de me faire remettre en place deux ou trois fois ! J'avais une grande bouche et le sang chaud, mes copines aussi, nous étions une petite bande inséparable dans ce cocon qu'était notre école. Le week-end, nous retournions chez nos familles avec beaucoup de tristesse. Entre-temps, ma mère s'était remariée avec un homme qui vivait à Orsay, dans une zone pavillonnaire appelée Mondétour, à deux pas de la ville des Ulis. Nous nous y sommes donc installées.

À l'internat, les jeunes venaient des quatre coins de Paris et de France, si bien que nous habitions pour la plupart très loin les unes des autres. Je regagnais Orsay, une autre Boulogne, une autre encore vivait en province ; il était rare que l'on puisse se voir durant ces deux jours. En revanche, au moment des vacances scolaires, on s'organisait pour continuer nos délires loin de l'école. Mes amies étaient devenues une famille pour moi, et mon rêve, je m'en souviens, c'était de passer ma vie avec elles. C'est pour ça que le retour à la maison était toujours un peu délicat. Notre nouveau chez nous était confortable, mon beau-père était cool, mais je sentais qu'au fond de mon cœur il manquait toujours quelque chose : parfois, c'était mon père, parfois ma mère, parfois mes proches, et tout le temps l'amour. J'en souffrais beaucoup, et c'est sûrement lors d'une de ces journées très sombres émotionnellement que, pour la première fois, j'ai fait une tentative de suicide.

Le souvenir est intact, j'étais seule à la maison, je broyais du noir comme très souvent, ressassant les mêmes complaintes : « J'aime pas la vie », « Mon père m'a laissée », « Personne ne me comprend »... Et, comme pour tirer la sonnette d'alarme, j'ai avalé une grande quantité de médicaments. À cette période, je ne mesurais ni la gravité, ni le sens de mon geste, ni la peine que j'allais causer à ma mère. Quelques heures plus tard, j'étais hospitalisée d'urgence à Orsay. Une amie est venue me voir dans l'après-midi et a aussitôt prévenu ma mère. À mon réveil, j'ai compris son chagrin et les conséquences de mon appel au secours, qui la renvoyait à une totale impuissance et à une grande culpabilité. Je la vois encore à mon chevet, lors de mon séjour, j'aurais aimé lui dire que mon acte était davantage le cri d'un cœur en souffrance, un appel à l'aide désespéré, qu'une réelle envie de mourir, mais je n'ai pas su. Elle était si émue, si démunie, je pense que c'est à ce moment-là que j'ai réalisé qu'elle m'aimait plus que je ne l'avais imaginé. Aujourd'hui, je prends la mesure de mon geste : comme cela doit être douloureux pour une mère de voir son enfant intenter à sa vie, sans vraiment en comprendre les raisons.

Depuis toute petite, j'aimais écrire, je dirais même que j'écrivais tout le temps. Je ne sais pas comment ça m'est venu, mais je rédigeais des poèmes, des histoires, je tenais un journal intime, j'écrivais beaucoup de lettres à ma famille, à mes amis et, à l'école, j'étais très forte en rédaction. Tout ce que j'avais sur le cœur et qu'il m'était impossible de délivrer oralement, je l'inscrivais sur le papier. Même à l'hôpital, après ma TS, dès que j'ai été en état, j'ai demandé une feuille et un stylo pour écrire ce que je ressentais… Comme si ma vie ne valait d'être vécue qu'à la condition de la coucher sur le papier. Plus tard, même dans les plus grandes épreuves que j'aurais à affronter, je ressentirais encore ce besoin de tout consigner. Je ne vivais pas, j'écrivais ma vie.

Je pense que le rap me plaisait surtout pour ça ; il y était avant tout question d'écriture et d'être « sincère » : pas besoin d'être une bimbo ou d'avoir une voix mielleuse pour rapper, au contraire ! Cela me convenait bien.

Cela dit, l'idée de devenir rappeuse n'est pas venue de moi. Je m'explique. J'avais treize ans et mon kif, à l'époque, c'était d'écouter du rap, de connaître les textes par cœur et d'imiter mes artistes préférés. À aucun moment je ne songeais à en devenir une moi-même ! Mais j'étais constamment en train d'écouter du rap, je rappais les textes des autres, si bien qu'un jour un pote de l'internat m'a parlé d'un projet. Il m'a expliqué que lui-même était rappeur et m'a proposé de monter un groupe avec lui. Je n'ai pas hésité un instant, dès le lendemain il m'écrivait ses premiers textes que j'apprendrais par cœur. Au début de l'aventure, je ne faisais que l'imiter, lui, puis un jour j'ai essayé à mon tour d'écrire des petits trucs en cachette, dans le genre :

Ouais, je prends le micro
J'arrive sur le tempo
Je viens pour faire le show
Eh oh… yo !

Mes débuts étaient vraiment très amateurs... Peu à peu, j'ai approfondi mes thèmes, mes rimes et surtout j'ai découvert le bonheur d'écrire ce que j'avais dans la tête. Je lançais des instrumentaux de rap américain et je rappais par-dessus. Souvent, pour en dénicher de nouveaux, je me rendais le week-end à Châtelet-les-Halles, car à l'époque c'était le meilleur endroit pour se procurer des vêtements, des vinyles et des CD de rap. C'est là-bas que j'ai tout appris, en restant des heures à traîner dans les boutiques de vinyles pour dénicher de nouveaux groupes. Le rap français commençait tout juste à émerger et il n'était pas rare d'y croiser des rappeurs en plein free-style dans les boutiques. Seules deux ou trois radios spécialisées en diffusaient, parfois pendant des nuits entières, alors j'enregistrais les émissions sur des K7 que je me passais en boucle dans mon walkman.

Casque vissé sur les oreilles, la musique était mon compagnon mais aussi mon plus grand passe-temps lors de mes nombreux trajets entre chez moi et Paris. C'était si long : de la maison, il me fallait marcher un kilomètre avant de prendre un bus qui m'emmenait à la gare d'Orsay, puis je montais dans le RER B qui mettait jusqu'à une heure pour atteindre Châtelet-les-Halles. Il fallait bien compter une heure et demie chaque fois pour le trajet, et, comme je devais rentrer le soir, je passais plus de trois heures sur les rails et ce, tous les jours ! Lorsque je n'avais pas cours, j'étais aux Halles quasiment tout le temps. Le RER était un peu mon bureau. Je profitais de ces longs moments pour écrire ou pour réfléchir à de nouveaux textes ; parfois je lisais des bouquins qui m'inspiraient.

J'aimais écrire, et j'aimais aussi beaucoup lire. Ma mère ne regardait pas la télévision et je garde l'image d'elle le nez dans un livre, chaque soir avant de s'endormir. Elle lisait des romans policiers, souvent en anglais. Moi, j'étais plutôt portée sur les histoires vraies, les biographies ou encore les romans à l'eau de rose ! Il suffisait qu'on me dise du bien d'un livre pour que je me le procure. La lecture m'enrichissait : autant mes notes dégringolaient à l'école, autant j'avais l'impression d'acquérir de solides connaissances grâce à mes lectures. Les livres étaient pour moi une grande richesse. J'avais maintenant un vocabulaire assez étendu, ce qui rendait l'écriture plus facile ! C'est ainsi que, plutôt que de m'asseoir sur les bancs de l'école, j'arpentais l'Île-de-France, seule, dans les transports en commun. Avec les années, je crois bien que j'ai fini par connaître par cœur toutes les stations des lignes A et B du RER… Dans la plus grande insouciance, il m'arrivait de voyager la nuit sans penser que ce n'était pas très prudent, mais coupée du monde, coupée du temps, mon cœur voyageait au fil des musiques que j'écoutais ou des livres que je dévorais. J'aimais être solitaire dans ces moments-là, et je rentrais souvent très tard sans que ma mère n'en sache rien, puisqu'elle-même revenait après moi. Je cultivais tellement mon côté hip-hop que personne n'osait m'embêter, j'étais comme invisible, ou inaccessible, aux yeux des gens. À bien y repenser, habillée différemment et à des heures aussi tardives, il aurait pu m'arriver de sacrées histoires. Assurément, mon allure de garçon manqué, grosse doudoune, grosses baskets et jogging large, tenait à distance les pervers en tout genre.

Le rap était devenu ma passion, il n'y a pas d'autres mots pour décrire le lien entre cette musique et moi.

Elle était une obsession, comme si ma vie avait pris là tout son sens. Sans me fixer d'objectif ni de but à atteindre, le rap rythmait et égayait mes journées. Avec mon nouveau groupe, je m'étais prise au jeu, je cherchais un nom d'artiste ; après pas mal d'hésitations, j'ai choisi de m'appeler « Diam's », diminutif du mot « diamant ». J'avais trouvé cette définition dans le dictionnaire : « (n. m.) pierre précieuse, la plus brillante et la plus dure de toutes ». Le diamant n'est composé que d'éléments naturels et, en poussant mes recherches, j'ai appris que, selon la légende, il ne peut être brisé que par un autre diamant. Le concept m'a plu. C'était court, clair, et ça me correspondait bien. Nous étions en 1993 lorsque je suis devenue Diam's.

De fil en aiguille, mon acolyte m'a présentée à d'autres jeunes rappeurs ; certains venaient du 92, d'autres de Paris. J'ai découvert que tout un petit monde parallèle s'était jeté à fond dans le rap. C'est ainsi qu'on m'a proposé d'intégrer un collectif de Bagneux. Il rassemblait déjà plusieurs rappeurs avec de nombreux titres à leur actif ; tous semblaient super carrés. Parfois, des petits concerts étaient organisés dans leur quartier, et c'est comme ça que je suis montée sur scène et que j'ai pris le micro pour la première fois. Une cinquantaine de personnes assistaient à ce show en plein air, l'ambiance était bon enfant, tout le monde s'amusait. Quand mon tour est venu, ça a franchement dénoté, car j'étais la seule fille au milieu de tous ces lascars !

À la fin du concert, un rappeur s'est approché de moi pour me dire : « Mon cousin prépare une compilation à Paris, je suis sûr qu'il aimerait que tu poses dessus. » J'étais trop contente ! Peu de temps après, j'avais rendez-vous avec ledit cousin pour enregistrer un morceau parmi d'autres jeunes artistes. Fait inédit, je pénétrais dans un studio « professionnel » situé près de Paris. Le cousin, issu du treizième arrondissement, connaissait du monde et semblait très surpris de mon niveau. J'avais énormément progressé en un an, j'écrivais mes titres seule, je maîtrisais mon flow, mes rimes. Je n'avais pas imaginé que ma collaboration avec ces rappeurs me brouillerait avec mon groupe ; tous m'en ont voulu de vouloir avancer en solo. Nous n'avions pas eu le temps de construire une grande amitié, donc je n'en souffrais pas outre mesure, mais j'estimais que leur réaction était nulle… En même temps, à Paris, des portes s'ouvraient.

Ma mère n'était pas trop au fait de mes activités extrascolaires. J'avais bien tenté de lui en toucher deux mots à plusieurs reprises, mais sa réponse était claire et catégorique : *non*. Connaissant le milieu de la musique, elle savait très bien à quel point il était mal fréquenté, que la drogue y circulait librement, que les petits artistes se faisaient bouffer par de gros requins qui ne pensaient qu'à leurs sous. Du temps de ma mère, dans les années quatre-vingt, l'industrie musicale représentait un énorme business, les billets tombaient du ciel, les albums se vendaient par millions ; je pense qu'elle ne voulait pas de cette vie-là pour moi, et elle avait bien raison. Simplement, à cette époque, je refusais d'entendre. C'est donc dans son dos que je menais ma petite barque. De quartier en quartier, de banlieue en banlieue, de projets en projets. Finalement, la compilation n'est jamais sortie, mais l'enregistrement m'a permis de faire la connaissance de plusieurs rappeurs grâce auxquels j'ai considérablement appris. On s'appelait pour rapper nos textes, s'encourager, se motiver. À ce moment-là, je n'avais pas grand-chose à raconter, j'avais peu de vécu et j'étais trop pudique pour me livrer, alors je me contentais d'écrire des *ego trips*, tous un peu plus égocentriques les uns que les autres : je suis la meilleure, je suis la plus forte, qui peut me tester ? Ça sonnait creux, soyons honnête.

Parmi mes nouveaux potes rappeurs, plusieurs avaient eu l'opportunité de passer sur une radio très écoutée, la radio Générations. Je suivais attentivement leurs émissions et rêvais secrètement d'y passer aussi, puisque c'était une sorte de consécration que d'y être invité. Chaque soir, les gens pouvaient appeler pour rapper un free-style par téléphone, en direct à la radio. Une nuit, à force de coups de fils au standard, j'ai été retenue pour rapper à mon tour. Je me souviendrai toute ma vie, ma mère dormait à ce moment-là, si bien que je ne pouvais pas rapper trop fort dans le salon. Très consciencieuse, j'avais écrit un texte spécialement pour l'occasion, où je mentionnais le nom de la radio et de l'animateur. Pendant une minute, j'ai débité sans faute ce que je répétais déjà depuis des mois et, à la fin de ma prestation, l'animateur a dit à l'antenne : « Et comment t'appelles-tu, jeune homme ? » J'ai répondu : « Diam's, mais je suis une fille. » Silence, puis : « Tu es une fille ? » « Oui ! » Je ne sais plus exactement dans quels termes il a poursuivi, mais il était tellement surpris qu'il m'a demandé de venir la semaine suivante à la radio pour que je rappe directement à l'antenne. J'étais sous le choc ! C'est ainsi que, quelques jours plus tard, accompagnée de mes potes rappeurs, je me suis rendue à Générations pour donner un free-style des plus appréciés par les auditeurs. C'est à partir de là que j'ai commencé à me faire un nom dans le milieu et à connaître de plus en plus de monde. Sans vraiment nous en apercevoir, nous devenions un petit collectif qui ne cessait de composer de plus en plus de titres et accumulait des collaborations un peu partout. Naturellement, le producteur que j'avais rencontré pour la compilation-qui-n'est-jamais-sortie a fini par apprendre que, à la suite de notre rencontre dans ses studios, nous ne nous lâchions plus. Il nous a tous convoqués pour nous soumettre un projet : former un groupe avec quelques membres de son quartier, créer le buzz et percer dans le milieu. C'est ainsi qu'est née la Mafia Trece, en référence au nombre de rappeurs que nous étions : treize. Ce groupe, que nous avions créé dans la plus grande insouciance, finirait par marquer une époque à coup de free-styles sur les ondes.

Pendant plus d'un an, entre 1995 et 1996, je partageais mon temps entre Paris et Orsay pour assister à des réunions, enregistrer des morceaux en studio et créer des concepts de titres. Nos morceaux étaient diffusés en boucle sur les radios spécialisées et certains tourneurs commençaient même à nous réclamer en concert. J'étais la seule fille de la bande, c'est dire si je me suis fait remarquer. Seulement, à l'époque, sans Internet ni clip vidéo, notre popularité n'était perceptible que par le biais des sollicitations que nous recevions. Après avoir sorti un 4 titres qui a connu un grand succès, et touché de près le rêve de devenir une grande rappeuse, mon histoire a pris une tout autre tournure.

À la sortie de ce disque s'est posée la question des contrats que nous devions signer avec notre producteur. De très loin, ma mère observait mon cheminement artistique mais, comme la plupart de nos activités ne concernaient que le milieu du rap, elle n'avait pas conscience de notre réussite. Quoi qu'il en soit, lorsque j'ai reçu le contrat de la production, j'ai aussitôt chargé ma mère de s'en occuper, vu que j'étais mineure – j'avais quinze ans. C'est elle, légalement, qui devait signer. Logiquement, elle l'a donné à lire à ses amis avocats, spécialistes du droit dans la musique, qui sont revenus vers elle en lui recommandant de ne surtout rien conclure ! De fait, il y était stipulé que, si je m'engageais avec cette production, alors je signais pour sept albums minimum, autrement dit pour une dizaine d'années sans possibilité de me retirer – même si nos rapports se dégradaient. Ma mère, en me refusant ce premier contrat, a bien vu que j'étais très triste, mais je lui faisais confiance. J'avais compris qu'il était mauvais pour moi et que je courais à ma perte si je l'acceptais tel quel. Nous avons tenté de négocier avec le producteur pour pouvoir poursuivre l'aventure, en vain : il a refusé tout net et le groupe m'a illico prise en grippe. J'accusais non sans mal les remarques de tous, j'étais « la traîtresse », celle qui « cassait le délire », « la gratteuse ». J'avais beau leur marteler que, si les sous ne m'intéressaient pas, je ne voulais pas non plus me faire avoir, pieds et mains liés, rien n'y faisait : tous étaient pressés de sortir un album, aucun ne voulait réfléchir aux conséquences de leur engagement. C'est ainsi qu'après avoir refusé de signer je me suis fait virer du groupe sur-le-champ ! Quelle sentence, et quelle peine aussi... Tous ces gens auxquels je m'étais tant attachée, qui me considéraient comme leur petite sœur et avec qui je touchais mon rêve du bout des doigts m'ont, du jour au lendemain, tourné le dos. Pire, ils m'ont remplacée par une autre rappeuse en moins de quelques mois. Je crois que cette nouvelle m'a donné le coup de grâce, d'autant que leur premier album a rencontré un immense succès ! Les voir au sommet sans moi m'a transpercé le cœur, on ne parlait que d'eux, ils étaient partout et moi nulle part. Seule dans ma petite chambre, j'écoutais la radio où je les entendais, je regardais la télé où leurs clips tournaient en boucle, car ils avaient réussi à créer de véritables événements autour de la sortie du disque. Le buzz braquait ses lumières sur eux, et moi, j'étais effondrée… Je me sentais nulle, inutile, j'avais quitté mon premier groupe et j'étais oubliée du second. À vrai dire, je n'arrivais pas à croire que j'avais pu prendre une telle décision : les lâcher si proche du but. Pourtant, j'avais bel et bien fait le bon choix, je le comprendrais plus tard, mais sur le coup j'étais anéantie. Malgré la tristesse et le dégoût, je continuais mon petit bout de chemin. Avec la Mafia Trece, j'avais rencontré plein de compositeurs, des ingénieurs du son et des producteurs que j'ai recontactés pour avancer en solo. J'ai eu beaucoup de chance, car nombreux sont ceux qui ont accepté de m'aider à voler de mes propres ailes. J'ai enregistré des titres en studio, participé à des free-styles et à des compilations. C'est alors qu'un producteur m'a repérée et m'a proposé de venir rejoindre son label. Il dirigeait un pôle urbain dans l'enceinte des plateaux de AB Productions à la Plaine-Saint-Denis, si bien que nous avons pu bénéficier gracieusement d'immenses studios professionnels pour travailler sur mon premier album. Il m'a fait signer un contrat pour lequel j'ai reçu beaucoup d'argent pour mon jeune âge. Le label réglait mes taxis, ma bouffe, mes voyages. Bref, c'était vraiment la belle vie… Moi qui n'avais pas du tout prévu d'enregistrer un album !

Au départ, mon kif, c'était de rapper avec mes potes, nous étions toujours plusieurs sur les morceaux, je n'avais jamais plus d'un couplet et d'un refrain à écrire. En signant avec cette boîte, ça n'était pas un, ni deux, ni trois couplets que je devais écrire, mais tout un disque ! Il faut admettre qu'à cette époque j'étais encore très limitée dans l'exercice. La plupart d'entre nous ne rêvaient pas alors de sortir un disque comme c'est le cas aujourd'hui, non, notre plus grand plaisir était de propager nos titres autour de nous. Au mieux, ils étaient diffusés par les radios spécialisées, nous envisagions rarement de produire un album tout entier. Nous étions en 1998 lorsque je suis entrée en studio, j'y allais le week-end ou pendant les vacances, car j'étais encore élève en première STT, au lycée Blaise-Pascal, à Orsay. Ça faisait bien longtemps que j'avais décroché des études, j'avais redoublé ma seconde et m'étais lancée dans une filiale commerciale, alors que cela ne me branchait pas du tout. Je manquais souvent l'école pour les besoins de mon disque, à cause de quoi certains professeurs avaient une dent contre moi ; d'autres ont été plus conciliants, voire très gentils avec moi, et m'ont permis d'avancer. Comme je ne prenais plus de plaisir en dehors du rap, malheureusement, j'ai complètement négligé mes études. À Paris, tout le monde croyait en moi, et pendant la création de mon album je pense qu'on m'a vendu trop de rêve. On me prédestinait à une grande carrière, on me parlait de disques d'or, de tournées… Ils étaient les professionnels, je les ai crus et me suis laissée prendre au jeu. Au même moment, Sandrine, une éditrice de BMG éditions, s'est penchée sur mon cas et m'a offert un très beau contrat. Elle misait sur mes textes et ne cessait de dire : « Si elle écrit comme ça à dix-sept ans, alors je suis sûre qu'en grandissant ça paiera. » Je disposais de beaucoup d'argent, je dépensais sans compter mes centaines de milliers de francs : fringues, gadgets électroniques, voyages, je claquais l'argent comme s'il y en aurait toujours. À l'école, tout le monde savait que je rappais et que j'étais déjà passée à la radio avec la Mafia Trece ; on commençait à me pointer du doigt, à venir me parler, car j'étais désormais connue dans les environs d'Orsay. Mon premier album, *Premier mandat*, est sorti le 19 février 1999, l'année de mon bac ; j'avais dix-huit ans.

Dans ce disque qui m'avait occupée toute une année, les titres variaient vraiment. Pour la plupart, les textes étaient assez free-style, voire même abstraits, et, avec du recul, quand je les relis aujourd'hui, je me demande encore ce que j'ai bien pu vouloir dire. J'étais plus amoureuse de la rime et de la forme que des thèmes et du fond. Excepté « C'est toi qui m'gênes », un titre que j'avais adressé aux racistes en France, il y avait peu de sujets qui méritaient d'être débattus. Alors qu'on me parlait de disque d'or, de tournées, de succès, l'album a été un bel échec.

Je n'en ai même pas vendu vingt mille et, compte tenu de tout ce que l'on m'avait prédit, j'ai ressenti comme de la honte. Les médias spécialisés jouaient très peu mes titres et la presse m'a pas mal critiquée – je me souviens d'en avoir énormément souffert. Tu passes un an dans le studio, tu donnes tout ce que tu as, tu ne dors pas, tu te prends la tête et, en dix lignes, il y a un mec tout seul chez lui qui décrète que ton disque est pourri et qu'il ne mérite pas une grande écoute. Une fois de plus, j'étais terriblement déçue. J'allais de déconvenue en désillusion, on soulignait certes que j'étais une bonne rappeuse et que j'avais du flow, mais ça ne suffisait pas. Aujourd'hui, je comprends tout à fait les critiques que j'ai reçues sur *Premier mandat*, mais à l'époque, pour moi, elles étaient assassines. Je n'ai pas dû faire plus de dix concerts, on m'a invitée sur quelques scènes, surtout parce que j'étais une femme et que j'avais pris position contre le racisme sur la compilation *Sachons dire non* peu de temps avant la sortie de mon album. Lors de ces quelques concerts, le plaisir était immense : il y avait peu de monde mais je me donnais à fond. Mon album a donc disparu de la lumière aussi vite qu'il y était entré, et moi avec ! Peu à peu, j'ai commencé à sombrer, j'avais dilapidé toute ma thune dans des bêtises et mes producteurs ne se manifestaient plus trop car, finalement, je ne valais pas grand-chose. Nous arrivions en l'an 2000 et j'ai dû me rendre à l'évidence : le rap ne pourrait pas me faire vivre. Je ne nourrissais plus trop d'espoir mais je continuais à écrire sans relâche…

Ma mère m'avait fait la morale, m'ordonnant plus ou moins de travailler avec elle pour gagner un peu de sous. C'est ainsi que je suis devenue stagiaire sur une péniche parisienne où elle organisait toutes sortes d'événements depuis qu'elle avait quitté sa maison de disques. J'aidais à la préparation de soirées, de mariage, de spectacles et, très sincèrement, je n'aimais pas ça, je m'ennuyais profondément. Je portais d'autres rêves en moi. J'écoutais tout ce qui se faisait dans le rap français et américain, j'étais incollable et connaissais mon sujet par cœur, d'autant qu'Internet commençait à se développer et permettait de se renseigner sur tout un tas de choses. J'essayais de garder le contact avec quelques rappeurs pour d'éventuels projets de mixtapes ou de featurings. L'animateur de la radio Générations, qui m'avait donné ma chance à l'antenne, préparait une grosse compilation à laquelle il voulait vraiment que je participe. Cela m'a énormément touchée et j'ai pris le projet comme une seconde chance.

En studio, j'ai lié connaissance avec un jeune producteur, 20Syl, qui m'a fait écouter une production que j'ai d'emblée aimée. Depuis longtemps, j'avais l'idée de créer un faux personnage contre lequel je ferais un *battle* – un clash. Ce personnage, c'est celui de « Suzy », et il me suivrait tout au long de ma carrière ! L'originalité de ce titre se trouve à la fin de la chanson : à ce moment-là, le tempo double et je me mets à rapper extrêmement vite, comme pour évincer ma concurrente. À peine achevé, le morceau a fait un énorme buzz dans le milieu du rap. Toutes les émissions spécialisées l'ont fait tourner et ce, dans la France entière, car nous l'avions diffusé largement. Pour la première fois, je sentais un réel engouement sur une de mes chansons, je participais à la promotion de la compilation à Paris comme en province, je bougeais pas mal et ça me faisait du bien. C'est sur les routes que j'ai fait la connaissance de mon premier vrai manager, Choukri, qui est devenu au fil du temps comme un grand frère. Il m'écoutait, me conseillait et, à force de lui parler, j'ai même fini par lui confier mes états d'âme. Jusqu'alors, ma vie n'avait aucun sens, je ne savais pas où j'allais, je me sentais mal et traînais quelques casseroles psychologiques, quand tout à coup la musique est venue me cadrer, me motiver et me donner une raison d'être. Étant donné l'enthousiasme suscité par ce titre, je nageais en plein bonheur. Avec Choukri, je nourrissais de nouveaux projets, de nouveaux espoirs. C'est lui qui m'a incitée à me raconter dans mes textes, à oser dire ce que j'avais sur le cœur. Et, alors que le rap était pour moi une performance, une attitude, il s'est transformé en exutoire.

Pendant que je travaillais sur de nouveaux textes, Choukri se rendait dans toutes les maisons de disques pour me dénicher un contrat, des personnes prêtes à miser sur moi et à mettre à ma disposition de quoi enregistrer et sortir un nouvel album. Parmi tous les directeurs artistiques que nous avons croisés, Sébastien Catillon a particulièrement retenu notre attention, car il croyait sincèrement en moi ; il avait envie de s'investir et de lancer sérieusement ma carrière. Ce jeune homme, d'une extrême gentillesse, dénotait parmi toutes les grandes bouches qui jactent dans ce milieu. Passionné de rap, il était de nature très calme et connaissait parfaitement son métier. Il s'engageait à me faire enregistrer un album, à produire mes clips, à m'aider à partir en tournée, à proposer mes titres aux radios et à me verser un peu de sous pour que je n'ai pas à cumuler un job pendant la période de création. Que demander de plus ? J'étais touchée et confiante. Plus nous faisions des rendez-vous, plus Choukri et moi sentions qu'il était la bonne personne. Il ne restait donc plus qu'à débuter les négociations, ce qui pouvait prendre quelques mois. C'est à ce moment que j'ai reçu un drôle de coup de fil. C'était Choukri :

« Tu ne vas pas le croire, Mélanie, mais Jamel Debbouze aimerait te rencontrer.

— Hein !? Quoi ? Répète ! Jamel Debbouze ? Le *vrai* Jamel Debbouze ?

— Oui ! Ne me demande pas pourquoi ni ce qu'il veut, car je n'en sais rien ! Nous avons rendez-vous la semaine prochaine à Paris dans l'hôtel où il loge. »

Alors ça... Je dois dire que je ne m'y attendais pas. Jamel était alors *la* grande star. Son premier one man show cartonnait, il faisait la une de tous les journaux, passait sans cesse à la télé, les jeunes l'aimaient énormément, je crois qu'il représentait à lui seul « la banlieue qui a du talent ».

En imaginant la vie qu'il menait à l'époque, je ne comprenais pas pourquoi il désirait me rencontrer ! Il faut vraiment se rentrer dans la tête que, malgré mon petit buzz dans le rap français, j'étais inconnue du grand public, je n'étais pas invitée dans les médias, on ne parlait pas de moi... Cela paraissait fou qu'un homme aussi populaire puisse même avoir eu vent de mon existence ! Que me voulait-il ? J'allais vite le savoir.

Une semaine plus tard, nous nous sommes rendus à Paris pour retrouver Jamel dans un grand hôtel. Sur la route, je dois avouer que je n'avais aucune idée de ce qui m'attendait. Je trouvais déjà tellement gros qu'il ait entendu parler de moi, pouvoir intéresser un artiste tel que lui me suffisait presque, cela me remplissait de fierté et de joie. Jamel nous a reçus en toute décontraction, m'expliquant que c'était son frère qui lui avait fait écouter un de mes titres, qu'il avait trop kiffé : « Suzy ». Il voulait savoir où j'en étais dans ma carrière et me proposer un projet un peu fou : me produire et me prendre sous son aile ! Je n'en revenais pas... Le pire, c'est qu'il semblait super-motivé, il me parlait de studio, de productions américaines, de clips à gros budgets, promettait une énorme exposition. J'étais sous le choc, même s'il n'en paraissait rien. Dans ma tête, et pour la première fois, je me suis dit : si *lui* croit en moi, lui qui a tout ce qu'il veut, lui qui est sollicité partout et par tous, lui qui peut approcher les plus grandes stars, alors c'est peut-être que des milliers de gens peuvent apprécier ma musique. Je crois que ce seul soutien m'a apporté tout ce qui me manquait : reprendre confiance en moi et m'appliquer à faire le meilleur album qui soit. C'est la première fois que je voyais plus loin que le monde du rap, car Jamel avait de grandes ambitions pour moi et voulait m'aider à sortir de ma banlieue et de mon petit milieu. Le rendez-vous a donc été exceptionnel, nous avons échangé nos numéros et sommes restés en contact. Régulièrement, je suis venue lui rendre visite, il me présentait à son entourage, nous dînions tous ensemble et je l'écoutais, je l'écoutais, je l'écoutais. Cependant, même si Jamel m'avait offert un deal très alléchant, à la fois musicalement et financièrement, je n'en restais pas moins en pourparlers avec la maison de disque EMI et son directeur artistique : Sébastien. D'un côté, j'avais le luxe de produire un album sans limite budgétaire et de l'argent comme jamais je n'en avais eu, de l'autre j'avais l'appui d'une multinationale, spécialisée dans la musique, mais qui me réservait moins de surprises. Pour la première fois de ma vie, je me suis retrouvée tiraillée entre la tentation d'avoir le soutien et les moyens de *the* artiste, et ma petite voix qui me poussait, sans trop savoir pourquoi, vers Sébastien. À cette époque, je n'avais pas d'appart, je ne retournais plus trop à Orsay, car c'était loin de Paris. Je traînais pas mal de dettes, j'avais emprunté beaucoup d'argent à ma mère et à mon entourage, si bien que je voyais dans cette signature avec Jamel la fin de toutes mes petites galères. Je me souviens d'être rentrée chez moi, d'avoir posé ma tête sur l'oreiller et d'avoir commencé à voir flou ! Je me disais : dois-je signer avec Sébastien, le professionnel, ou avec Jamel, la star ? Dois-je choisir le professionnalisme d'une maison de disques ou des moyens comme je n'en avais jamais eus et la possibilité de travailler avec les grands noms du rap US ? Jamel m'avait dit, au détour d'une phrase : « Écoute, Diam's, y a pas mille solutions, si on signe ensemble : ça passe ou ça casse. On prend le risque. » Et cela m'a fait flipper. Car mon rap, ma carrière étaient *si* importants pour moi que jamais, ô grand jamais, je n'aurais voulu « jouer » avec ce qui faisait battre mon cœur. L'album que j'avais en tête était trop cher à mes yeux ; dessus, j'avais prévu de me livrer, de me confier, d'y évoquer ma mère, de parler de mon père pour la première fois... J'y tenais trop pour « prendre un risque ».

Après une réelle période de torture mentale et d'interminables réflexions, j'ai décidé de tourner le dos à la vie de star et de signer le contrat de Sébastien, en vue de collaborer avec des professionnels de la musique qui m'aideraient à réussir. Je m'en voulais pourtant beaucoup vis-à-vis de Jamel. Depuis quelques mois nous étions devenus très proches, je squattais souvent avec lui, il m'emmenait un peu partout, dans ses rendez-vous professionnels, amicaux, à ses spectacles auxquels j'assistais très fréquemment ; il me considérait vraiment comme sa petite sœur. Il savait que je n'avais pas le moindre sou et me payait toujours le repas. Parfois, lorsqu'il faisait du shopping, il lui arrivait même de m'offrir des fringues, des baskets. Jamel m'appréciait sincèrement, et d'avoir à lui annoncer que je n'allais pas signer avec lui m'était très douloureux. Un jour, je lui ai donc expliqué que ça me rassurait de partir avec EMI et que je craignais que, dans sa vie à mille à l'heure, il n'ait pas le temps de bien se consacrer à mon projet. Car, il faut l'admettre, Jamel était tout le temps dans le feu de l'action : film, série, spectacle, collaborations, il n'arrêtait jamais ! Il a été très déçu par ma décision, mais je pense qu'avec le temps il s'est aperçu que c'était préférable pour moi : réaliser un album exige beaucoup de temps, qu'il n'aurait jamais pu me donner.

Un moment, j'ai quand même craint de ne pas avoir fait le bon choix et, surtout, de perdre mon ami. Après de longues discussions, nous sommes redevenus très complices et avons trouvé un bon équilibre. Je produisais mon album avec des pros, mais pour tout le reste j'étais avec Jamel, auprès de qui j'ai appris énormément de choses. Il gérait bien ses affaires, et le voir ainsi mener sa barque m'a été d'une grande aide pour diriger la mienne à mon tour. Je me souviens de petites phrases qui résonnaient toujours dans ma tête, comme le jour où je lui ai fait écouter un nouveau titre qu'il n'a pas aimé. Je lui ai dit : « Si tu n'aimes pas, alors je ne le mets pas dans l'album. »

Jamel a aussitôt réagi.

« J'ai une question à te poser : c'est ma tête ou c'est la tienne, sur le disque ?

– Bah, c'est la mienne !

– Donc, c'est moi ou c'est toi qui vas défendre l'album ?

– C'est moi !

– Et toi, Diam's, tu l'aimes ce titre ?

– Oui, grave…

– Alors tu sais ce qu'il te reste à faire ! »

Et c'est ainsi que le morceau a fait partie de l'album.

Ce genre de conseils m'a fait gagner beaucoup de temps et m'a permis d'acquérir une réelle assurance dans le business.

Au printemps de l'été 2001, Jamel m'a fait une drôle de proposition : « Je vais donner une petite réception pour fêter le dernier épisode de la série *H*, j'aimerais que tu viennes chanter "Suzy" : si tu déchires tout, je te ferai une bête de surprise ! »

Je me suis rendue dans une petite salle parisienne où une centaine de personnes discutaient dans une ambiance bon enfant. Puis, sur scène, Jamel m'a présentée comme « la nouvelle petite bombe » qu'il avait découverte. C'est ainsi que j'ai pris le micro, tout le monde s'est mis à kiffer jusqu'à l'accélération et la fin du titre, qui a soulevé toute la salle ! C'était drôle de voir tout ce petit monde à fond sur ma chanson alors que cinq minutes avant ils ne la connaissaient pas. Lorsque je suis descendue de scène, Jamel m'attendait pour me parler : « Chose promise, chose due. Fais tes valises, on part la semaine prochaine pour trois semaines à Los Angeles, je vais te présenter Snoop Doggy Dog ! » Je suis restée bouche bée, c'était tellement d'informations en même temps : voyage, Los Angeles, trois semaines, Snoop Dogg.

J'avais vingt ans et je passais de la vie de petite banlieusarde à celle de petite veinarde !

Nous sommes partis à L.A, Jamel, ses amis, son staff et moi. Jamel a pris en charge les billets et chambres d'hôtel de tout le monde, j'avais l'impression de rêver... Sur place, tout était propice à l'amusement, nous bougions partout, nous faisions les boutiques ou allions nous éclater dans des parcs d'attractions ; on formait une joyeuse bande. Tout le monde était très sympa avec moi, et d'ailleurs, auprès de Jamel, j'ai souvent rencontré des gens très gentils et intéressants avec lesquels je suis restée en contact – même après le succès.

La plus belle de mes rencontres est sûrement son amie Hélène, qu'il m'avait présentée à Paris. Elle était une de ses proches et Jamel était persuadé que nous nous entendrions vraiment bien. Il n'a pas eu tort : depuis plus de dix ans maintenant, elle est une des rares amies avec qui j'ai tout traversé, le meilleur comme le pire… À cette période, j'étais loin du million de disques vendus et de la vie d'artiste, alors le fait de pouvoir vivre ce genre de choses et voyager aussi loin pour la musique me rendait très heureuse. Comme promis, nous avons rencontré Snoop Dogg, avec qui Jamel a enregistré un titre. L'avantage avec Jamel, c'est que, même dans des situations embarrasantes, son humour sait détendre l'atmosphère et cela n'a pas été du luxe chez les Américains : car ils sont blindés de protocoles, au point que dans sa propre maison Snoop avait engagé des policiers pour fouiller les invités ! Ça nous a fait bien rire, la confiance règnait, hein !

Ces trois semaines loin de mon quotidien sont passées à toute allure, et, même si l'idée de rentrer ne m'enchantait pas plus que cela, je savais qu'il était temps d'enregistrer mon album.

En revenant à Paris, j'ai appris une triste nouvelle : Sébastien et toute une partie de l'équipe censée contribuer à mon album avaient dû faire leurs cartons, ils étaient licenciés de la boîte. Cela m'a mis un petit coup au moral, mais Seb m'a fait la promesse de passer me voir en studio pour suivre de près mon projet. Lui aussi, au fil des années, est devenu une personne extrêmement importante pour moi, au point qu'il serait par la suite mon meilleur allié dans le business, tout comme dans mes projets personnels.

Au début de l'année 2002, j'ai ainsi rencontré un tas de nouvelles personnes qui s'apprêtaient à collaborer avec nous : chef de promo, directeur artistique, stylistes, photographes et nouveau boss. On était tous bien décidés à faire exploser ma carrière !

II

À vrai dire, je n'ai pas franchement senti le succès venir.

Ma maison de disques avait écouté l'album et était convaincue de son potentiel. Moi, je ne savais pas trop à quoi correspondait un « succès ». On est véritablement capable de comprendre la réussite que lorsqu'on en fait l'expérience. Personne ne peut se mettre à votre place quand, du jour au lendemain, c'est tout votre monde qui bascule.

Avoir signé avec un gros label me donnait accès à des médias où je n'allais pas auparavant. Pour la première fois, je passais sur Skyrock, une radio nationale, avec le titre « Cruelle à vie », qui, je dois l'avouer, a rapidement été écrasé par le succès de « DJ ». Nous étions au mois de mai 2003 et ça me faisait tout drôle de m'écouter chanter à la radio. Je crois que je ressentais une certaine fierté, d'autant que « Cruelle à vie » était un titre que j'aimais tout particulièrement.

Lorsque je l'entendais, il m'arrivait d'appeler mon équipe, ou d'envoyer quelques SMS pour prévenir mon entourage. J'en riais beaucoup mais, mine de rien, c'était mon premier aboutissement.

L'album n'était pas encore dans les bacs que j'enchaînais déjà la promo, de gare en gare, de ville en ville, je faisais le tour de toutes les petites radios dites spécialisées pour promouvoir mon album. J'avais déjà acquis une petite renommée dans le milieu du rap mais encore jamais atteint ces médias. Peu à peu, à coup de free-styles répétés, mon nom commençait à circuler dans toute la France. Nous collions des stickers partout dans les rues de Paris et de province. Quand je dis « nous », je parle des personnes que je fréquentais à l'époque. J'étais toujours accompagnée par un « pote de galère » ou une copine que ça amusait.

C'était un temps où je pouvais encore marcher tranquillement dans la rue, même s'il arrivait parfois qu'on ne me reconnaisse à ma voix ! Cela me surprenait toujours. Si j'étais dans un magasin, à la caisse, je m'adressais à la vendeuse et immédiatement elle me répondait : « Eh ! Mais tu n'es pas la rappeuse Diam's ? » C'était à la fois drôle et destabilisant.

Mais, globalement, j'étais encore une anonyme qui, du jour au lendemain, allait être propulsée dans la lumière et le show-biz ! Pour être tout à fait sincère, je n'ai pas senti approcher la tornade.

J'avais vingt ans et des espoirs plein la tête. Ma vie, c'était la musique, je ne parlais que de ça, ne rêvais que de ça et ne vivais que pour ça. J'étais pourtant loin de mener la vie de star. Je n'avais pas véritablement de chez moi, je squattais à gauche, à droite, chez des copains, des copines, je n'avais plus beaucoup d'argent, car le temps et les impôts étaient passés par là. Presque deux ans après ma signature avec EMI, je n'avais quasiment rien fait d'autre que rapper : album, studio, featurings, etc.

La création d'un disque peut parfois s'avérer très longue. Pour ma part, j'avais du mal à écrire sans musique, et il fallait parfois des mois avant d'entrer en contact avec les compositeurs et écouter les instrumentaux qu'ils avaient en réserve. Ensuite, je devais écrire le texte, puis, une fois celui-ci achevé, aller en studio et enregistrer. Après quoi il restait une multitude de petites choses à faire pour que le titre puisse être gravé ou envoyé à une radio. Tout cela pouvait parfois prendre des semaines, voire des mois en fonction des disponibilités des uns et des autres.

Cela faisait donc plus de trois ans que mon premier album était sorti, c'est dire le nombre de chansons que j'avais déjà en tête ou même « sur maquette » (avec des petits moyens, j'avais pu enregistrer une ébauche de certains morceaux). Entre-temps, j'avais aussi participé à de nombreux featurings. Je ne pourrais pas tous les énumérer, mais j'en avais bien enregistré une quarantaine en quatre ans. La plupart du temps, les rappeurs ou producteurs montent des projets de compilations ou travaillent à des albums sur lesquels ils aiment inviter divers artistes. J'avais la réputation d'être assez forte dans cet exercice. J'aimais partager un thème, un flow, un concept. Et puis, une idée en amenant une autre, les invitations étaient régulières. Moi, j'aimais rapper, alors que le projet soit ambitieux ou modeste, que les rappeurs soient connus ou non, je collaborais avec plaisir. D'ailleurs, quelques années plus tard, je compterais une bonne centaine de featurings à mon actif.

Toutefois, ce que j'aimais par-dessus tout, c'était mener complètement à terme mes titres solos. Pour l'album *Brut de femme*, j'avais accumulé un tel nombre de textes et de concepts qu'il me tardait de rentrer en studio pour leur donner forme. Les années avaient passé et l'échec cuisant de mon précédent disque avait fait naître en moi une certaine rage. Et puis je grandissais ; j'avais écrit mon premier album alors que j'étais encore toute jeune mais, à vingt-deux ans, je devenais une petite femme avec de grands combats à livrer. J'avais des choses sur le cœur. Je voulais parler de mon père, dénoncer la violence faite aux femmes, exprimer mon mal-être. J'avais aussi envie de laisser libre cours à mes inspirations. Ainsi, j'ai fait le pari fou de faire un piano-voix, du jamais vu dans le rap. Depuis mon plus jeune âge, sitôt qu'un piano trônait quelque part, je ne pouvais m'empêcher de m'y essayer. À l'oreille, je composais des petites mélodies et posais ma voix dessus.

Pour *Brut de femme*, j'avais écrit un titre qui s'appelle « Vénus ». Avec « Ma souffrance », ça a été l'un des plus gros succès de l'album. En concert, j'entendais aux cris du public qu'il attendait que je l'interprète seule au piano. Dans la foulée, j'ai écrit les chansons « Par amour », « Écorchée vive » et « Lili », qui sont également des piano-voix. C'était ma marque de fabrique et, par la suite, tout le monde s'attendrait à ce que chacun de mes albums contienne un morceau de ce genre. Pour être honnête, tous les soirs de concert, lorsque je m'installais derrière le piano, je ne pouvais m'empêcher de penser : « Mais pourquoi tu t'es fichue dans une galère pareille ? Tu vas te planter, c'est sûr ! » À combien de reprises mes doigts se sont posés sur les mauvaises touches ! Je ne les compte même plus.

Lors de l'enregistrement de *Brut de femme*, je n'avais donc pas encore d'équipe attitrée. J'avais déjà travaillé avec les producteurs Tefa et Masta sur leur compilation ainsi que sur « Ma souffrance », et franchement le feeling était bien passé avec eux. Pour la première fois en studio, j'avais d'un côté un homme très à l'écoute et super productif, Tefa, et de l'autre quelqu'un de plus posé et extrêmement minutieux dans ses productions et son coaching vocal, Masta. Grâce à eux, je me sentais encadrée artistiquement, j'étais en confiance et je savais qu'ils avaient à cœur de faire du bon boulot.

L'aventure et le succès de « Ma souffrance » nous ont fortement liés. À partir de ce jour, je n'ai plus jamais voulu réaliser de disque avec personne d'autre. Tefa et Masta étaient mon équipe, mes plus fidèles alliés en studio et ce, jusqu'à mon dernier album.

Après coup, si j'avais pu refaçonner intégralement *Brut de femme* avec eux, je l'aurais fait, mais le temps nous était compté.

À la fin de l'album, j'ai ajouté le fameux titre qui m'a valu le grand tournant dans ma carrière : « Suzy ». Ce morceau, écrit en 2000, ne m'a jamais quittée, et je l'ai joué pendant plus de dix ans sur scène. J'aimais le réserver à la fin des concerts, et c'était toujours énorme. Je ne m'en suis jamais lassée.

À ce moment de ma vie, même si je n'aimais pas l'avouer tel quel, la musique était devenue un job que je prenais très au sérieux. Le nouveau boss de ma maison de disques venait régulièrement écouter l'album en studio ; son jugement était assez tranchant, il était cash dans ses réflexions, mais ses critiques me boostaient, j'avais vraiment envie de réussir mon disque. Moi qui avais longtemps erré tel un électron libre dans ce milieu, pour la première fois je me sentais bien entourée. J'avais aussi un manager, et toute une équipe qui s'occupait de la gestion de mon image (photos, clips, pochettes) ou de la promotion (radio, presse, télévision).

Plus le temps passait et plus je devenais professionnelle. Avec l'expérience et les années, je crois que j'ai appris à ne rien négliger. Toutes mes activités étaient passées au peigne fin, je les prenais toutes à bras-le-corps ; j'avais le planning d'un ministre !

La musique est une passion qui canalise toute l'énergie. Il ne s'agit pas seulement d'enregistrer une ou deux chansons. Elle requiert aussi de se consacrer à la promotion, à la question de l'image, la réalisation de clips, l'organisation d'une tournée, la création d'un spectacle. Elle signifie aussi partir plusieurs mois sur les routes, préparer le DVD du live, avant de cogiter à nouveau au prochain album, et ainsi de suite. Sans négliger les « requins » qui évoluent dans ce petit aquarium, si bien que, loin d'être un mythe, le producteur véreux existe bel et bien ! C'est pourquoi il faut rester constamment sur ses gardes, surveiller ses finances, ne jamais baisser la garde.

Le succès m'a propulsée du rang de chômeuse à celui de patronne, car beaucoup de ventes génèrent de grosses sommes d'argent à gérer. Au fil des années, j'avais acquis la réputation d'être très rigoureuse, j'ai dû devenir une véritable machine, apprendre à avoir un œil sur tout. Malheureusement, je suis aussi devenue un vrai tyran dans le travail, exigeante avec moi-même et avec les autres. Aujourd'hui, je regrette mon comportement car, pour être sincère, qu'est-ce que j'ai pu gueuler… me plaindre et saouler mon entourage. Tous prenaient sur eux, parce qu'ils constataient que mes coups de gueule finissaient par payer, mais je pense que bon nombre ont eu envie de claquer la porte. En dehors du business, où je me montrais très dure, je ne me comportais pas comme ça, je ne m'emportais pas à ce point.

Toutes les personnes que je rencontre depuis que j'ai pris mes distances avec ce milieu ont du mal à croire combien j'étais difficile à vivre. Quand je me regarde aujourd'hui, je ne peux m'empêcher de songer que tout ce stress n'était bon ni pour la santé ni pour le moral. Simplement, c'est compliqué de se poser quand on vit à mille à l'heure.

Brut de femme a été le début d'une incroyable aventure. Mon album est sorti le 26 mai 2003 et d'emblée il a reçu un bon accueil. Après « Cruelle à vie », rapidement les radios ont commencé à jouer « DJ ». En l'espace de quelques mois, il était l'un des titres les plus diffusés de l'été 2003. C'était ce qu'on appelle un « tube de l'été ». Certes, je ne recevais pas que de bonnes critiques sur l'album. Même si une partie de la presse me soutenait, le milieu du rap m'a comme qui dirait reniée pour avoir fait un titre, je cite, « de camping ». Je me suis pris des attaques en règle, des railleries en tous genres. La jalousie est une gangrène omniprésente dans ce milieu et, pour la première fois, c'est moi qui en faisais les frais : les rappeurs et rappeuses se payaient ma tête et pariaient sans se cacher sur ma chute. Je n'aurais pas dû être surprise par leur comportement, ça faisait des années que, dans chaque studio où je me rendais, tout le monde critiquait tout le monde. Moi-même, je le reconnais, je me permettais de donner fréquemment mon avis sur un morceau, un rappeur mais, à ma décharge, je ne cherchais jamais à être méchante.

Après, il faut le reconnaître, les jeunes que nous étions mangeaient des cailloux ! La plupart d'entre nous n'avaient pas une thune ou devaient travailler à côté. Dans la musique, tant que tu ne vends pas en masse, tu ne gagnes rien. Sûr que ce n'était pas avec nos projets underground qu'on allait s'acheter une baraque ! Alors, quand soudain la petite rappeuse du 9.1 s'est mise à flirter avec les sommets, ça a fait des jaloux.

Sur le moment, je ne l'ai pas réalisé, mais, pour beaucoup, succès rimait avec oseille. J'étais donc perçue comme une millionnaire alors que je n'avais même pas encore d'appart ! La maison de disques me payait l'hôtel lorsque j'avais des choses à faire à Paris, sinon, le reste du temps, je continuais de squatter à gauche, à droite ou à dormir chez ma mère. Il faut comprendre que les revenus de la musique sont quasiment tous rétroactifs, ce qui signifie que l'année qui suit un succès vous ne touchez pas grand-chose. Vos seuls revenus sont ceux des concerts – et qui ne rapportaient pas des fortunes. Aujourd'hui, les partenariats entre les marques et les artistes se sont considérablement développés, mais à mon époque c'était très mal perçu, par les artistes et par le public. C'était une façon d'afficher clairement que l'on courrait après l'argent. Alors, même si parfois j'aurais aimé me prêter à ce jeu, par souci de crédibilité je préférais m'abstenir.

Toujours est-il que cette méchanceté soudaine me blessait énormément, mais je ne le montrais pas. Que l'on attaque mon morceau, je veux bien, mais qu'on remette en doute ma carrière et mes réelles intentions, c'était trop douloureux. On m'avait réduite à une fille intéressée par la gloire et la thune, alors que la seule chose qui comptait pour moi c'était de rapper et de donner le meilleur au public !

Heureusement, j'étais compétitive dans l'âme et je me promettais qu'un jour ils cesseraient d'ouvrir leur bouche. Les mettre tous K.-O, aussi bien par le rap ainsi que par le succès et les ventes, me fournissait une motivation… J'ai conscience que c'était ridicule, d'autant que ce n'était pas ce à quoi j'aspirais au départ, mais je me suis laissée prendre dans l'engrenage. Reste que, sous mes airs de rappeuse, j'ai toujours eu une grande sensibilité, et se faire insulter ou mépriser par des hommes ou des femmes que l'on n'a jamais vus, dans la réalité, ça s'appelle de la violence gratuite et injuste. Dans le rap, au contraire, on appelle ça un clash. La chose est claire : soit tu la fermes, soit tu ripostes ; mais parmi mes détracteurs peu en valaient la peine, alors j'ai pris le parti de montrer que j'étais bien au-dessus de leurs attaques et choisi de ne jamais y répondre.

Je me répétais : « Pourquoi la numéro un du rap calculerait-elle un vague numéro cent ? » Misérable. J'ai préféré me taire, distillant tout de même quelques piques à l'occasion, tout le long de ma carrière. Quoi qu'il en soit, ce n'était pas des échanges que je vivais avec sérénité. Je ne faisais pas du rap pour me confronter à l'aigreur des envieux.

Dans le cadre de la promotion de mon disque *Brut de femme*, le 21 juin 2006, il était prévu que je donne un concert à la Fnac de Châtelet-les-Halles, suivi de shows un peu partout en France. Une tournée de showcase dans des petites salles est une pratique habituelle au moment de la sortie d'un album pour fidéliser le public.

Sur les conseils de mon manager, j'ai rencontré mon DJ, Dimé, qui le resterait jusqu'à la fin de ma carrière. Nous travaillions tous les deux en studio de répétitions pour donner un aperçu de mon nouvel album au public. Au début, nous étions deux, mais par la suite sont venus nous rejoindre une choriste, des ingénieurs son et lumière ainsi que deux personnes de la sécurité que je surnommais plutôt mes « baby-sitters » : Michel et Lucrèce. Durant près de dix années, ils ont été à mes côtés dans toutes les situations : réussites, soucis personnels, tournées, promotions, jusqu'à devenir avec le temps des amis. On ne peut pas dire que j'étais constamment assaillie par les gens mais, lorsqu'un artiste est annoncé durant des semaines dans un endroit, qu'on le clame dans tous les médias, ça peut créer des débordements à votre arrivée.

Je me suis donc retrouvée à la Fnac de Châtelet-les-Halles. Pour moi, rapper là-bas revenait à jouer dans le « haut lieu du rap », donc je ne me gênais pas pour le crier sur tous les toits. J'espérais qu'il y aurait du monde, et que mon public serait au rendez-vous. Je savais que l'album plaisait, mon titre « DJ » continuait à cartonner sur toutes les radios, donc je souhaitais de tout cœur que la salle ne soit pas déserte ! Depuis mes tout débuts dans la musique, j'aimais la sensation d'être sur scène, prendre le micro et chanter devant les gens. Bien sûr, mes premiers concerts s'étaient déroulés dans des fêtes de quartier, où il n'y avait pas grand monde, mais je kiffais bien.

À cette époque, quand je montais sur scène, c'était pour rapper des textes que personne ne connaissait. D'ailleurs, personne ne *me* connaissait. En revanche, ce jour-là à la Fnac, j'allais jouer devant mon public. Le mien ! Je ressentais une grosse pression.

En début d'après-midi, je m'y suis donc rendue pour effectuer les essais de sons, qu'on appelle dans notre jargon « les balances ». À ma grande surprise, quelques personnes s'étaient déjà regroupées devant la salle. Le concert était prévu à seize heures dans un lieu pouvant acceuillir deux cents personnes au maximum. La foule ne cessait de grossir à vue d'œil pendant que je répétais très calmement. Je sentais peu à peu une grande agitation devant la salle. Aux alentours de quinze heures trente, quelqu'un est venu m'annoncer que plus de trois mille personnes attendaient dans le forum pour entrer ! Trois mille personnes. Trois mille ! Je n'y croyais pas.

Quelqu'un de mon équipe est sorti pour filmer la foule qui s'était rassemblée au point de rendez-vous. Lorsqu'il est revenu me montrer les images, j'avais peine à croire ce que je voyais : c'était de la pure folie, les couloirs étaient blindés de monde, les gens hurlaient, se bousculaient, certains finissaient même par se battre. Les services de sécurité n'arrivaient plus à faire correctement leur job, je restais bouche bée devant un tel spectacle. Était-ce moi qui provoquais cela ? Était-ce ma musique ? Y avait-il tant de monde qui m'appréciait ?

Je n'ai pas eu le temps de réfléchir d'avantage : nous étions en réunion d'urgence. L'équipe de sécurité de la Fnac demandait l'annulation du show pour permettre à la police de faire évacuer les lieux. Je n'avais pas le choix, je devais abdiquer. Dehors, la foule scandait mon nom, et on me transmettait des lettres par centaines. C'était la première fois que j'étais confrontée au succès mais, pour tout vous dire, à ce moment-là, je n'ai pas réalisé ce qui arrivait.

Moi qui quelques mois plus tôt étais une petite nana de banlieue qui écrivait des textes toute seule dans sa chambre, je me retrouvais à provoquer une émeute, et précisément dans cette même Fnac que j'avais fréquentée durant toute mon adolescence ! C'était à n'y rien comprendre.

Quelque chose avait changé, une pression nouvelle s'était immiscée dans ma vie, car Diam's s'était installée dans mon quotidien et ce, durablement, envers et contre tous. D'autant plus que le clip de « DJ » était sur le point d'être tourné et qu'il était promis à une grosse diffusion à la télévision. Bientôt, j'allais totalement perdre mon anonymat.

Ce même jour, nous avions prévu, après le show à la Fnac, de filer directement à l'aéroport d'Orly, direction Toulouse, pour jouer deux titres sur la place du Capitole à l'occasion de la fête de la musique.

Non sans peine, nous avons été contraints d'annuler le concert parisien, sous les sifflets des gens venus en nombre. Je n'étais pas présente lorsqu'ils ont appris la nouvelle mais j'entendais leur mécontentement. J'étais moi-même très déçue, mais il s'agissait d'abord et avant tout de leur sécurité. La police, tout comme mon équipe, m'avait ordonnée de stopper le concert. Jouer coûte que coûte dans de telles conditions aurait pu mettre en danger bien du monde. Cette décision était la plus raisonnable, mais dure à accepter. Tourner le dos à *mon* public, c'était comme tourner le dos au bonheur.

Sans m'en rendre compte, je pense que depuis ce jour l'amour de mon public a été mon plus grand moteur : celles et ceux qui aimaient ma musique venaient combler l'attention inexistante d'un père et étouffer la haine de mes détracteurs.

Nous avons finalement réussi à rejoindre Orly. Deux heures plus tard, nous étions accueillis dans la Ville rose. Là-bas, au cœur de cette place mythique, c'était du lourd, les organisateurs avaient installé une immense scène. Toute la soirée serait rythmée par les chansons des artistes les plus écoutés du moment. Chanteurs connus et moins connus venaient interpréter un ou deux morceaux.

On avait programmé mon passage sur scène en milieu de soirée. En attendant, je suis restée dans les coulisses avec mon équipe, sans me douter que j'allais vivre une expérience très forte. Ce n'est qu'au moment de me présenter au public que j'en ai pris plein les yeux ! La place était noire de monde, vingt mille personnes s'étaient déplacées pour faire la fête. Je n'avais jamais joué devant autant de gens. Le défi était énorme. À peine montée sur la scène, j'étais à bloc, je voulais me donner à fond et communiquer mon plaisir à la foule. Les premières notes de « DJ » sonnèrent, et tout le monde s'est mis à hurler. Mon titre était définitivement devenu un tube, repris ce soir-là par plus de vingt mille personnes !

Ça faisait beaucoup d'émotions en l'espace de quelques heures et, une fois encore, je ne prenais pas bien conscience de ce qui m'arrivait. À cet instant, le plaisir était immense, tous ces visages, ces applaudissements, toutes ces mains levées me rendaient tellement joyeuse. Je ne me posais pas de question particulière, je me disais que tous ces gens n'étaient pas venus spécialement pour moi mais pour tous les artistes et le plaisir d'être ensemble. Ces dix minutes sur scène, je les ai reçues comme un cadeau.

J'étais sur un nuage et j'aurais aimé y rester des heures. J'aimais la performance, j'aimais le show ; je sentais vraiment que j'étais faite pour ça. L'adrénaline de la scène est une drogue, une sensation intense et enivrante. Ce soir-là, j'ai préféré vite redescendre et garder les pieds sur terre.

Lors de mes premiers concerts je pouvais me montrer hargneuse, je rappais tête baissée ; à présent je prenais réellement plaisir à sourire et à regarder les gens droit dans les yeux. Ils étaient venus se divertir, alors je faisais le show, je n'en avais pas honte.

J'ai toujours préparé minutieusement mes prestations, en prenant en compte le partage avec le public. Mes concerts n'étaient pas seulement une succession de chansons mais de vrais moments d'échanges. Je parlais beaucoup et sollicitais énormément le public. Au fil des mois, je me suis même forgé une réputation, je cite, de « bête de scène », « artiste qui mouille le maillot ». J'accumulais les apparitions à la télévision, dans les concerts et, chaque fois, c'était de la pure folie, les gens s'éclataient, dansaient et s'amusaient avec moi. Ma réputation n'a pas tardé à s'ébruiter dans le milieu du spectacle, des producteurs sont venus me proposer une tournée à travers la France.

Durant des mois, j'ai bossé comme une folle pour offrir au public la meilleure des prestations. Je répétais le show, incluais des surprises dans les titres, comme des changements d'instrus ou de quoi interagir avec les gens. Puis, avec toute mon équipe, nous sommes partis en tournée. Chaque soir, quel que soit mon état de santé, de fatigue, je me donnais à fond. Que la salle soit bondée ou quasi déserte, pour moi, c'était pareil, je ne négligeais rien ni personne. Mon équipe était solide, le show était carré, maîtrisé d'un bout à l'autre. En général, nous jouions devant trois ou six cents personnes. Pour clôturer la tournée, nous avons donné notre dernier concert dans un Bataclan plein à craquer. Avant ça, j'avais chanté à l'Élysée-Montmartre, qui m'avait vraiment marquée, car c'est une salle où je m'étais moi-même très souvent rendue. C'était ma première grande scène parisienne, je n'ai pas été déçue, le public était au rendez-vous, c'était fou !

Voilà donc comment, au fil des mois, j'ai complètement perdu mon anonymat. Les chaînes musicales diffusaient mes clips en boucle, la presse parlait de moi et de mes performances scéniques, les plateaux télé commençaient à m'inviter régulièrement. Dans la rue, j'étais aisément reconnaissable à cause de ma coupe de cheveux, très courte, et de ma voix rauque. Chaque fois, c'était le chaos, partout où je me rendais. J'étais toujours sollicitée pour un autographe, parfois une photo, même si à cette période les téléphones portables ne disposaient pas tous de caméras.

Pour l'heure, je n'avais pas changé mes habitudes, j'aimais toujours me balader dans les rues de Paris, aller faire mes courses au centre commercial et manger des grecs ! Très vite, malheureusement, j'ai dû me rendre à l'évidence : nombreux étaient les lieux que je ne pouvais plus fréquenter. Michel et Lucrèce ne m'accompagnaient pas vingt-quatre heures sur vingt-quatre et, même si la plupart des gens étaient très sympas, il arrivait aussi que certains ne le soient pas du tout. Une bande de jeunes pouvait me reconnaître et se mettre à faire de l'humour plus que douteux, ou se moquer de moi, à renfort d'insultes et de grands fous rires. Cela arrivait rarement, mais assez pour que cela me marque.

Je ne comprenais pas leur haine ni leur méchanceté à mon égard. Soit tu es sourd, sois tu as un ego surdimensionné pour surpasser ça. Moi, clairement, j'avais les oreilles grandes ouvertes et le cœur en mille morceaux. D'ailleurs, au fur et à mesure du temps, les épines finiraient par me toucher bien plus que les roses, et ce genre d'altercations, aussi rares seraient-elles, noirciraient le tableau de ma vie.

Avec le recul, je m'aperçois que j'ai beaucoup plus focalisé sur le côté négatif et violent de la célébrité. À cette époque, j'étais connue, mais je ne menais pas encore une vie de star et ne me prenais pas pour quelqu'un d'important. Au contraire, j'essayais de cultiver mon côté « petite banlieusarde, vivant à la *roots* ». J'avais tellement entendu le terme « grosse tête » dans ma vie que je luttais pour qu'il ne me soit jamais attribué.

Les mois passant, je découvrais que dans les territoires d'outre-mer et à l'étranger les gens me connaissaient aussi. Dans toutes les îles, les pays francophones, « DJ » avait fait un carton. Aux Antilles, comme en Afrique, j'étais réclamée. C'est ainsi que j'ai entrepris de longs voyages pour aller jouer tout autour de la planète. Je restais ébahie quand on nous payait – à mon équipe et à moi – des billets d'avions, des chambres d'hôtels, et qu'on mettait des chauffeurs à notre disposition. Je goûtais peu à peu à la vie de princesse.

Et, alors qu'en France nous nous produisions plutôt dans de petites salles, à des milliers de kilomètres de chez moi, j'étais attendue dans des stades ! Certes, j'étais rarement la seule artiste à jouer et on nous invitait souvent dans le cadre de festivals, mais à chaque fois nous faisions au minimum quarante-cinq minutes de show – devant un parterre de plus de dix mille personnes !

Le public m'accueillait chaleureusement, toujours dans une ambiance de fête colorée, je me sentais bien sur le continent africain, au Gabon, au Sénégal, au Maghreb. Dans certains pays, il m'arrivait parfois d'être confrontée à une pauvreté telle que je n'en avais jamais vu auparavant. J'étais venue pour chanter, j'étais payée pour cela, et dehors je voyais des scènes de la vie quotidienne qui me transperçaient le cœur. Au Sénégal, par exemple, beaucoup d'enfants mendiaient aux abords du stade, vêtus de vieux tee-shirts troués et poussiéreux. Je me sentais mal à l'aise, inutile, mais je ne disais rien et restais concentrée sur ce que j'étais venue faire. Au fond de moi, j'aurais aimé les aider tous, leur donner ce que j'avais. Et, je ne m'explique pas pourquoi, mais je n'ai pas fait un geste, j'ai pleuré intérieurement – c'est tout. Comme si, devant moi, cette pauvreté s'apparentait à une montagne et que je me sentais trop petite, trop faible pour la gravir.

Pendant des années, ces images me marqueraient, au point qu'elles réveilleraient en moi un besoin irrépressible d'aller vers l'autre.

À cette période, j'ai aussi découvert les joies et les peines de la célébrité, avec notamment ma première apparition en couverture d'un magazine dit « people ». Au départ, j'ai franchement cru à une blague de la part de mes proches qui m'ont appelée les uns après les autres. Moi, Mélanie, en couverture d'un magazine à scandale ? Très drôle. Hélas, c'était la réalité, on m'avait photographiée en vacances en Guadeloupe lors de ma tournée caribéenne de 2004. Je n'en revenais pas et, surtout, j'avais honte. Honte au point de m'enfermer chez moi durant cinq jours, persuadée que tout le monde allait se moquer de moi. On m'avait shootée « à découvert », sur la plage, mal fagotée, car sur ces photos on me voyait comme jamais je n'aurais voulu que l'on me voie : en maillot de bain.

À ce moment de ma vie, j'étais si jeune, si complexée, si dure et à la fois si pudique. Je n'étais pas le genre de personne qui s'exhibe ou même qui s'apprête pour sortir. J'aimais les vêtements, certes, mais ce que j'affectionnais par-dessus tout, c'était les joggings, les pantalons larges, les gros sweats. Non pas que je voulais ressembler à un garçon mais, dans un sens, je me sentais protégée ainsi vêtue. Je n'aimais pas que l'on me regarde, que l'on m'accoste. J'étais encore cette petite « princesse de banlieue » à mi-chemin entre l'envie d'être une femme et la crainte du regard des hommes et du qu'en-dira-t-on. D'office, j'ai haï la presse à scandale. Je n'ai jamais compris comment on peut se délecter de violer l'intimité des gens en les humiliant parfois, en les faisant souffrir souvent. Surfer sur les instincts les plus bas et les plus voyeuristes des lecteurs pour faire du fric, pour moi, c'est méprisable.

J'ai, depuis ma première jeunesse, toujours été une fille réservée et secrète. Je n'ai jamais aimé découvrir mon corps à la vue de tous et encore moins étaler ou révéler les détails de ma vie strictement privée. J'aime la discrétion et respecte l'intimité de l'autre. Tout comme je souhaite que l'on respecte la mienne. C'est pourquoi, même ici dans ce livre, j'ai choisi de ne pas m'attarder sur ce qu'a été ma vie sentimentale ou amoureuse. L'essentiel, aujourd'hui, est que je sois heureuse auprès de mon mari et que nous nous aimions, sans avoir à nous afficher ni à nous étaler dans cette presse que je méprise tant.

D'ailleurs, je n'ai jamais cessé de les détester même si, au fil du temps, j'ai tenté de m'y habituer. Peine perdue : quelques années plus tard, je me retrouverais dans les locaux de ce même magazine et casserais tout sur mon passage.

Lors de la sortie de *Brut de femme*, l'équipe qui s'était occupée de mon image avait eu raison de moi. Je m'explique. Jusqu'alors, je m'étais toujours habillée très sport et me cachais sous des montagnes de fringues. Les personnes qui étaient chargées de réaliser mes photos et ma pochette m'ont comme qui dirait métamorphosée. Alors que je ne me maquillais pas, ne portais jamais de vêtements très féminins et n'attachais pas de grande importance à l'image que je renvoyais, j'ai fini entre les mains d'une styliste et d'un maquilleur qui m'ont incontestablement transformée.

D'un coup, mon teint était parfait, mes yeux soulignés de noir, je portais des fringues toutes neuves et assez proches du corps, sans être trop girly cependant. On m'avait mis de grosses boucles d'oreilles, des bijoux magnifiques. Oui, je dois l'avouer, lorsque je me suis regardée dans la glace, je ne me suis pas reconnue et, pour la première fois, je me suis trouvée belle. Naturellement, il devient plus facile de se prêter au jeu des photos lorsque l'on se sent jolie, plutôt que lorsque l'on ne s'aime pas. Je me trouvais belle et, en même temps, c'était comme si je perdais une partie de moi-même, comme si je devenais quelqu'un d'autre, que je ne m'appartenais plus totalement, que je commençais à n'être plus que Diam's.

Étais-je en train de transformer mon apparence pour me plaire, ou pour plaire aux autres ? C'était très confus pour moi, d'ailleurs je ne me suis pas posé longtemps la question, il fallait rentrer dans un moule – et, puisque dès l'enfance la société nous prépare à cela, je crois que je n'aurais pas pu le refuser. Refuser quoi, du reste ? De me changer pour plaire à la masse ? La plupart d'entre nous n'existent que par l'image qu'ils renvoient. Nous ressentons tous plus ou moins le besoin de nous faire accepter par les autres et, pour que cela marche, il faut bien leur ressembler. Je ne veux pas tomber dans la caricature et les idées toutes faites, mais qui peut nier que, dans une société d'images et d'autoroutes vestimentaire, de pensée, d'opinion, si tu as le malheur d'être un peu différent, tu prends le risque d'être écarté du groupe ? Tu peux être heureux dans ta bulle, mais tu y seras seul ! Quoi qu'il en soit, je n'aurais jamais pu gravir les échelons de la gloire en gros sweat et jogging ; non, à la première marche, il faut apprendre à lire la pancarte : « tenue de star exigée » !

Attention, je ne veux pas donner l'impression que j'étais une victime aux mains de manipulateurs, mais plutôt une fille parmi tant d'autres à qui on a proposé d'être Cendrillon et qui n'a pas dit non.

Le succès a bouleversé ma vie de femme, mais aussi ma vie tout court, dans le sens où, trop occupée à construire ma petite carrière, je ne voyais quasiment plus mes proches. Famille, amis, je ne croisais plus que celles et ceux qui me rejoignaient sur les routes. Entre deux concerts, j'étais trop épuisée pour passer un moment avec mes copines, certaines m'en voulaient, mais j'étais en train de vivre mon rêve et ne souhaitais pas que cela s'arrête. J'étais plutôt dans le trip « qui m'aime me suive », sauf que j'avais oublié que certaines personnes n'aiment pas spécialement côtoyer ce monde tout en paillettes et auraient préféré m'avoir à leur table autour d'un bon dîner.

Et puis, il y avait ma mère. Depuis quelques années, nos rapports étaient très tendus. Même si nous nous aimions, une sorte de pudeur mal placée s'était installée entre nous. On ne communiquait plus, et nos rares discussions se soldaient souvent par des cris ; on ne se comprenait pas. Pourtant, il ne faisait aucun doute qu'elle était la personne la plus chère à mon cœur. Sur scène, je ne cessais de lui rendre hommage, et au quotidien je n'avais qu'une envie : la gâter. Aussi, je m'étais promis qu'avec mes premiers cachets je l'aiderais à acheter un appartement. Ce rêve, je l'ai réalisé grâce au succès de *Brut de femme*. Notre manière d'exprimer notre affection passait par les cadeaux ; dans mon enfance, elle m'en avait fait beaucoup et m'avait offert de belles vacances ; à mon tour, je la couvrais de bijoux, de sacs, de présents, mais en réalité je ne désirais que la serrer dans mes bras et lui dire à quel point je l'aimais ; il manquait l'essentiel.

Ma mère, parfois, assistait à mes concerts, elle découvrait au travers de mon disque mille et une choses que je n'avais pu partager avec elle, sûrement par pudeur. Elle réalisait que je souffrais de l'abscence de mon père et, aussi, que j'avais transformé cela en un profond mal-être. Elle devait s'apercevoir que nous étions toutes deux passées à côté de beaucoup de ces choses qu'une mère et une fille peuvent partager, mais elle n'en disait jamais rien. J'avais déserté la maison assez jeune et m'étais construite dehors, auprès de mes potes. Je n'ai pas toujours eu que des bons conseillers et j'ai donc commis pas mal d'erreurs. Dans le fond, j'aurais voulu me confier à elle mais je n'y arrivais pas, quelque chose entre nous s'était rompu. Elle redoutait que je tombe dans ce milieu qu'elle m'avait pourtant fait connaître et ne pouvait que constater que j'avais ça dans le sang ; la musique avait envahi tout mon être et occupait tout mon temps.

Il faut dire aussi que le public était exigeant. Il y avait une telle proximité entre nous du fait que mes textes décrivaient une vie qui était si semblable à la sienne. On me voulait une artiste proche des gens et je n'avais pas le droit à l'erreur.

Après les concerts, je passais souvent des heures à signer des autographes devant la salle mais aussi, et surtout, à écouter tous ceux qui disaient « se retrouver en moi ». Cela me prenait beaucoup de temps, et je leur accordais bien plus d'attention qu'à ma propre famille. Ils devenaient peu à peu les personnes les plus importantes pour moi, celles à qui je devais mon succès mais aussi une écoute sincère qui me faisait du bien.

Entre deux concerts, je me mettais à éplucher mon courrier, des centaines de lettres envoyées à ma maison de disques. À cette époque, Internet existait déjà, bien sûr, mais nous communiquions essentiellement par écrit. Je mettais un point d'honneur à répondre à tout le monde, souvent la nuit, seule dans mon nouveau petit appartement situé à la périphérie de Paris ; je lisais un à un tous ces témoignages d'amour. Je compatissais, remontais le moral, donnais du courage mais, dans le fond, était-ce mon rôle ? J'essayais quand même. Ces gens souffraient et, lorsqu'ils écoutaient mes textes, ils entendaient bien que moi aussi j'étais mal. Je n'avais pas vécu des épreuves épouvantables comme certains d'entre eux, mais ils savaient que je peinais à trouver ma place sur cette terre, et c'est pour cela qu'ils se confiaient à moi sans reserve. Je pouvais les comprendre, les filles savaient que je ne leur ferais pas des réponses toutes faites du genre : « Crois dans le prince charmant, ma sœur, il viendra un jour. Sois en sûre ! » Non, toutes savaient que j'étais attentive à leurs larmes et que, tout comme elles, la vie pouvait me faire sourire un jour et me désoler souvent. Une fois, quelqu'un m'a dit : « C'est sûr, ces femmes qui souffrent, elles ne vont pas écrire à Céline Dion ! » Ce n'est pas une attaque mais, nous sommes d'accord, les textes à la « je suis une princesse qui aime son prince pour l'éternité » ne font pas rêver tout le monde... Alors ces jeunes filles ou jeunes femmes se livraient à moi qui parlais de la vie simplement. Avec du recul, pourtant, je suis si triste qu'elles n'aient trouvé qu'une inconnue à qui se confier, mais à l'époque peu m'importait, j'essayais de les épauler modestement, même si je manquais moi-même d'un pilier sur lequel m'appuyer.

Au final, *Brut de femme*, double disque d'or, s'est vendu à deux cent mille exemplaires, et mon single « DJ » à huit cent mille ! C'était énorme, soyons honnête. De nos jours, le marché du disque s'étant méchamment effondré, quasiment plus personne ne vend autant. Alors, oui, on peut dire que mon album a connu un franc succès. J'étais devenue *la* rappeuse de France et intéressais de plus en plus de médias.

Début 2004, la tournée touchait à sa fin. Le 28 février, lors des Victoires de la musique, j'avais reçu une récompense pour le « meilleur album rap de l'année », ce qui m'avait valu une grande exposition médiatique. Je me souviens d'avoir été très émue lors de cette cérémonie, je n'avais jamais cru pouvoir obtenir ce genre de récompense et, pourtant, on me l'attribuait. Cela a été un moment fort pour moi de pouvoir remercier le public en direct à la télévision mais, si les larmes étaient au rendez-vous, c'est aussi parce qu'intérieurement je n'allais pas bien à cette période. Je vivais à un rythme intense depuis plus d'un an et il m'était difficile de retourner à une vie « normale ». Je supportais de moins en moins l'inactivité. Je songeais déjà à mon futur album et préparais la sortie de mon premier DVD live. Le silence m'angoissait ; sitôt le brouhaha de la tournée retombé, j'avais le sentiment que me jeter à fond dans la musique donnerait un sens à ma vie.

Dès que j'étais seule, et que je redevenais Mélanie, je ne pouvais que faire le constat de mon mal-être, de ma carence d'amour, de mon manque de repères. Je me réfugiais dans mes projets. Le fait d'être sollicitée me convenait bien, c'est pourquoi je répondais quasi toujours présente à l'appel de la promotion. Une interview pour un magazine ? J'accourais. Une télé, une radio ? Je n'hésitais jamais, d'autant que les médias m'avaient vite cataloguée « tube de l'été ». Autant mon public avait compris que sur mon album s'enchaînaient divers billets d'humeur, tantôt sombres, tantôt joyeux, autant la plupart des articles qui parlaient de moi n'évoquaient que la « légèreté de "DJ" ». J'essayais donc, au fil des interviews, de donner un peu de profondeur à ma musique. Pour l'anecdote, je me souviens même d'un soir où j'étais invitée sur France 3, dans l'émission de Marc-Olivier Fogiel, et les animateurs m'avaient ainsi présentée : « Après la "Lambada", voici Diam's ! » Je ne vous raconte pas le choc. Je n'avais même plus envie de rentrer sur le plateau après avoir entendu ça ! La suite n'a pas été meilleure car les questions ne volaient pas haut, dans le genre : « Vous faites du rap, mais vous crachez par terre alors ? » C'était sidérant cette image qu'ils avaient de la gosse de banlieue. J'ai eu très envie de l'embrouiller, leur animatrice ! Mais bon, j'ai pris sur moi et essayé de renvoyer une bonne image, histoire de relever le niveau, mais je dois dire que ça n'était pas facile.

De manière générale, au début de ma carrière, les journalistes ne me prenaient pas au sérieux. Pour eux, je n'étais qu'un vulgaire produit, une machine à tubes qui finirait bien par devenir *has been*, comme toutes les machines à tubes. Je crois quand même qu'il y avait une grosse part d'ego dans mon acharnement à les faire changer d'avis. Je suis rentrée dans un engrenage malsain en me disant : « Aujourd'hui, ils disent ça, mais demain ils m'aimeront. Pour qui se prennent-ils à me juger comme ça ? » Je partais battre la campagne, tel un politicien, pour défendre ma musique et pour me défendre aussi, car cette musique, c'était mes textes, et mes textes, c'était ma vie. Ainsi, la moindre critique sur le moindre de mes vers devenait une attaque personnelle. C'est dire comme j'encaissais. Au fil des papiers, j'avais de plus en plus mal chaque jour. Je leur en voulais d'être parfois si méchants, si moqueurs, si critiques. Je n'arrivais pas à créer de barrière étanche entre Diam's et Mélanie. Nous n'étions qu'une. Et cette même fille souffrait énormément.

Je devenais peu à peu « borderline », je passais souvent d'un état à un autre sans raison apparente. Par exemple, je déjeunais avec des amis, j'étais heureuse, souriante, et puis c'est comme si tout à coup j'étais envahie d'une profonde tristesse, je me fermais aux autres et tirais la tronche – ce qui avait le chic de plomber l'ambiance. Ces sautes d'humeur gâchaient mon quotidien et probablement aussi celui des autres. Le soir, quand je rentrais chez moi, mon petit appartement était désert ; dans ma tête, c'était le bazar. J'avais beau être devenue célèbre, il m'arrivait de pleurer seule comme une enfant en allant me coucher. Sur l'oreiller, je cogitais nerveusement, j'étais prise d'insomnie, car mille choses ne cessaient de me torturer, des questions, des déceptions, des rêves, il m'était impossible de trouver le sommeil. Alors j'ai commencé à avaler quelques cachets pour faciliter le sommeil. J'avais vu un médecin à qui j'avais confié mes difficultés et qui m'avait prescrit des somnifères. La solitude et le silence devenaient tellement angoissants que je préférais les fuir en me forçant à dormir. Avec le recul et une certaine maturité, j'ai compris que j'avais besoin de construire ma vie, mais que pour cela il fallait que je me construise moi-même. Autour de moi, tout était instable, superficiel, je chavirais d'un endroit à un autre, d'une rencontre à une autre, d'un projet à un autre, sans jamais lever le pied ni faire le point. Cela m'empêchait de réfléchir au sens de ma vie. Plutôt que de me poser les bonnes questions, je préférais me noyer dans la musique et me fixer la réussite comme seul et unique but. Je ne m'interrogeais sur rien en dehors de ma passion. Par tous ces subterfuges, je ne faisais que fuir l'essentiel.

Quelques mois plus tard, on a fait appel à moi comme auteur. Des producteurs travaillaient sur l'album d'une jeune chanteuse et, à l'écoute de mon disque, ils étaient persuadés que je pourrais écrire pour les autres. J'avais bien composé quelques chansons, « chantonné » derrière mon piano, mais encore jamais travaillé sur un tel projet. On m'avait donné une musique, une mélodie, et ma tâche consistait à coller des mots dessus. Les producteurs m'avaient dit : « Elle s'appelle

Amel Bent et, tu verras, elle réussira. » Le projet me plaisait, si bien que je me suis mise à gratter quelques idées en attendant de rencontrer l'artiste en herbe. Je me disais : elle est jeune, elle a du talent, elle semble en vouloir, alors pourquoi ne pas la faire scander un truc dans le genre : « Viser la lune, ça ne me fait pas peur. » Tout ça n'était que des idées. Lorsque nous nous sommes rencontrées pour la première fois dans sa maison de disques, quelques jours plus tard, j'ai découvert qu'Amel était cool, elle ne se prenait pas la tête. Le feeling est tout de suite passé entre nous, on s'est installées dans une salle de réunion, on a mangé un grec puis on a commencé à parler du morceau. Je me souviens que tout est allé très vite. Je commençais une phrase, elle la terminait, et vice versa. En quelques heures, nous avions écrit un titre que nous avons intitulé « Ma philosophie » et qui, quelques mois plus tard, deviendrait le premier single de son album. Toutes les deux, dans la plus grande simplicité, nous venions de signer un tube qui s'écoulerait à plus de six cent mille exemplaires et deviendrait l'hymne d'une génération. Chaque fois que la chanson était diffusée à la radio, je n'en revenais pas. Voir mon nom inscrit dans les crédits du disque en tant qu'auteur me flattait beaucoup.

À la suite de ce succès, j'ai été sollicitée par des dizaines d'éditeurs et d'artistes qui souhaitaient que je collabore avec eux dans l'écriture de leurs textes. L'envie de découvrir d'autres univers me gagnait peu à peu. Si bien que, quand j'entendais un nouveau chanteur qui me plaisait, j'entrais en contact avec lui pour envisager des collaborations. De cette manière, j'étais tombée sur le titre d'une fille qui m'avait vraiment scotchée. Du caractère, beaucoup de flow et une voix totalement différente de toutes les autres chanteuses que je connaissais. Cette fille, c'était Vitaa – Charlotte ou Cha pour les intimes. Aussitôt, l'envie m'a pris de faire un titre avec elle. Nous nous étions rencontrées pour les besoins d'une compilation. Avec elle aussi, le feeling était super bien passé. Elle venait de Lyon et semblait à des milliers de kilomètres de mon univers, mais je me sentais en même temps si proche d'elle. Disons qu'en studio, si c'était une chanteuse carrée, professionnelle, on devinait aussi qu'elle n'avait pas de temps à perdre et qu'elle souhaitait vite regagner sa petite vie. Nous sommes donc restées en contact après le titre et, dans les mois qui ont suivi, nous nous sommes confiées l'une à l'autre au sujet de nos vies, de la vie en général, de nos amis, de nos familles. Elle était incontestablement plus équilibrée que moi et ne faisait pas de la musique sa priorité – c'est aussi ce qui nous a liées. Je la conseillais sur ses morceaux, l'encourageais et surveillais de près son parcours artistique. Vitaa se rendait de temps en temps à Paris et venait dormir à la maison parfois deux ou trois jours d'affilée. La journée, elle allait à ses rendez-vous et, le soir, elle me rejoignait et nous passions des heures à discuter. On rigolait bien, elle avait un fort tempérament et ne se laissait pas marcher dessus par qui que ce soit. Sous ses airs de princesse se cachait une femme de poigne. Nous parlions, parlions, parlions. Je me souviens d'un matin où elle avait un train à dix heures tapantes, gare de Lyon. La veille, nous avions squatté à la maison sans cesser de jacter et de refaire le monde. Le temps filait, filait, filait. Lorsque nous avons soudain regardé l'heure, il était déjà dix heures du matin ! Charlotte avait raté son train ! C'est en souvenir de cette soirée que j'aurais l'idée, un an plus tard, d'enregistrer un duo qui s'appellerait « Confessions nocturnes » !

En décembre 2003, la tournée s'était arrêtée quelque temps pour nous permettre à tous de faire une pause avant la reprise et j'en avais profité pour consulter un ORL à cause de mes problèmes de voix. Souvent, au bout d'une heure de show, ma voix me lâchait et je peinais à finir le concert. Le médecin m'avait préconisé une petite opération pour m'enlever ce qu'on appelle un polype, cause de mes soucis. L'opération était bénigne mais j'ai dû, après cela, garder le silence pendant dix jours. Dix jours sans parler n'est pas la chose la plus simple, surtout pour une pipelette comme moi. J'arrivais néanmoins à m'exprimer en chuchotant. Durant cette longue semaine, je suis restée cloîtrée chez moi. Je dois admettre que ces longues heures de silence m'ont permis de me retrouver face à moi-même et de cogiter sérieusement. Je prenais le temps de regarder le succès en face, j'angoissais sur « l'après *Brut de femme* », sur le sens de la vie, je pensais à ma naissance, à ma mort, et me demandais à quoi bon un début s'il y a forcément une fin ; cela me torturait mais, à cours de réponses, je zappais vite sur autre chose. Je n'osais pas affronter l'inconnu.

Je regardais aussi beaucoup la télévision, ça m'occupait, et c'est comme ça qu'un soir, devant mon écran, je vis pour la première fois s'exprimer la fille de Jean-Marie Le Pen, Marine. J'avais grandi avec la haine du Front national. Ma mère et mes amis détestaient ces gens, tout comme moi, mais je dois avouer que son visage m'a interloquée. Cette femme ressemblait à Madame Tout-le-Monde. Son père avait la tête du borgne méchant, elle semblait plus calme, plus douce mais pas plus inoffensive pour autant ; ses propos étaient quasiment les mêmes que ceux de son géniteur, mais formulés d'une voix plus suave. Ce soir-là, j'ai aussitôt compris la menace qu'elle représentait pour nous tous : nombre de Français et Françaises ne craindraient pas de voter pour elle si elle se présentait. Physiquement, elle « ne faisait pas peur ». Son discours était pourtant dangereux, alimenter la haine et le rejet de l'autre restait son fer de lance, tout comme son père. À ce moment-là, j'ai eu envie d'entrer à l'intérieur du petit écran, de m'adresser à elle, de lui demander pourquoi elle avait suivi le même chemin, alors qu'elle aurait pu retourner la vapeur. Ah la la, utopie, quand tu nous tiens ! D'une, je ne pouvais pas entrer à l'intérieur de l'écran, de deux, elle semblait très fière d'être une Le Pen, de trois, quand bien même j'aurais pu lui parler, j'en aurais été incapable ce soir-là, puisque je n'avais plus de voix. Alors, j'ai pris une feuille et un stylo et j'ai commencé à lui écrire une sorte de lettre, qui deviendrait par la suite une chanson. Je lui disais :

Marine, tu sais, ce soir ça va mal,
J'ai trop de choses sur le cœur donc il faudrait que l'on parle,
Marine, si je m'adresse à toi ce soir,
C'est que t'y es pour quelque chose, t'as tout fait pour que ça foire.
Marine, dans le pays de Marianne, il y a l'amour, il y a la guerre mais aussi le mariage.
Marine, pourquoi tu perpétues les traditions, sais-tu qu'on sera des millions à payer l'addition ?
Ma haine est immense en ce soir de décembre,
Quand je pense à tous ces gens que tu rassembles.
Tu sais, moi, je suis comme toi, je veux qu'on m'écoute,

Et tout comme toi j'aimerais que les jeunes se serrent les coudes.

Marine […] Regarde-nous, on est beaux,
On vient des quatre coins du monde mais pour toi on est trop.
Ma haine est immense quand je pense à ton père,
Il prône la guerre quand nous voulons la paix. […]
Marine, je ne suis pas de ceux qui prônent la haine,
Plutôt de ceux qui votent et qui espèrent que ça s'arrête.
T'as fait couler le navire, Marine j'ai peur
Du suicide collectif des amoureux en couleur.

Marine, pourquoi es-tu si pâle ?
Viens faire un tour chez nous, c'est coloré, c'est jovial !
Marine, j'aimerais tellement que tu m'entendes,
Je veux bien être un exemple quand il s'agit de vous descendre.
Marine, tu t'appelles Le Pen,
N'oublie jamais que t'es le problème d'une jeunesse qui saigne.
Viens, viens,
Allons éteindre la flamme.
Ne sois pas de ces fous qui défendent le diable.
Marine, j'ai peur que dans quelque temps
Tu y arrives, et que nous devions tous foutre le camp.

Donc j'emm**de, j'emm**de, qui ?
Le Front national !

C'est drôle car, en me relisant, je me souviens de cette phrase : « J'aimerais tellement que tu m'entendes. » Pour moi, à cette époque, c'était improbable qu'une politicienne de ce rang puisse entendre parler de moi. Je n'étais qu'une petite chanteuse à succès, j'étais connue dans le monde de la musique mais je n'avais rien à voir avec la politique. En écrivant ce titre, je ne pouvais pas me douter une seconde qu'il lancerait ma véritable carrière musicale et installerait mon statut d'artiste engagée. Ce morceau finirait par faire de moi quelqu'un de célèbre au point que Marine Le Pen voudrait m'inviter à boire le café en direct sur un plateau de télévision. La bonne blague ! Moi, la petite banlieusarde, dégustant un expresso avec la fille Le Pen !

Si je dis ma « véritable » carrière artistique, c'est que, jusque là, j'étais reconnue pour avoir fait un petit tube d'été, mais rares étaient les gens qui s'étaient intéressés de plus près à mon album. Mon public avait certes compris que mes textes étaient plus profonds que la « Lambada », mais le grand public, lui, n'en savait rien. En 2004, lorsque nous avons travaillé sur les deux titres inédits de mon album live, j'ai inclus « Marine » au côté de « Cause à effet ». Tefa et Masta étaient aux commandes des deux réalisations et nous avons été super fiers du résultat.

Au moment de la sortie du DVD, le titre a fait le buzz au point que Marc-Olivier Fogiel m'a invitée de nouveau dans son émission qui, à l'époque, était le talk-show le plus regardé du paf. Cette fois, en plus d'une interview, il me proposait de venir interpréter « Marine ». J'étais super heureuse. En revanche, ma maison de disques m'a fermement fait savoir que la production de l'émission avait posé une condition : ne pas finir ma chanson par « j'emm**de le Front national », car ils risquaient d'avoir des soucis avec le parti en question. J'ai accepté, mais j'avais mon plan en tête.

Le soir du direct, après une altercation avec le politicien Éric Raoult au sujet des jeunes et de la banlieue suivie d'une interview assez cash, je me suis installée près du piano et me suis mise à rapper mon titre. La fin du morceau approchait, sur le plateau l'ambiance était chargée, tout le monde écoutait attentivement et, juste après la dernière note, je n'ai pu me retenir de scander très fort : « J'emm**de le Front national ! »

Ainsi s'est achevée ma chanson. Tout à coup, sur le plateau, la réaction du public était incroyable, j'ai même eu droit à une standing ovation. Je savais que je risquais de me mettre toute une équipe de production à dos mais je venais de délivrer mon message devant plus de trois millions de téléspectateurs ! Le lendemain, j'ai senti que ma vie d'artiste ne serait plus jamais la même. Le *must* de la presse nationale et, surtout, le comportement des gens dans la rue était surprenant. Tant de femmes et d'hommes me félicitaient, m'encourageaient, beaucoup de mamans, de dames venaient me témoigner une petite marque d'affection et me faire savoir qu'elles me soutenaient dans mon combat. J'entendais des « c'est bien ma fille, on est avec toi ». J'étais très surprise. C'était comme si, tout à coup, on reconnaissait mon travail, comme si, tout à coup, ma vie valait la peine d'être vécue : enfin, on m'aimait pour ce que j'étais.

J'ai eu droit à de pleines pages dans de grands quotidiens, je m'exprimais, je me sentais écoutée, aimée. Finalement, j'avais fait une sorte de transfert affectif. Toute cette attention que ne m'avait donnée ni mon père, ni mes proches, ni mes amis, et dont je manquais, je la retrouvais au fil des interviews dans l'importance que me portaient les journalistes. Cela me faisait du bien. C'est fou de ressentir parfois ce besoin d'exister au travers des autres, comme si seuls nous n'étions rien, inutiles, banals. Mais ce sentiment n'existe que quand on ne s'est pas construit. Si tu ne penses rien de toi, si tu ignores qui tu es réellement, d'où tu viens, où tu vas, alors tu t'attaches à ce que les autres pensent de toi, et c'est déjà beaucoup.

Bien sûr, je n'ai pas échappé aux critiques blessantes du côté des rappeurs ou de quelques célébrités qui m'ont taxée de démagogue, ou encore de gamine qui gagne sa thune à insulter le FN, et j'en passe. Simplement, quand on voit la situation politique aujourd'hui, et particulièrement la place du Front national, je me dis que je n'avais pas tort.

Avec le succès grandissant, je devais constater que même les personnes qui soi-disant me soutenaient et m'appréciaient avaient difficilement accepté ma réussite. J'étais de plus en plus souvent confrontée à la jalousie des autres, et cela me blessait.

J'avais aussi ouï dire que d'anciennes connaissances me voulaient du mal, qu'elles en avaient après mon argent. On essayait de me faire croire que des complots se tramaient pour me faire « cracher des sous ». J'étais choquée. Je ne savais pas trop par quel moyen lesdites personnes comptaient opérer leur racket mais, par précaution, je me suis plusieurs fois rendue à la police pour déposer des mains courantes et demander la présence de policiers en civil aux abords de mon immeuble pour vérifier qu'il ne se nouait rien de spécial. Je n'étais pas sereine mais je n'avais pas non plus peur outre mesure. L'injustice ne pouvait me ruiner, car j'étais persuadée qu'elle se paierait forcément. En revanche, tous ces problèmes me poussaient à bout psychologiquement et émotionnellement. Je me demandais comment des personnes que j'avais aidées, aimées, soutenues, écoutées pouvaient, du jour au lendemain, devenir mes pires ennemis ? Parfois, il pouvait s'agir d'une copine qui déblatérait dans mon dos tout un tas d'âneries à mon sujet ou dévoilait certains de mes secrets que je lui avais confiés ; d'autres se contentaient de se montrer très ingrats envers moi ; malheureusement, tout cela deviendrait monnaie courante.

Dans le fond, je ne voulais pas y croire, mais la réalité me rattrapait et il m'était difficile de cacher ma peine. J'ai pris une grande gifle à ce stade de ma vie. Ces mêmes gens auraient-ils voulu me causer du tort si j'étais restée une inconnue ? Assurément, non. La célébrité a son revers de la médaille.

Ces médiocres épisodes m'ont donné l'envie de faire marche arrière. Les menaces et les trahisons me rongeaient et me rendaient malade. Peu à peu, ma tête ne pensait plus qu'à ça et j'ai fini par en conclure que le succès n'était pas que positif. Toutes ces déceptions ont tout de même réussi à m'inspirer et, vu qu'à cette période j'écrivais comme je respirais, je n'avais de cesse de régler mes comptes par le biais de l'écriture et du rap. Je revendiquais, je dénonçais et, en même temps, je me défaisais de toute l'amertume qui me pesait. Comme si, de cette façon, je souhaitais que les gens m'aident à porter le poids de ma peine. Comme si j'avouais à qui voulait bien m'entendre que j'étais faible et qu'en m'écoutant les autres me rendaient plus forte.

Je préparais mon nouvel album tout en découvrant le luxe d'avoir un peu d'argent et la vie qui va avec. J'ai profité des vacances de fin d'année pour m'offrir un beau voyage. Nous étions en décembre 2004 et je rêvais depuis longtemps de me rendre dans un paysage de carte postale. Oui, je m'imaginais sur une plage blanche et immense face à une mer bleu lagon, à l'ombre des palmiers.

Même si j'avais pas mal voyagé depuis quelque temps, je n'avais encore jamais eu l'occasion de m'offrir un séjour dans ce genre d'endroit et, sur les conseils d'une proche, j'ai décidé de m'envoler pour l'île Maurice. On m'avait dit que c'était *la* destination, que le sable était aussi blanc que la craie et les paysages tous aussi sublimes les uns que les autres. Je proposai à une copine de m'accompagner, elle était super heureuse, et ça me faisait plaisir de partager cela avec quelqu'un. Une fois sur place, je dois avouer que j'ai mis quelques jours à réaliser la beauté qui s'offrait à nos yeux.

Nous logions dans un très bel hôtel et on ne m'avait pas menti : le sable était blanc, la mer transparente, les nuits étoilées. C'était superbe. Nous nous reposions, prenions du bon temps, discutions et mangions beaucoup ! Bien sûr, lors de ces journées de farniente, je composais des mélodies et des textes dans ma tête. Il m'était impossible de faire le vide, mon prochain album hantait déjà mon cerveau. Un après-midi, nous avons loué un petit bateau pour faire une balade en mer. Au large, j'observais l'île qui s'étalait devant moi. Le paysage était montagneux, les collines vertes tant la végétation était dense. Au milieu de l'océan, de cette immensité, je ne sais pourquoi mais j'ai été gagnée par un étrange sentiment de légèreté, je trouvais ça d'une beauté à couper le souffle et il me semble que cette grandeur, cette splendeur me dépassaient totalement. À vingt-trois ans, je m'offrais un voyage que des millions de gens ne pourraient jamais se permettre, j'avais la chance de voir ce que des millions de personnes ne verraient jamais, je trouvais l'endroit merveilleux et, malgré tout, je me sentais très seule. À force d'observer la nature, j'ai senti des larmes couler sur mes joues. Je pleurais. Je ne saurais dire si c'était de bonheur ou de tristesse, mais je n'arrivais pas à me retenir. C'était si beau que j'aurais pu rester des heures et des heures à contempler les paysages depuis notre bateau. Toute cette perfection m'a profondément marquée ; malheureusement, dans le genre de vie que je menais, la nature n'avait pas une grande importance. Je prenais peu de temps pour l'observer ou méditer. À cette époque, j'étais plus sensible aux nouvelles technologies, aux derniers modèles de baskets, aux vêtements, à toutes ces choses matérielles. Bien sûr, je regardais les étoiles et les trouvais éclatantes de beauté, clairsemées dans un ciel noir, mais, au bout de cinq minutes, je remettais machinalement mon nez dans mes mails ou mes SMS.

Cet après-midi-là, une partie de moi me criait combien il était vital d'aimer tout cela, ces paysages sublimes, ces couleurs magnifiques. Hélas, une fois revenue sur la berge, il n'est plus resté grand-chose de ce sentiment.

En tout état de cause, ces deux semaines à l'île Maurice m'ont plu au point que je suis tombée profondément amoureuse du lieu. En le quittant, je n'avais qu'une hâte : y retourner au plus vite.

Je suis rentrée à Paris tout début 2005. À ce moment de ma vie, je n'étais pas encore riche, mais j'avais suffisamment économisé pour devenir propriétaire. Ma devise depuis le début, c'était : « D'abord pour ma mère, ensuite pour moi. » Je l'ai donc aidée à s'acheter un appartement. Et, même si je trouvais ça normal et que le geste cadrait avec « mes valeurs », c'était pour moi une grande fierté.

Une fois ma mère à l'abri, j'ai entrepris de déménager et de louer un appartement plus grand dans le sud de Paris. J'avais l'impression d'être « une adulte » ! Jusqu'ici, je n'avais connu que des studios ou des petites surfaces, et voilà que j'emménageais dans quatre-vingt-dix mètres carrés et ce, dans Paris intra muros, la classe ! Dans l'une des deux grandes chambres, j'avais installé mon bureau où je pouvais enregistrer mes morceaux. Je ne possédais pas de matériel de professionnel mais j'avais de quoi faire des maquettes.

C'est ainsi qu'a commencé l'aventure *Dans ma bulle*.

Au moment de composer cet album, j'étais animée par une vraie fougue, une avalanche d'idées. Je commençais à avoir un vécu, j'avais vu et entendu des choses que je souhaitais partager ou sur lesquelles je voulais donner mon avis. Mais, surtout, j'espérais retrouver mon public, car les mois s'étaient écoulés et je n'avais plus de contact avec lui. Je ne donnais plus de concerts, recevais beaucoup moins de courrier, et je dois avouer que c'était un peu éprouvant pour moi. Aujourd'hui, avec les réseaux sociaux, les artistes sont constamment en lien avec leurs fans s'ils le souhaitent, mais pas à cette époque, et rien ne laissait présager de l'envie du public de s'intéresser au prochain album. Je ressentais comme un manque.

À côté de ça, j'avais vraiment envie de fermer la bouche à tous ceux qui m'avaient critiquée : rappeurs, médias, faux amis. J'avais la rage quand je pensais à eux, et c'est sûrement ce qui m'a poussée à écrire quelques titres un peu cash, tels que « Me revoilà » ou encore « Cause à effet ». J'aimais aussi les titres à thèmes. Mes morceaux partaient souvent d'une envie de développer un sujet précis. C'est ainsi que j'ai notamment écrit « Feuille blanche » ou encore « TS ». S'agissant de ce dernier, cela faisait longtemps que je comptais mettre des mots sur ce que j'avais fait à l'âge de quinze ans. J'ai essayé de retrouver mon état d'esprit d'alors et je dois dire que, même si les années avaient passé, je ne me sentais pas pour autant à l'abri de ce genre de choses. Dans ma tête, maintenant que j'étais connue, c'était encore plus chaotique qu'avant, et ce que j'ai écrit pouvait bien être ce qui se tramait alors chez moi, jeune femme de vingt-quatre ans.

> Aujourd'hui j'ai quinze ans, paraît qu'tout va bien dans ma vie,
> En vrai, j'fais semblant mais j'm'accroche et j'respire.
> J'fais partie de ces jeunes perdus, souriant par politesse,
> Entourés mais pourtant si solitaires.
> Quinze ans de vie, trente ans de larmes,
> Versées dans le noir quand le silence blessait mon âme.
> Plutôt banal pour une gosse de mon âge,
> Le cœur balafré de rage, j'aimerais pouvoir vivre en marge.
> Cette vie de m**** n'a que le goût d'un somnifère,
> Mais je me dois de les rendre fiers, eux qui me croient si solidaire.
> Si vous saviez, seule dans ma chambre, comme je souffre.
> J'ai le mal de l'ado en manque, à bout de souffle.
> Eux, ils sont forts, moi, je ne suis rien,
> Rien qu'un môme en tort face à l'adulte, je le sais bien.
> Ne rabaissez pas un jeune qui peut paraître à l'abri,
> Car vos mots le pousseront à mettre un terme à sa vie.
>
> Je veux partir pour mieux revenir
> Et devenir quelqu'un,
> Quelqu'un de bien parce que je reviens de loin.
>
> [...]
>
> Au nom des jeunes incompris qui luttent contre eux-mêmes,
> Au nom de ceux qui savent combien nos vies sont malsaines,

Toujours sourire et faire semblant de s'aimer,
Mais dans le fond on s'déteste, on aimerait pouvoir céder.
Pourquoi l'adulte ne sait pas ce que je sais ?
Pourquoi me prend-il pour une môme quand il croit me renseigner ?
Pourquoi m'empêcher de grandir avec mon temps ?
Pourquoi me faire croire que la vie n'est qu'une suite de bon temps ?
Ne vois-tu pas sur mon visage comme j'ai mal ?
Comme je ne te crois pas quand tu me parles d'espoir ?
Ne vois-tu pas cette ambition qui me ronge ?
Cette envie de faire partie de ceux qui ont marqué le monde ?
Selon vous, je vois trop haut, j'ai des envies démesurées,
Arrêtez de voir trop bas, ne cherchez pas à me tuer,
Laissez-moi libre sur terre et dans ma tête.
Vous êtes faibles, donc ne faites pas de moi ce que vous êtes.

[...]

Hôpital d'Orsay, 1995.
J'étais en train d'agoniser, moi, je n'ai pas osé le flingue,
Tout en douceur, j'ai gobé mes cachets,
En douceur, je partais me cacher. Tout là-haut,
Mélanie, petite fille fière et bonne élève,
A tenté de fuir la vie, un goût de somnifère sur les lèvres,
Mélanie, si forte aux yeux des gens,
Marquée à vie par son trop plein d'intelligence.
Les jeunes comme moi savent que nous ne sommes pas comme eux.
Peut-être que l'on en sait trop, peut-être que l'on ne vaut pas mieux,
Mais ce qui est sûr c'est qu'on voudrait devenir quelqu'un,
Quelqu'un de bien parce que nous repartons de rien,
Et peut-être qu'un jour on pourra regarder nos mères,
Et leur dire : « Pardon de ne pas avoir su te rendre fière. »

P.S. : ce que j'ai fait s'appelle une TS,
Pour certains un SOS, pour d'autres une preuve de faiblesse.

[...]

Après avoir écrit un morceau sombre dans ce genre, c'était comme si je m'accordais le droit d'être heureuse quelques jours. Mon rapport à l'écriture était assez malsain quand j'y pense. Lorsque je composais des textes joyeux, je me souviens que j'étais immanquablement envahie par une profonde culpabilité. Comme si je m'interdisais d'être heureuse, de rire, de m'amuser. Je pense surtout que j'avais conscience que le malheur me faisait écrire de belles chansons tandis que le bonheur ne dépassait jamais la légèreté et, à choisir, je préférais la profondeur. Par exemple, je me suis sentie mal après avoir écrit « Jeune demoiselle » ou « Big Up ». Bourrée de remords, je faisais resurgir en moi la tristesse et la mélancolie qui m'inspiraient des chansons beaucoup plus fortes. À l'inverse, lorsque j'écrivais quelque chose de triste, je ne me prenais plus la tête jusqu'au prochain morceau que j'imaginais plus joyeux. *Dans ma bulle* en est vraiment le reflet : pour un titre gai, il y en a au moins deux sombres.

En 2005, puisque j'avais déjà écrit une grande partie de mon album, nous sommes entrés en studio. Avec Tefa et Masta, ça nous a bien pris un an pour finir cet album. Parfois, pendant deux semaines, nous travaillions sur quelques titres puis nous faisions un break et reprenions un mois plus tard, le temps que j'écrive et trouve des musiques. La plupart des titres étaient écrits chez moi, mais il arrivait aussi que l'inspiration me vienne en studio ; ce qui a été le cas de « La boulette » et « Confessions nocturnes ».

Pour « La boulette », je me plaignais beaucoup d'avoir toujours le même genre de morceau : piano mélancolique, grosse rythmique, texte triste. Je voulais changer un peu et l'avais clairement fait savoir à l'équipe. Lors d'une nuit passée en studio en mon absence, Tefa, Masta et d'autres compositeurs ont composé ensemble une musique sur mesure. Le lendemain, ils sont venus vers moi en disant qu'ils avaient un super-son à me faire écouter et, là, ce que j'entends, c'est à nouveau un petit piano mélancolique. Dès la première seconde, j'ai fait la tête et je leur ai demandé de tout stopper, leur expliquant *pour la énième fois* que j'en avais marre de ce genre de son. Ils se sont tous mis à rigoler quand, au bout de trente secondes, la mélodie est devenue tout autre et a pris des airs de gros titre de rap. Ils m'avaient bien eue ! En créant le morceau, ils se sont dit : « Tiens, et si on mettait un petit piano en intro, comme ça, Mel va penser qu'on lui a fait un énième son triste, elle va grogner, et après hop, surprise ! » Boostée par ce que je venais d'écouter, je me souviens d'avoir composé les paroles immédiatement. J'étais super inspirée, la dynamique au studio était énorme. C'est ainsi qu'est né ce qui sera mon premier single : « La boulette ».

C'est au studio aussi que nous avons entièrement composé le titre avec Vitaa. Alors que Charlotte et moi projetions depuis longtemps d'enregistrer un duo, je lui avais proposé de faire une chanson en rapport avec nos longues discussions nocturnes. Le titre a fini en road movie, ce qui n'était pas du tout prévu à la base. Tout le monde s'enflammait dans le studio : « Et si on sortait de chez Mel pour prendre la voiture ? » Et là, Masta nous trouvait sur-le-champ des bruitages de claquements de porte et de moteur vrombissant pour mettre l'auditeur dans la situation. Si vous saviez le nombre de scénarios que nous avons imaginés pour ce morceau. Et, puisque nous écrivions le morceau au fur et à mesure, l'histoire changeait à chaque seconde, tout le monde y allant de sa petite proposition. Je crois que si on avait écouté Tefa, à la fin, Charlotte, son mari, sa maîtresse et moi-même nous serions tous retrouvés en prison ! À chaque fin de partie, il nous disait des trucs du genre : « Et si Vitaa sortait un gun ? » « Et imaginez si Mel finalement tue Vitaa… » Fou rire général. Nous avons bien rigolé. Le titre faisait plus de cinq minutes et n'avait pas vraiment de refrain. C'était tout sauf un morceau pour la radio, mais on s'en fichait, on était heureux du résultat.

Au studio, il y avait un piano. Alors qu'un soir j'avais un peu de temps devant moi, je me suis mise à imaginer l'histoire d'une femme dont la vie ne tient plus à rien, puis qui se relève grâce à l'homme qu'elle aime. Quand celui-ci meurt, elle perd pied à nouveau et finit par péter les plombs jusqu'à se fiche en l'air. Je parlais donc d'elle.

> Poupée, avec l'amour t'as pris la poudre d'escampette,
> T'as désiré le coup de foudre, t'as dit bonjour à la tempête.
> Poupée, t'étais cette fille au pays des merveilles,
> Tu lui as ouvert ton cœur plutôt que de t'ouvrir les veines.

Le ton était donné ! Je crois que si toutes mes chansons tristes avaient ce caractère fataliste, c'est que je l'étais aussi. L'existence de mes personnages ne tenait qu'à des branches trop fragiles comme la mienne. Ma vie ne reposait que sur la musique, que sur mon public. Mais, si ce dernier venait à me tourner le dos, que deviendrais-je ? Tout comme cette femme dont la vie ne tenait qu'à un homme, ma vie devait-elle s'arrêter aussi ?

Je me souviens de m'être régulièrement posé la question, à savoir sur quel socle j'avais construit ma vie. Était-il solide ou manquerait-il de s'effondrer ? J'aurais la réponse quelques années plus tard en chutant violemment.

Bien sûr, dans mes disques, certains titres avaient un caractère social. J'ai décidé d'inclure « Marine » dans le tracklisting, et m'est aussi venue l'idée d'écrire un titre plus large sur la France. C'est ainsi qu'est né « Ma France à moi ».

Ma France à moi elle parle fort, elle vit à bout de rêves,
Elle vit en groupe, parle de bled et déteste les règles,
Elle sèche les cours, le plus souvent pour ne rien fou***,
Elle joue au foot sous le soleil, souvent du Coca dans la gourde,
C'est le hip-hop qui la fait danser sur les pistes,
Parfois elle kiffe un peu d'rock, ouais, si la mélodie est triste,
Elle fume des clopes et un peu d'shit, mais jamais de drogues dures,
Héroïne, cocaïne et crack égalent ordures,
Souvent en guerre contre les administrations,
Leurs BEP mécanique ne permettront pas d'être patron,
Alors elle se démène et vend de la m**** à des bourges,
Mais la m****, ça ramène à la mère un peu de bouffe, ouais.
Parce que la famille c'est l'amour, et que l'amour se fait rare.
Elle se bat tant bien que mal pour les mettre à l'écart,
Elle a des valeurs, des principes et des codes,

Elle se couche à l'heure du coq, car elle passe toutes ses nuits au phone.
Elle paraît faignante mais, dans le fond, elle ne perd pas d'temps,
Certains la craignent car les médias s'acharnent à faire d'elle un cancre,
Et si ma France à moi se valorise, c'est bien sûr pour mieux régner,
Elle s'intériorise et s'interdit de saigner. Non.

C'est pas ma France à moi, cette France profonde,
Celle qui nous fout la honte et aimerait que l'on plonge.
Ma France à moi ne vit pas dans l'mensonge,
Avec le cœur et la rage, à la lumière, pas dans l'ombre.

Ma France à moi elle parle en SMS, travaille par MSN,
Se réconcilie en mail et se rencontre en MMS,
Elle se déplace en skate, en scoot ou en bolide,
Basile Boli est un mythe et Zinedine son synonyme.
Elle, y faut pas croire qu'on la déteste mais elle nous ment,
Car nos parents travaillent depuis vingt ans pour le même montant,
Elle nous a donné des ailes mais le ciel est VIP,
Peu importe ce qu'ils disent, elle sait gérer une entreprise.
Elle vit à l'heure américaine, KFC, MTV Base,
Foot Locker, McDo et 50 Cent.
Elle, c'est des p'tits mecs qui jouent au basket à pas d'heure,
Qui rêvent d'être Tony Parker sur le parquet des Spurs,
Elle, c'est des p'tites femmes qui se débrouillent entre l'amour,
Les cours et les embrouilles,
Qui écoutent du raï, r'n'b et du zouk.
Ma France à moi se mélange, ouais, c'est un arc-en-ciel,
Elle te dérange, je le sais, car elle ne te veut pas pour modèle.

[...]

Non, c'est pas ma France à moi, cette France profonde.
Alors peut-être qu'on dérange mais nos valeurs vaincront.
Et si on est des citoyens, alors aux armes la jeunesse,
Ma France à moi leur tiendra tête, jusqu'à ce qu'ils nous respectent.

L'album était sur le point d'être bouclé et je ressentais le besoin de faire une introspection. Inconsciemment, j'avais toujours le sentiment qu'un jour tout s'arrêterait. Comment, je ne le savais pas, mais, puisque c'était une forte éventualité, je préférais en dire le plus tant que je le pouvais pour ne pas avoir de regrets. J'ai commencé à composer un titre dans lequel je parlais de moi, bien sûr, mais qui pouvait aussi délivrer des messages personnels à ma famille, mes amis, mon public. Plus j'écrivais et plus j'étais inspirée. Par centaines, les rimes noircissaient ma feuille. À la fin, le morceau faisait sept minutes, sans refrain. Je l'ai intitulé « Petite banlieusarde ».

Petite banlieusarde, j'ai fait du rap pour me libérer du mal.
J'aurais pu finir à la MAF[1], le cœur criblé de balles.
J'ai pris la plume pour qu'elle m'éloigne de la mort,
Pour que ma mère n'aille pas à la morgue pleurer sur mon sort.
Je suis dure mais sincère, moi j'étais seule et sans frères,
Fallait être sûre, fallait assurer sans père.
Petite banlieusarde, je reste fascinée par les armes,
Fascinée par Mani, Ginger et Sam.
Ça, c'est mon monde et je n'suis pas un cas à part,
Je m'accapare le droit de rêver de baraques et de barres.

1. Maison d'arrêt pour femmes.

Je rêve d'être née quelque part, en fait m**** je me perds,
Métissée, je reste le c** entre deux chaises.
Mais qui suis-je pour qu'on m'applaudisse ou me déteste ?
Qu'ai-je fait pour qu'on me teste ? Qu'ai-je fait pour
qu'on me blesse ?
Seule, j'n'ai que le rap et personne ne peut m'en vouloir
D'avoir apprécié la gloire ne serait-ce que pour un soir.
Ex-petite fille invisible accroupie dans un coin de la cuisine,
L'oreille dévorée par la rime,
Je la voulais ma vie de rêve,
Loin de la vie de m**** de ma mère, pleurant sous les
rappels du système.
Entre le shit, les guns et les flics, j'ai préféré le titre, le
sun et les chiffres.
Mais bien sûr j'ai fini seule,
Seule avec ma plume rêvant d'une vie plus qu'alléchante.
Allez chante ta p***** d'peine et que les gens la ressente,
Car les gens me ressemblent, dans le fond les gens saignent,
Je le sais, dans le fond les gens s'aiment.
Y a du mal-être dans l'air, on m'a prise pour une m****,
On m'a jugée sur mon paraître et ma verve.
Mais derrière mes fautes de grammaire y avait de la rage.
Messieurs, Mesdames, je vous le jure, j'avais des tubes
dans mon cartable !
J'ai vite compris qu'on me prenait pour une c****,
Autant mes profs que mes potes, une petite Blanche
dans le hip-hop.
Alors je m'exprime mais je reste sur la défensive.
Depuis qu'j'ai rencontré l'amour avec du sang plein les
gencives.
Alors ouais je vends des disques, ouais j'ai de la thune,
Mais j'ai cette p***** d'cicatrice qui me perturbe.
Rien à f***** d'être une star, d'attendre que le temps
passe,
Elles s'éteignent les stars, un jour ou l'autre on les
remplace.
Moi, je veux du long terme soyons clair.

Tous ces p***** de disques d'or ne me rendront pas mon père,
Mais je les aime toutes, ces unes de magazines,
Car pour une fois dans sa vie ma mère est fière de sa gamine.
Ma mère, je l'aime à en mourir mais j'sais pas lui dire,
Alors je lui dédie des titres sur mes disques.
Je sais pas me blottir dans ses bras, j'aimerais mais j'y arrive pas,
C'est trop rare et ça s'fait pas, m'man.
Tu sais, aujourd'hui j'suis pas guérie, malgré ces rimes.
Elle est à toi ma Victoire de la musique, m'man,
T'as porté le monde sur tes épaules pour ta môme,
Repose-toi, je m'occupe de ton trône.
À toutes ces mères qui en bavent jour après jour
Une petite banlieusarde vous adresse tout son amour.
Méditerranéenne, sans la famille, c'est plus la même,
Chez nous, c'est beau comme on s'aime, et le respect, c'est dans les gènes.
Je reste jeune et insouciante, je joue avec la vie,
J'aime la nicotine et j'aime Paris la nuit,
Y a les kebabs, les troquets, les boîtes,
De l'autre côté y a les armes, la coke et les femmes. Moi,
J'n'ai pas besoin d'amphét, ni de ta poudre dans le « zen »,
Je reste de celles qui restent zen,
Que je le veuille ou non, j'suis qu'une petite banlieusarde,
Ça s'entend quand je parle, ça se devine quand je me sape,
Mais je suis fière de pouvoir régler l'addition,
Étonnée de voir ma tête à la télé chez Ardisson.
J'reste une môme, moi, je ne rêvais que de free-style,
De déchirer le mic mais pas de me voir dans le journal, nan.
J'voulais monter sur scène parce que j'aimais le show,
Parce que j'aimais les wo-yoye, wo-yoyoyoye.
Adolescente je n'avais que ma chambre
Pour rêver d'avoir la chance que les gens un jour me chantent,
Je rappais vite, je rappais grave, je rappais fort,
Puis après c'était le speed pour ne pas rater les transports,

RER B, Zone 5, Orsay-Ville,
Bus 0.3 direction Carrefour-les-Ulis.
Durant des années, je n'ai fait que des allers-retours,
Crois-moi, t'es très loin du mouv quand t'habites a Mondétour.
J'regrette rien, j'avais pas ma place aux Beaux-arts,
Et puis j'n'aurais pas eu la chance de rencontrer Black-Mozart,
Je n'oublie rien de tous ces featurings que j'ai faits,
De toutes ces rimes que j'ai suées,
De tous ces riffs que j'ai tués,
D'ailleurs pas même le succès n'a freiné mes ardeurs,
J'ai toujours kiffé être invitée par des rappeurs.
Avec ou sans disques de platine, en fonction du feeling,
Je serai toujours active sur mixtape et compil,
Parce que j'ai l'rap dans le sang, le rap m'a bercée,
Le rap m'a percée au plus profond de moi, tu l'ressens.
Moi j'ai que ça, j'ai pas le bac, j'ai qu'un niveau de troisième,
Mais malgré mes échecs scolaires, ma nouvelle vie est une croisière.
Et dire que j'rêvais juste de passer sur les ondes,
Dix ans après, j'ai presque fait le tour du monde.
Ma vie c'est du partage, des souvenirs et des voyages,
C'est des barres de rires mais aussi parfois des dérapages.
C'est l'Algérie, le Maroc, la Tunisie, le Sénégal,
La Suisse, la Belgique, le Canada, la Guyane,
C'est la Guadeloupe, la Martinique, le Gabon et l'Allemagne,
La Réunion, la Corse, l'Italie, le Portugal.
C'est l'Espagne et toutes ces villes de provinces françaises
Qui m'ont accueillie les bras ouverts pour me voir en concert,
Petite banlieusarde, loin des strass, tout près de l'impasse
Sans le rap, j'aurais sûrement fini buvant la tasse.
Aujourd'hui, j'hallucine, je file de ville en ville,
DJ Dimé aux platines, et la tournée nous enivre.

Ma vie, c'est mon rap, et mon rap, c'est un message,
Mon rap, c'est un respect, c'est un poska et puis un lettrage.
Mon rap, c'est du piano, c'est des notes blanches et noires,
C'est des tonnes et des tonnes et des tonnes d'encre noire.
Mon rap, c'est ma raison d'vivre, c'est ma raison de dire au monde
Que quand on veut on y arrive malgré les zones d'ombre.
Et j'suis contente quand un jeune s'en sort,
Qu'il montre l'exemple dans le biz, les études ou le sport.
Génération quatre-vingt, on a pas fini d'parler, nan,
Vous marrez pas on a pas fini d'brasser.
C'est pas facile de s'adapter à toutes ces évolutions,
Nos revendications ne passeront pas sans révolution.
Pour preuve, tous nos gimmicks se pointent en tête des hits,
Détrônent la variét' et ramènent même du chiffre aux maisons de disques.
Petite banlieusarde, au-delà de la musique,
J'ai surtout rencontré l'amour du public.
Aujourd'hui je lui dois tout ce que je viens de vous décrire,
Mes moments fous, mes voyages et tout ce que j'ai au fond des tripes.
Mon public à l'heure qu'il est me ronge et m'obsède,
J'ai peur de retourner dans l'ombre, de ne pas refaire d'autres scènes,
J'ai peur que ma plume ne plaise plus,
De n'être qu'une artiste de plus qu'on renverra à la rue.
J'ai peur d'avoir rêvé de carrière et d'avoir échoué,
D'avoir à regarder en arrière et de me dire : « Mais qu'ai-je fait ? »
On est le 13 septembre, il est sept heures du mat,
Et j'ai mon texte sous les yeux.
Après tout c'temps, j'avais besoin d'vider mon sac,
Et tout à coup je me sens mieux.
Quoi qu'il arrive, je garderai le meilleur de tout ça,
Peu importe l'avenir,
C'est tout c'que je sais faire moi,
Moi, je rappe.

Quand je lis les paroles de cette chanson, je prends conscience de la place que tenait la musique dans ma vie. Il est vrai que dès mon plus jeune âge j'ai nourri cette envie de rapper à toute heure. À peine sortie de l'enfance que j'étais déjà dévorée par cette passion. Je ne me rendais pas compte que là prenait racine une gangrène qui, au fil des années, viendrait me bouffer le cœur. Je n'exagère pas, je misais tout sur le rap, vraiment tout. Pour cette passion, je suis passée à côté d'une vie de famille, j'ai perdu des amis, délaissé les études ou la chance d'avoir un vrai métier ; en bref, je pensais rap, je m'endormais rap, je mangeais rap. Rien n'avait plus de valeur à mes yeux que la musique. Ma mère m'avait fait tomber dans la marmite depuis mes plus jeunes années. Vous connaissez la suite.

   C'est donc dans cet état d'esprit de petite banlieusarde accro à sa musique et à la scène que j'ai achevé l'album. Nous avions déjà commencé à préparer le buzz autour de sa sortie. Dans les journaux, sur les réseaux, nous ne cessions de distiller des informations pour faire monter la sauce. À la fin de l'année 2005, trois mois avant la parution du disque, nous avons décidé d'envoyer un premier single, un titre « bien rap » pour commencer. Sans nous douter du tournant qui allait s'opérer à trois cent soixante degrés, nous avons choisi « La boulette ». Au départ, seuls quelques médias jouant de la « musique jeune » ont accepté de la faire tourner malgré quelques réflexions sur son caractère un peu trop dur. Mais c'était sans compter sur la ferveur des gens, car en quelques semaines, le titre est devenu un des plus réclamés sur les ondes, il passait non-stop sur toutes les radios ! Le public était bel et bien au rendez-vous. J'étais… heureuse !

Avant que la promotion occupe à nouveau tout mon temps, j'ai décidé de prendre deux semaines pour faire un break et partir en vacances. Charlotte et moi nous étions beaucoup rapprochées cette dernière année, c'est donc tout naturellement que je lui ai proposé de voyager avec moi. Il n'était pas difficile de choisir notre destination, tant j'en avais rêvé : l'île Maurice !

Nous avions choisi un hôtel plus confortable que la fois précédente, et la plage me semblait plus belle que la première fois. Nous avions une chambre immense qui donnait directement sur la mer, et un magnifique lagon dont l'eau était si transparente qu'elle laissait entrevoir à l'œil nu des bans de petits poissons de toutes les couleurs. C'était merveilleux, nous n'avions qu'un pas à faire pour être au cœur de cette fameuse carte postale qui m'avait toujours fait rêver. Charlotte et moi étions sur la même longueur d'onde, deux incurables pipelettes en vacances !

Durant tout mon séjour, la maison de disques me donnait des nouvelles de mon album en France. Apparemment, le lancement s'annonçait particulièrement bien. « La boulette » cartonnait de plus en plus fort, c'est pourquoi nous avons décidé de tourner le clip dès mon retour à Paris. Je voulais qu'il y ait des enfants avec moi, je voulais un clip frais et hilarant. Deux écouteurs plantés dans les oreilles, je réécoutais souvent mes chansons sur la plage en me demandant comment le public allait les recevoir. Allait-il se retrouver dans mes textes ou me tourner le dos ? J'avais hâte de rentrer, au fond, hâte de reprendre du service. Mon esprit était tout à mon album. Cela dit, mon deuxième séjour à l'île Maurice me l'a fait aimer encore plus. Je ne me lassais pas des balades en mer où je pouvais rester longtemps à m'extasier devant tant de beauté. Je me sentais bien à l'île Maurice et, lorsque nous en sommes reparties, je n'espérais qu'une chose : y retourner dès que possible.

Je suis donc rentrée à Paris à la mi-janvier 2006. À peine mes bagages défaits, j'ai débarqué dans un studio pour tourner le clip de « La boulette », très attendu. L'ambiance était bon enfant, Tefa et Masta étaient fidèles au rendez-vous, l'équipe très investie.

J'étais à mille lieues d'imaginer ce qui allait s'ensuivre. Mon passage à la télévision pour les Victoires de la musique ou encore « Marine » m'avaient ouvert de nouvelles portes et des médias plus importants s'intéressaient à mon dernier album, si bien qu'un mois avant sa sortie en magasin j'enchaînais déjà les interviews. La plupart du temps, nous privatisions l'étage d'un restaurant pour organiser les rencontres avec la presse. Il m'est arrivé de leur accorder plus de dix interviews dans une seule journée. Je me prêtais au jeu, je répétais inlassablement les mêmes histoires. Ces entretiens me donnaient un aperçu des titres qui retenaient leur attention. Sans doute plus qu'aucun autre, « Ma France à moi » incitait au débat. Tous n'étaient pas d'accord avec mes propos mais, à force de défendre cette France que je connaissais bien, les médias ont fini par me considérer comme la porte-parole d'une jeunesse sans voix. Cela me gênait, je n'avais pas cette prétention et en aucun cas je ne faisais ni ne voulais faire de la politique. Mon seul plaisir, à la création de ce morceau, était de décrire ma France telle que je la voyais, en jouant avec les mots et les images, mais nullement d'être au cœur des débats. C'est donc malgré moi que l'on m'a collé cette étiquette de porte-étendard, qui serait amplifiée lors des manifestations anti-CPE (contrat première embauche). Entre les mois de février et avril 2006, lorsque les étudiants manifestaient dans les rues de Paris leur refus de cette loi, on pouvait les entendre scander « La boulette » ! Ma chanson était devenue l'hymne d'une partie de la jeunesse et moi, je n'en revenais pas ! Rien que d'y penser, je m'en étonne : ce titre, je l'avais écrit en une heure dans l'euphorie d'une séance de studio.

Dans ma bulle est sorti le 6 février 2006. En deux semaines, plus de cent mille disques se sont écoulés, offrant à l'album son premier disque d'or ! Il s'agissait là d'un des plus gros démarrages de l'histoire du rap, les médias se bousculaient pour m'avoir, j'enchaînais les plateaux de télévision, de talk-shows très sérieux aux émissions plus légères ; j'étais sur tous les fronts. J'ai fait la couverture de plusieurs journaux et magazines, on parlait énormément de moi. *Dans ma bulle* resterait classé dans le top dix des ventes d'albums pendant de longs mois et serait sacré, pour l'année 2006, disque le plus vendu devant une liste impressionnante de grands artistes français.

Pour ne rien vous cacher, cette période m'a entraînée dans un vrai tourbillon. Ma présence était devenue comme qui dirait incontournable. Dans la rue, à la télévision, dans les journaux, ma tête s'affichait partout. Dans ma vie de tous les jours, il me devenait impossible de sortir sans être aussitôt repérée. Contrairement à l'époque de *Brut de femme*, je n'étais plus seulement reconnue par les jeunes, désormais plusieurs générations savaient qui j'étais. De la fillette de cinq ans à la petite mamie de quatre-vingts ans, toutes venaient à moi. Souvent, je me disais : « Tiens, mais comment elle me connaît cette dame ?! »

Après « La boulette », ça a été au tour de « Jeune demoiselle » de cartonner. Durant tout l'été, ce titre très léger a fait carton plein sur les ondes. Pendant ce temps, ma tournée s'était abondamment remplie en l'espace de quelques semaines. Toutes les salles affichaient complet, même les deux Olympia programmés pour les 2 et 3 juin 2006.

Au cours de cette longue tournée, j'ai réalisé à quel point mon nom avait pris de l'ampleur dans le paysage musical. Jusqu'alors, je ne remplissais pas systématiquement les salles de concert mais, là, à peine avions-nous entamé la tournée que déjà mon producteur évoquait le Zénith de Paris. Il était sûr que nous jouerions à guichet fermé. C'est ainsi que nous nous sommes lancés dans ce pari fou de remplir cinquante Zénith, dans toute la France.

Si je m'étais écoutée, jamais je n'aurais pris un tel risque. Je ne trouvais pas raisonnable d'envisager de jouer chaque soir devant cinq à six mille personnes. Et pourtant, je me suis laissé convaincre. Chaque jour qui passait garantissait son lot de ventes d'albums. Je me souviens que, au bout de six mois après sa mise dans les bacs, le disque s'écoulait encore à plus de dix mille exemplaires hebdomadaires. Je me demandais qui étaient ces dix mille personnes qui, chaque semaine, se disaient : « Tiens ! Et si j'allais acheter l'album de Diam's ! » Je n'en revenais pas. Rapidement, nous avons atteint les trois cent mille, puis quatre cent mille, puis cinq cent mille disques vendus.

Nuit et jour, j'étais sollicitée de partout, on m'invitait à toutes les soirées, des célébrités me convoitaient, on m'offrait des sommes astronomiques pour chanter deux chansons ; c'est comme ça que j'ai commencé à goûter à l'argent et, surtout, à « la vie de star ». J'allais de plateaux télé en plateaux télé, de concert en concert. Une fois, j'ai été réclamée près de Lyon ainsi qu'à La Rochelle au cours des mêmes vingt-quatre heures. Tout naturellement, on m'a affrété un jet privé, rien de moins, puis un hélicoptère pour que l'exploit soit possible. J'en ai beaucoup ri. Très lucide, je me disais souvent : « Tiens, bizarre, ils ne faisaient pas ça pour moi avant ! » Je fédérais de plus en plus de personnes, et de nombreuses filles faisaient parfois la tournée entière avec nous. Elles assistaient à tous les concerts, dormaient dans leur voiture pour être à l'aube les premières devant la salle et s'assurer que personne ne leur « vole » leur place au premier rang. Le public me témoignait tant d'amour chaque soir que je me sentais comme sur un petit nuage. Je recevais des tonnes de courrier et tout autant de cadeaux.

Je me souviens que les deux titres les plus plébiscités par les gens à la sortie de l'album étaient « Par amour » et « Confessions nocturnes ». Le premier est un piano-voix de cinq minutes ; le second, une histoire rocambolesque tout aussi longue. Nous étions loin des formats limités des radios et pourtant, sous la pression du public, ces dernières ont été obligées de les diffuser ! « Confessions nocturnes » a fini par être un énorme tube. Avec Vitaa, nous avons donc projeté de tourner le clip à la façon d'un court-métrage. Les moyens déployés pour sa réalisation étaient dignes d'un petit film : le clip retraçait notre folle soirée, entre confidences dans mon appart et grandes discussions à bord d'une voiture, pour finir en larmes place de la Concorde sous une pluie battante. D'un côté, les critiques s'en donnaient à cœur joie sur ce titre qu'ils jugeaient trop « girly », de l'autre, des milliers de jeunes femmes scandaient nos paroles tous les soirs dans les concerts. Nous ne nous entendions même plus chanter sitôt que le morceau partait ! Au final, je crois bien que mon album ne contenait quasiment que des tubes réclamés par les gens et qu'ils connaissaient tous par cœur, comme si aucun n'était plus important qu'un autre.

À cette même période, Seb et moi avons été sollicités pour fonder un label. Depuis toutes ces années, nous étions vraiment devenus amis et, naturellement, il était mon plus grand allié dans le travail. Je lui demandais conseil sur tout, il avait une grande expérience dans le monde de la musique, qu'il me faisait partager. Au fil du temps, nous nous étions bâtis une jolie petite réputation, lui dans la sphère des maisons de disques, moi dans l'artistique. Notre binôme plaisait beaucoup, et Universal Music a pris rendez-vous avec nous. Le boss nous a beaucoup parlé de ses projets de développements et voulait savoir si nous avions repéré des artistes en vue de les produire et de lancer leur carrière.

Nous avions effectivement autour de nous des chanteurs et chanteuses à qui nous donnions des coups de pouce ou des conseils, parmi lesquels Vitaa justement : elle plaisait énormément au public mais les professionnels trouvaient son style trop atypique. À ses tout débuts, son grain de voix surprenait, mais cela ne l'avait pas empêché de conquérir le public, et à mille pour cent. Le boss d'Universal a aussitôt craqué sur elle et nous a proposé un projet fou : il voulait nous confier, à Seb et moi, le label Motown France. D'emblée, nous avons accepté, sans réfléchir ; c'était une opportunité unique de développer des jeunes artistes et, surtout, cela me procurait la joie de travailler sur le prochain album de ma copine.

L'annonce de l'ouverture du label a fait l'effet d'une bombe dans le monde de la musique. Seb, qui était inconnu du grand public, travaillait sereinement derrière son bureau alors que moi, je m'en prenais plein la tête ! Si vous saviez le nombre de critiques, et même d'injures, que j'ai reçues lors de l'annonce officielle de ce projet. Les puristes de la soul étaient outrés que l'on ait donné cette marque à une rappeuse, blanche de surcroît. Les jaloux s'étouffaient qu'Universal ait pu me nommer à un tel poste ! En plus de ma casquette d'artiste, j'avais désormais celle de directrice artistique au sein d'une énorme maison de disques et ça, c'en était trop pour eux ! J'ai été très surprise de cette avalanche de réflexions, comme s'il fallait faire math sup pour aider un artiste ; au contraire, je me sentais tout à fait à ma place. Simplement, c'était encore nouveau, donc cela dérangeait.

Un album qui cartonne, un beau label, une tournée complète et un nom devenu pour l'heure incontournable : je ne pouvais pas connaître plus grand succès. Je vous laisse imaginer la tête des envieuses et des envieux lorsque le premier disque du label, « À fleur de toi », de Vitaa, s'est écoulé à plus de trois cent mille exemplaires ! Parallèlement, Seb et moi avions travaillé sur le nouvel album de Hocus Pocus, *Place 54*, qui s'est soldé à son tour par un disque d'or. Dix-huit mois plus tard, nous signions l'artiste Ben L'Oncle Soul, sur les conseils d'une amie, et son premier disque a également été l'une des plus grosses ventes de l'année 2011. Pas de doute possible, nous nous faisions des ennemis.

Rares étaient les artistes de rap avec de multiples casquettes mais, à dire vrai, j'ai dû méchamment encaisser à cette période, car certains d'entre eux n'y allaient pas avec le dos de la cuillère ! Ils ont même cherché à me faire quitter mon poste dans le label. C'est drôle car, parmi les artistes qui avaient signé « la lettre pour mon renvoi », certains sont venus, un an plus tard, nous quémander un contrat. Incroyable ! Trop de vendus, de médiocres et d'hypocrites dans ce milieu !

On se réjouissait de cet énorme succès. Parfois, sur les banquettes en cuir de nos limousines, nous nous remémorions l'époque où je n'étais qu'une petite nana de banlieue qui essayait tant bien que mal de signer avec une maison de disques. C'est Seb qui m'avait découverte, et ouvert la porte qui m'a conduite au succès.

Seb m'épaulait énormément, nous passions des heures et des heures au téléphone, je l'appelais pour tout et n'importe quoi et, chaque fois, il était d'une grande patience et toujours à l'écoute. Je le sollicitais beaucoup au sujet de ma carrière, nombreux étaient ceux qui, dans le business, se tournaient vers lui pour pouvoir m'atteindre. Nous étions connectés vingt-quatre heures sur vingt-quatre ; je me demande aujourd'hui comment il arrivait à gérer Motown, Diam's, famille, conjointe et enfant !

Mes albums rencontraient un franc succès dans tous les pays francophones, le public mémorisait mon nom. Une idée me trottait dans la tête, une chose qu'aucun artiste de rap français n'avait faite jusque-là : je voulais monter une tournée mondiale. Faire dans le monde ce que je faisais dans toute la France, aller d'un pays à l'autre et livrer tout ce que j'avais dans le ventre, donner des concerts magnifiques, dans de bonnes conditions techniques et artistiques. Mon rêve n'était pas de me lancer dans de petits shows avec de petits moyens, comme c'est souvent le cas lorsqu'on se rend à l'étranger, non, j'imaginais remplir d'énormes salles, voire même des stades, et offrir le même show qu'en France. Dans le plus grand secret, j'ai contacté Lalou pour évaluer et monter le projet. Lalou était depuis toujours mon représentant pour l'étranger, c'est lui qui avait géré mes dates de tournées aux Antilles et en Afrique, au moment de l'album *Brut de femme*. Il a tout de suite accepté de relever le défi, non sans une certaine appréhension cependant ; je lui faisais confiance, il était le meilleur dans son domaine !

Mars 2007, la tournée des Zénith battait son plein, nous étions plus de quarante personnes sur les routes chaque jour : musiciens, choristes, ingénieurs son, lumière, techniciens, sécurité, habilleuse, etc. Tous les jours, dans toutes les villes de France, c'était une joyeuse folie, nous jouions devant plus de cinq mille, six mille, parfois sept mille personnes – ils étaient même douze mille à Lyon ! Vivre et revivre chaque soir une pareille expérience, c'était énorme ! À Paris, nous avons affiché complet cinq soirs au Zénith, porte de Pantin. Du jamais vu dans le rap pour l'époque.

Au cours de l'été qui a suivi, nous avons sillonné le territoire de festivals en festivals, le public se pressait pour nous entendre, jusqu'à rassembler parfois trente mille personnes qui faisaient la fête avec nous ! À la fin de l'été, j'avais joué devant plus de cinq cent mille spectateurs. Ce serait donc peu de dire que *Dans ma bulle* a été l'album de la consécration. J'avais atteint les huit cent mille exemplaires en une année, tous prédisaient que j'atteindrais le million, ils en étaient convaincus ! Le million, c'est le disque de diamant, le fameux disque dont on me parlait toujours pour se moquer de moi, dans le genre : « Eh Diam's ! avec un nom pareil, t'es obligée d'être disque de diamant. » Sans quoi, tu ne mérites pas de t'appeler comme ça ?!

Sauf que le million, même en rêve, je n'osais y penser ! Même le demi-million, je n'avais pas voulu l'espérer ! Et pourtant, plus le temps passait, plus j'allais tout droit vers le million !

Mon disque avait fait son entrée dans des milliers de foyers et des milliers de cœurs. Durant tous ces mois passés sur les routes, je ne vous dis pas combien je me suis sentie aimée comme jamais je ne l'avais été auparavant.

Je ne courais ni après la gloire ni après l'argent, mais après l'amour. Je voulais que l'on m'aime, parce que toute ma vie j'avais manqué d'attention. Entendre des centaines, des milliers de personnes te déclarer que tu es, je cite, importante pour eux, c'est comme si on me témoignait enfin ce que j'attendais depuis l'enfance. L'absence de mon père était un problème central dans ma vie, je le vivais ainsi et mettais beaucoup de mon mal-être sur le compte de son indifférence, de son silence.

Un an après sa sortie, *Dans ma bulle* était nommé dans plusieurs cérémonies, et notamment à Cannes, où le public l'a particulièrement plébiscité lors des NRJ Awards. En me rendant sur place, j'ignorais sincèrement si je recevrais un prix ou non, d'autant que c'était au public de choisir qui serait récompensé. D'une nature plutôt défaitiste, je tentais de me mettre en condition psychologique au cas où je ne le serais pas. Dans ce genre de cérémonies, le problème, quand tu ne reçois pas de prix, ce n'est pas tant le fait de repartir bredouille qui dérange, mais c'est de croiser, après la défaite, cent personnes qui viennent à toi avec ce même air attristé et compatissant : « C'est pas grave, la prochaine fois, Diam's, t'auras sûrement quelque

» Alors qu'au départ tu avais réussi à faire en sorte de te fiche totalement de recevoir quelque chose, après coup, les gens avaient raison de toi, et tu finissais en *very bad trip* !

Alors, là-bas, à Cannes, je ne m'attendais à rien. À mon arrivée sur le site des NRJ Awards, l'équipe m'a reçue comme une princesse : la suite de l'hôtel où je logeais coûtait pas moins de cinq mille euros la nuit, nous disposions d'un chauffeur, d'une voiture luxueuse, nous allions monter les marches du palais des Festivals et donc défiler sur le tapis rouge. J'étais dépassée par tout ce luxe, toutes ces dépenses, mais je ne pouvais que m'en amuser. La vue de ma chambre sur la Méditerranée était magnifique, le salon et la chambre aussi, et j'avais même pu inviter une copine pour partager tout ce délire avec moi, car c'était bien le terme qui convenait : le délire.

Nous avons passé la nuit dans ce palace et, dès le lendemain, nous nous sommes préparés pour la cérémonie. Il fallait d'abord faire les répétitions, puis s'ensuivait tout un planning : maquillage, habillage, montée des marches, entrée en salle, retour en loge, puis de nouveau la salle, en fonction des prix.

Au cours de cette soirée, j'ai reçu un premier trophée, puis un deuxième, puis un troisième ! C'était du grand n'importe quoi, mon équipe et moi jubilions, nous sautions carrément au plafond. J'étais vraiment émue que le public me récompense autant, je les remerciais sans retenue. J'ai reçu le prix du meilleur album de l'année, puis celui de l'artiste féminine de l'année et enfin de la chanson de l'année, avec « La boulette ». En l'espace de quelques minutes, j'étais la grande gagnante de la soirée, tout le monde me réclamait dans les coulisses, voulait prendre une photo ou m'offrir un petit quelque chose – autant les marques de fringues que de bijoux. Ces cérémonies induisent toujours une avalanche de protocoles et, moi qui ai toujours détesté les boîtes de nuit, j'ai dû m'y rendre pour « fêter ça ».

J'étais mal à l'aise, moi qui ne danse pas ni ne sais m'amuser dans ce genre d'endroit, j'avais envie d'exploser et de sortir, mais je ne disais rien, je souriais, je faisais mine d'être heureuse. Je ne veux pas avoir l'air de bouder mon plaisir, mais je me suis sentie alors esclave de cette gloire. Autant j'aimais rencontrer les gens à la fin de mes concerts, autant dans cette boîte de nuit l'ambiance était tout autre. L'alcool coulait à flots, les gens, désinhibés, affichaient vite très peu de retenue. Je trouvais ça malsain et à mille lieues de mon univers, mais malheureusement je n'avais pas le courage de tout envoyer valser et rentrer à l'hôtel. Je me considérais comme quelqu'un qui s'était changé en marchandise, un produit dénué de la force nécessaire pour refuser ce qui m'était abject, une espèce de statue que l'on exhibe et avec qui les gens veulent être pris en photo. Oui, c'était le jeu, j'avais gagné donc je devais me montrer. Et puis, cette victoire, je la devais à mon public. Je ne pouvais pas lui tourner le dos. Malgré la fatigue, les angoisses, malgré le dégoût d'assister à l'exhibition des uns et des autres, je suis restée, j'ai fait acte de présence, j'ai feint de m'éclater avec mon équipe, mais dans ma tête c'était loin d'être le cas.

Le succès allait grandissant. Toutes les marques se bousculaient pour m'habiller et me faire cadeau des derniers objets à la mode : téléphones, appareils photo, ordinateurs, baskets en pagaille, blousons, joggings, bijoux. Je disposais de tout gracieusement, sans avoir besoin de rien faire. Disons qu'ils misaient sur le fait que l'on me voie un jour dans des magazines ou sur des plateaux de télévision avec leurs fringues sur le dos ou leurs accessoires ; c'est une manière détournée de placer de la pub. Tous les artistes, sportifs et personnalités en vue sont logés à la même enseigne. Je dois avouer que cela m'amusait plutôt. Et, toujours dans un même élan de lucidité, je me disais : « Tiens, bizarre, ils n'étaient pas là hier, ceux-là. Et demain, seront-ils là ? »

Quelques années plus tard, lorsque je serais au cœur d'un scandale sur fond de foulard islamique, plus une seule de ces centaines de marques ne me donnerait quoi que ce soit, ni même ne voudrait être liée de près comme de loin à mon image. C'est vous dire l'éthique qui les anime et, par conséquent, l'estime que j'ai pour elles. Quoi qu'il en soit, il faut savoir qu'en cette époque de succès je tournais le dos aux centaines de milliers d'euros qu'elles me proposaient pour porter leurs vêtements, car je refusais catégoriquement de me transformer en pancarte publicitaire. Déjà que je ne pouvais pas sortir tranquillement dans la rue, si en plus je n'avais même pas le droit de choisir mes propres baskets, je risquais de péter les plombs ! Et, pour tout dire, l'argent commençait à couler à flots sur mon compte en banque, et c'est par centaines de milliers d'euros que j'encaissais les chèques. J'avais à peine vingt-six ans et j'étais déjà très riche grâce au rap. Le pire, dans tout ça, c'est que je m'en moquais. L'argent n'était absolument pas ma priorité et, le plus dingue, c'est que je n'avais même pas le temps de le dépenser. J'étais toujours en concert ou en interview, en studio, ou en concert, ou en interview, ou en studio. Cela ne s'arrêtait jamais.

Après les NRJ Awards, j'ai également reçu trois prix lors de la cérémonie des Trophées du hip-hop, un autre aux MTV Europe Awards en tant que meilleure artiste française de l'année. Les récompenses s'empilaient chez moi, aux côtés de mes multiples disques d'or, disques de platine, doubles disques de platine.

En outre, l'aspect « politique » de mon album plaisait bien aussi. Même si je n'avais la prétention de rien, je pensais qu'il était bon d'insérer à l'intérieur du CD un court texte incitant les jeunes à aller voter à la présidentielle de 2007, pour que 2002 ne se reproduise jamais. J'étais de cette génération qui avait très mal vécu la présence de Jean-Marie Le Pen au second tour de l'élection, face à Jacques Chirac. À l'époque, je m'intéressais très peu aux élections et, tout d'un coup, ce choc m'avait mis un coup de fouet. Je me souviendrai toujours que ce soir-là ma mère avait débarqué dans ma chambre en me disant : « Je te préviens, Mélanie, si Le Pen passe, prépare-toi, car on s'en va ! »

Au cours de cette année 2006, au cœur de la campagne, je me retrouvais invitée à la centième de l'émission du « Grand journal » sur Canal Plus, en direct sur le plateau avec Jamel Debbouze et Ségolène Royal. J'étais surprise d'être conviée au même titre que Jamel, comme si, tout à coup, ma notoriété était telle que l'on me voulait aux côtés de personnalités que je considérais comme des « stars » et que j'estimais. En revanche, Ségolène Royal, pour tout vous dire, je ne savais même pas qui elle était ! J'étais seulement au courant qu'elle était une femme politique. Ce soir-là, elle a fait son discours, expliqué qu'elle voulait aider les jeunes, qu'elle organisait dans sa ville des actions pour les encourager à réussir, etc. Sur le coup, ses paroles m'ont plu, donc très naturellement et, je l'avoue, très naïvement, je lui ai dit : « Si vous vous présentiez, je pourrais voter pour vous ! » Avant l'interview, j'avais pu chanter « La boulette », c'était la fête sur le plateau, Jamel et Ségolène dansaient sur la chanson ! Mais quand l'émission s'est achevée, j'ai pris comme un seau d'eau sur la tête ! Mon téléphone s'est mis à sonner comme jamais, tout le monde m'engueulait, me reprochait mes propos, et moi je ne comprenais rien ! Mais qu'avais-je fait ?! Mon téléphone a de nouveau retenti, c'était ma mère. Moi, tout heureuse, je lui demande : « Alors, t'as vu l'émission ? » et elle de me répondre : « Oui, j'ai vu, mais franchement, Mélanie, tu mesures la teneur de tes propos ? Tu devrais savoir que dans notre pays on ne dit pas pour qui on va voter, c'est complètement inconscient, c'est comme dire combien on gagne ! » Oh la la la, je ne trouvais pas que c'était si grave, moi, fallait pas que ça les mette dans tous leurs états !

Apparemment, j'avais quand même fait une sacrée boulette car, dès le lendemain, je me suis retrouvée entraînée dans un tourbillon politique ! Tout le monde voulait me voir, me parler, me « récupérer ». D'accord, mais pause ! Moi, à cette période, je n'étais pas pro-Ségo, j'étais seulement anti-Sarko ! J'ai donc dû entreprendre une tournée des journalistes pour expliquer que *non,* je ne soutenais pas Ségolène Royal, d'ailleurs je ne soutenais personne, je ne faisais pas de politique mais, *oui,* j'assumais mon rejet de Nicolas Sarkozy ! Cette anecdote m'a fait réaliser que je devais être plus vigilante à l'avenir. Et, dès lors que j'ai dû prendre des pincettes pour m'adresser aux journalistes, je n'ai plus trop aimé les interviews. Je le disais souvent, mais à partir de ce jour-là, à chaque échange, j'avais comme l'impression de passer le bac. Sous prétexte que je m'intéressais à la France, aux sujets de société, à la politique, alors on venait me questionner sur tout et n'importe quoi ! Parfois, j'étais même tentée de réviser mes sujets !

Certes, je n'étais pas la plus cultivée du monde, mais j'avais la fibre du business. Je possédais trois sociétés, dont deux avec Seb : production, édition, merchandising, j'étais sur tous les fronts. L'argent ne me motivait pas tant que cela, je ne courais pas non plus après la gloire mais après l'amour des gens qui venait apaiser ma solitude. Goûter à tant argent peut s'avérer une véritable épreuve, heureusement, j'avais la chance d'avoir une mère très à cheval sur la gestion des finances qui m'a aidée à placer mon argent correctement, dans la pierre essentiellement. C'est ce qui m'a permis d'assumer lorsque, les années suivantes, les impôts français m'ont réclamé des sommes astronomiques. Si je n'avais pas eu les conseils avisés de ma mère, j'aurais peut-être tout dépensé, n'importe comment, et me serais retrouvée comme certains à devoir prêter ma voix aux politiques pour que les impôts ne m'allument plus !

L'enrichissement ne m'est pas monté à la tête, au contraire, il était plutôt en train de m'enfoncer, et de creuser ma tombe. Je n'avais pas assez d'ego ni d'insouciance pour affronter cette vie déséquilibrée qu'entraînent le succès et la gloire. Ma tête était envahie de questions, tous ces « pourquoi » qui m'empêchaient de croire que cette vie, qui somme toute ne reposait sur rien, était faite pour moi. J'étais constamment harcelée par les paparazzis qui se planquaient devant chez moi, je commençais aussi à rencontrer de gros problèmes dans mes rapports avec les autres car, plus le temps passait, et plus j'évoluais à l'intérieur d'une prison dorée. Je n'avais plus vraiment d'amis ; enfin si, j'avais plein de

« nouvelles connaissances ». Notre seul point commun était d'être célèbres mais, soyons honnêtes, ce n'est pas sur ce critère que se forge une amitié.

Je n'avais pas la grosse tête, mais j'en avais tous les symptômes : je me sentais constamment fatiguée, je n'avais le temps pour personne, ne me préoccupais que de moi, la seule chose qui comptait, c'était moi, mon planning, mes idées, mes projets. Ce n'était pas de l'arrogance, ni de l'orgueil je pense, plutôt de l'égoïsme, aveuglée que j'étais par ma passion. Si je levais le pied côté boulot, je risquais de me retrouver seule chez moi à ne rien faire, c'est pourquoi je passais mon temps à essayer de le remplir.

Ma vraie nature, à l'origine, est d'être une nana réservée, très pudique et très complexée, toujours mal à l'aise, jamais à sa place, atypique sûrement mais pas extravagante. J'avais toujours détesté que l'on me remarque, puis Diam's avait envahi mon monde et, à force de vouloir que cela dure, je me suis prise au jeu de la célébrité. J'ai commencé à faire des concessions, à oublier certaines de mes valeurs. Il m'arrivait souvent d'être à cran. Je craquais lorsque les journées étaient trop fatigantes et faisais vivre un vrai calvaire à tous ceux qui travaillaient avec moi. Je détestais le boulot mal fait, alors je tapais des crises, je me vengeais dans le travail, je m'énervais pour un rien avant de me réfugier dans un coin. Là, je fondais en larmes, puis je me ressaisissais et faisais comme si de rien n'était. Je commençais à me sentir à l'étroit dans ma propre personne, je respirais mal, voire j'asphyxiais, je rêvais d'être différente, enfin apaisée, mais rien n'y faisait, des plaques rouges envahissaient tout mon corps ; c'est même arrivé plusieurs fois en direct à la télévision ! Ma peau était le reflet de mon mal-être persistant, tout le monde le voyait, mais tout le monde – moi la première – préférait l'ignorer. On mettait ça sur le compte du stress ; or, cela provenait de beaucoup plus loin et menaçait de me faire exploser en vol.

À cette période de ma vie, j'ai pris conscience à quel point la plupart des gens rêvent intensément de gloire, d'opulence, de luxe. Je me plaignais d'être mal dans ma peau et l'on me disait : « Tu as tout pour être heureuse, combien aimeraient être à ta place ? Allez, Mélanie, arrête de jouer les ingrates, profite de la vie, t'es qu'une enfant gâtée ! » Ces mots, je les entendais, mais ces maux, je les ressentais aussi, et je culpabilisais de me sentir malheureuse alors que j'avais désiré tout cela. Je me sentais coupable de gâcher les choses au lieu de les vivre. J'avais, certes, mais qui étais-je ? Quel était le sens de ma vie ? Où était le bonheur ?

La gloire ? Elle m'éblouissait. L'argent ? Je n'arrivais pas à le transformer en sérénité. Un mari ? Je ne le trouvais pas. Un enfant ? J'en étais moi-même encore un. Des bijoux ? Ils m'étranglaient. On m'avait dit pourtant que je serais heureuse et qu'une star, c'est une étoile, et qu'une étoile, elle brille toujours… Seulement, quand tu gravis la montagne que tout le monde vise et que tu atteins le sommet, quand ton rêve est à portée de main, et bien tu t'aperçois que c'est un leurre, un piège. On nous fait croire que le bonheur est forcément ailleurs, toujours plus haut, toujours plus bling, toujours plus loin, mais quand tu suis le parcours tracé sur la carte, et que tu arrives au bout de la course, là tu t'interroges : « Eh, au fait, qui a dessiné ce plan ? Qui dessine nos rêves ? » Je n'entendais pas l'appel au secours de mon âme qui, écrasée, réclamait de l'aide, sonnait l'alarme. J'étais bel et bien à l'étroit dans ma propre personne. Je voulais de l'aide mais qui me comprendrait ? L'argent et le succès ne pouvaient plus rien pour moi, qui me croirait sincèrement si j'avouais avec quelle force je souffrais ? « Mais où t'as mal, voyons ? » « Mal au cœur ? mal au sens de la vie ? mal à l'âme ? mal à la solitude ? mal à l'amour... » Qui m'aurait prise au sérieux ?

Ces questions incessantes ont commencé à me torturer à la veille de ma tournée mondiale. Celle-ci marquait, il est vrai, le début d'une grande aventure mais aussi la fin d'une autre, et quelle autre, sûrement la plus incroyable de mes histoires : celle de *Dans ma bulle*.

Me voici donc partie durant les mois d'avril, mai et juin 2007. Avec toute mon équipe, nous sommes allés en Martinique, en Guadeloupe, en Guyane, à La Réunion, à Madagascar, au Sénégal, au Gabon, en Côte d'Ivoire, à Tahiti, en Nouvelle-Calédonie, en Algérie, au Maroc, en Tunisie. Nous avons même donné un concert dans un petit théâtre à Miami ! C'est vous dire le périple qu'a été cette tournée. Ces voyages à travers le monde ont été très enrichissants, en émotions et en découvertes. Nous passions d'avion en avion, de pays en pays et, à chaque escale, c'était plus beau que la veille. À chaque terre son accueil, sa culture, ses paysages, ses palaces, ses richesses. Les concerts à l'étranger nous réservaient toujours leur lot de surprises, comme la fois où nous nous sommes rendus dans un stade pour faire les balances et qu'à quinze heures la scène n'était toujours pas montée ! Apparemment, les organisateurs s'étaient embrouillés la veille, et la personne qui devait fournir le matériel refusait de le livrer ! Ou, lorsque celui qui était censé envoyer de la fumée sur scène, au moment de l'introduction du show, s'était caché derrière les platines et avait plus ou moins posé un barbecue sur lequel il faisait brûler un papier qui dégageait une épaisse vapeur ! Inutile de vous dire que ça nous a déstabilisés pendant tout le concert tant nous avions envie de rire. À côté de ça, la tournée à l'étranger, c'était aussi un peu les vacances. Plage, balades, visite des lieux importants, baignades dans les cascades, virées en quad, sorties en jet-ski. Lalou essayait toujours de nous concocter des petites surprises, parmi lesquelles je n'oublierai jamais notre sortie en mer à Tahiti. J'avais aimé l'île Maurice ; en Polynésie, j'ai de nouveau pris une grosse claque. C'est splendide, tellement riche. La mer est d'une beauté sans pareille. Nous pouvions voir des bancs de dauphins, des petits requins avec lesquels nous nagions. Depuis son enfance, notre guide avait créé un lien particulier avec certains animaux, si bien que des oiseaux venaient se poser sur lui. Nous étions comme des gosses devant un tel spectacle. Tout était merveilleux et, pourtant, je me sentais de plus en plus gagnée par la solitude. Une équipe de tournée, ça n'est pas une vraie famille, quoi que l'on dise, et vivre tout cela sans mari, sans enfants, sans réel proche me fichait le cafard. Je me sentais seule et perdue sur cette immense planète.

Heureusement, le soir, il y avait les concerts, et quels concerts ! La plupart du temps, plus de sept à huit mille personnes étaient là pour moi. Tous souriants, tous heureux de partager ce moment avec nous. Dans certains pays, cela faisait plus de cinq ans, depuis le succès de « DJ », qu'ils m'attendaient. À Madagascar, par exemple, je n'ai pu retenir mes larmes tant la foule était dense. Plus de dix mille personnes s'étaient rassemblées dans un stade plein à craquer. Malgré les difficultés financières du pays, nous avons été reçus comme rarement ailleurs, tout était organisé, et ce concert a été un très grand moment de joie pour nous tous.

En Nouvelle-Calédonie, j'ai eu la chance de pouvoir survoler l'île en hélicoptère. Le paysage était magnifique avec sa nature luxuriante, ses couleurs féeriques et son lagon, mais je me souviens qu'à ce moment je ne regardais plus que l'hélico et sa centaine de commandes. Je commençais à me sentir lasse, je ne l'étais pas de la beauté du paysage ni même du confort que tous nos hôtes mettaient très gentiment à notre disposition, non, j'étais blasée de ce rêve que j'avais l'impression d'avoir atteint et qui ne m'offrait pas du tout ce à quoi j'aspirais réellement. Je crois que dans le fond j'étais déçue. En courant après la réussite, je pensais soigner mon cœur, trouver des palliatifs qui atténueraient ma douleur ; rien n'y faisait. Je n'aurais pu imaginer que, au sommet de la montagne, on était aussi seule, qu'il y faisait si froid et que les loups rôdaient. J'avais gravi les marches une par une parce que c'était ça pour moi réussir ; au final j'avais l'impression que la réussite m'avait joué un mauvais tour. La médaille a son revers, et c'est un fait que personne dans cette situation-là n'ose véritablement dévoiler. On nous vend du rêve encore et toujours mais la vérité, c'est qu'on devrait nous aider à mener une existence vraie et ne pas nous faire miroiter une vie de princesse qui n'est d'ailleurs qu'illusions. Dans cette société du mirage, du divertissement, on s'amuse, on joue, on ne pense à rien, mais dans le fond cette vie n'est-elle pas creuse ? Et la mort, alors ?

On vit comme si on n'allait pas mourir, on planifie, on se projette en avant comme si nous étions éternels. À vouloir faire de notre vie un rêve, pas surprenant que la mort soit alors un cauchemar. Comment accepter que nous, êtres si complets, si complexes, soyons en fait voués à devenir poussière, étoiles, fantômes, esprits ou que sais-je encore ? Aucun de ces scénarios n'avaient de sens à mes yeux, mon cerveau en bouillait un peu plus.

À la fin de l'été 2007, la tournée mondiale touchait quasiment à sa fin, il me restait quelques dates éparpillées ici et là. Entre deux concerts, je m'étais acheté un appartement magnifique, tout près de la porte Maillot à Paris, et, puisque je pouvais me le permettre, j'en ai acheté un nouveau pour ma mère, non loin de chez moi. Cela m'a pris quelques mois de l'aménager à mon goût, maintenant que j'avais de l'argent, je ne me refusais rien : écran cinéma, studio d'enregistrement à la maison, cuisine ultra-design et décoration dernier cri. Je ne comptais plus, je m'offrais un vrai kif. J'aimais beaucoup ma maison mais, bizarrement, je ne tenais pas spécialement à y rester. La solitude me pesait et je trouvais toujours quelqu'un à voir ou quelque chose à faire dehors. Être seule me ramenait à la faille de ma vie, alors qu'en surface tout paraissait lisse. Je fuyais la réalité de mon état et, les mois qui ont suivi, j'ai tellement fait l'autruche qu'elle a fini par m'exploser à la figure.

Dans ma bulle avait atteint plus d'un million d'exemplaires, rejoignant la liste des albums à avoir marqué l'histoire de l'industrie musicale et, bien sûr, l'histoire du rap. Je me faisais toujours autant arrêter, dehors, par les gens qui voulaient une photo, un autographe. Je traversais aussi des moments difficiles à cause de la presse de m**** qui aimait se jouer des « people », car, de fait, c'est bien ce que j'étais devenue : une people. Je côtoyais des stars, j'étais toujours invitée un peu partout, avant-premières de films, galas de charité... J'essayais toujours de pointer ma tête pour la bonne cause. On culpabilise énormément quand on a tout ce que j'avais. Et, même si je trouvais ça normal, chanter pour les enfants ou pour récolter des fonds au profit d'actions humanitaires me semblait vraiment le minimum. Je rêvais de grands projets, pourquoi pas en Afrique, mais la réalité, c'est que trop aveuglée par ma petite vie je ne trouvais jamais le temps. J'envoyais un petit chèque à gauche, un petit chèque à droite, mais qu'est-ce que cela représentait dans le flot de billets que j'avais amassés ? Je ne dis pas que ça me donnait bonne conscience, mais j'aurais aimé aider les autres de façon beaucoup plus soutenue ; le hic, c'est que je n'en prenais pas le temps. À force de courir, on finit par s'essouffler.

L'année 2007 s'achevait presque, l'aventure de mon troisième album aussi, et je redoutais le silence à venir. Mon téléphone sonnait pour le travail, très peu autrement. Comme si, à trop vivre mon rêve, j'avais mis durablement mes amis de côté. Où étaient-ils ? Qui étaient-ils vraiment parmi les centaines de contacts amassés dans mon répertoire téléphonique ? À ce moment de ma carrière, il n'y avait plus grand monde vers qui me tourner. Charlotte était entraînée dans son propre tourbillon, mes amis du show-biz disposaient de très peu de temps et mes amis tout court, eh bien, ils ne me comprenaient plus. Certes, Seb, Hélène, Lucrèce, Michel m'auraient sûrement écoutée si je les avais appelés, mais ils avaient leur vie aussi, et puis qu'auraient-ils pu faire pour moi ? Je n'arrivais pas à mettre des mots sur ma douleur.

Les rares fois où je restais seule à la maison, j'avais des crises d'angoisse, j'étais mal, je ne trouvais pas le sommeil, je me prenais la tête sans cesse. Mon médecin m'avait prescrit des somnifères pour m'aider à m'endormir, si bien que le soir, dès que le silence s'abattait, j'en gobais vite pour me mettre K.-O. et éviter d'affronter ce qui s'appelle humblement : la vie. Cette « vraie » vie m'était devenue étrangère, hostile. Que fait-on de ses journées ou de ses nuits quand on n'est pas Diam's ? On reste à la maison, mais pourquoi ? Je me demandais ce que faisaient les gens quand ils ne travaillaient pas ? En fait, je m'ennuyais profondément.

Le mois de décembre approchait à grand pas, j'envisageais de repartir à Maurice. Cette fois, j'ai proposé à une autre de mes copines de m'accompagner. Pour la troisième fois, ces trois dernières années, je me suis envolée vers cette île à laquelle je m'étais attachée et où j'espérais me ressourcer au sens premier du terme. La fois précédente, bien installée sur mon transat, je rêvais à ce que serait ma vie après *Dans ma bulle*, là, penser au futur m'angoissait gravement. Je voulais composer un nouvel album, mais je flippais de ne plus être à la hauteur. Maintenant que j'étais sortie de la galère et de ma banlieue, qu'allais-je bien pouvoir raconter ? Mes souffrances ? Personne ne les prendrait au sérieux compte tenu de ma notoriété et de mon train de vie. Mon manque d'amour ? Personne ne voudrait y croire puisque j'étais convoitée de toutes parts et que des milliers de gens me témoignaient leur affection. Ma richesse ? Très peu pour moi, je n'ai jamais été adepte des textes bling-bling faisant l'apologie du luxe, de l'excès et de tout ce que l'argent peut acheter. Je craignais de plonger dans un vide artistique absolu. Sous le soleil mauricien, j'ai décidé de gérer mes petites voix intérieures qui me disaient : « Ça y est, t'es fichue, t'es nulle, tu ne vaux plus rien », ou encore : « C'est le malheur qui fait écrire, pas le bonheur ! » J'étais donc de plus en plus mal même si, face à ma copine, j'essayais de ne rien laisser paraître. Je lisais beaucoup, histoire de passer le temps, mais je ne pouvais m'empêcher de cogiter, je pensais à mon public et ne cessais de me répéter que si je ne refaisais pas un bon disque, alors il me tournerait le dos. Je réalisais qu'on m'aimait à certaines conditions, et cela m'a été très dur à admettre. Si je voulais que les gens continuent à me suivre, alors il me fallait fabriquer un bon album, assurer de bons concerts, et ne jamais commettre d'erreur. Était-ce possible ? Je me rendais peu à peu à l'évidence : cet amour auquel j'étais si attachée pouvait me filer entre les doigts et, aussi célèbre que je sois, je restais une personne dotée de nombreux défauts.

Mon retour en France approchait déjà à grands pas et je ne m'extasiais même plus devant le paysage, j'étais obnubilée par ma petite personne et mon avenir incertain. Je sentais que ce retour à Paris serait « dangereux » pour moi. Ces quelques jours à l'île Maurice avaient été une fuite réussie mais la pression montait de plus en plus fort, j'avais la sensation d'être une cocotte-minute, avec des crises de colère silencieuse, une envie de hurler au monde entier que je détestais la vie, que j'étais malheureuse, seule, triste, angoissée, que je me sentais incomprise, que je me détestais et souhaitais ne plus être et mettre un terme définitif à ces persécutions cérébrales ; mais je me taisais.

Le 10 janvier, je suis rentrée à la maison. Il fallait que je tienne le coup car, quelques semaines plus tard, je m'étais engagée à venir chanter lors des Victoires de la musique. J'ai retrouvé cet appartement qui m'avait tant fait rêver, mon écran géant, mes enceintes dans toutes les pièces, mon home studio, mes terrasses, mes vingtaines de disques d'or et trophées posés sur des meubles ultra-design. J'ai regardé tout ça, le visage plein de larmes, et la cocotte a explosé.

III

8 mars 2008, le Zénith de Paris, tous les professionnels ont rendez-vous aux Victoires de la musique. Est venu mon tour d'interpréter un des titres de mon dernier album, « Ma France à moi », alors je suis montée sur scène.

Pour cette édition, je n'étais pas nommée, seulement invitée à participer à *la* grande cérémonie, à la suite de l'énorme succès de l'album *Dans ma bulle*. Ce soir-là, ce que le public ne sait pas, c'est la raison pour laquelle je finirais émue aux larmes à la fin de ma prestation. Il faut dire qu'elle était plutôt spéciale, cette soirée.

D'une manière générale, je n'ai jamais trop aimé l'atmosphère des Victoires. C'est très guindé, très « sélect ». Beaucoup d'artistes n'ont rien à voir les uns avec les autres et, niveau « musique jeune », c'est souvent assez creux. Le public n'est pas très réactif dans la salle, si bien qu'on a l'impression de jouer devant des « professeurs » et pas tellement pour le plaisir. On est dans une vraie et belle salle de concert mais l'ambiance, c'est plutôt celle d'un récital philharmonique.

Mon équipe et moi, nous étions toujours trouvés décalés dans ce genre d'événement, incontestablement moins cool que d'autres cérémonies et, surtout, trop sérieux. Bref. Me voilà donc sur scène pour jouer ma chanson, que j'avais totalement retravaillée pour l'occasion. Le morceau coulait, mon équipe suivait. À la fin du titre, sans trop comprendre ce qui se passait, j'ai senti que je vivais un moment particulier.

Dans ce type de soirée, la salle, majoritairement composée de professionnels de la musique, applaudit à moitié, se rit parfois des artistes présents et déblatère sans mal les uns sur les autres... De la scène ce soir-là, je les ai pourtant vus qui commençaient à se lever ici et là. Un, puis deux, puis trois, puis dix, puis cent, tous applaudissaient, applaudissaient encore, puis cinq cents, et c'est toute la foule qui s'est levée. Moi qui avais douté de la générosité du public des Victoires, je me retrouvais devant une standing ovation qui refusait de s'arrêter. Professionnels, public, artistes, tous étaient là pour me soutenir.

Les larmes me montaient aux yeux, je me sentais particulièrement émue. Plus que ça, j'étais abasourdie et en même temps je n'arrivais plus à cacher ma tristesse. Je remerciais les gens d'un geste de la main, je les observais, reconnaissante, et essayais de me retenir de craquer totalement. J'étais à bout, à cran, je voulais hurler dans le micro : « Arrêtez !! », mais je ne le pouvais pas. C'était bien le dernier moment de ma vie où je souhaitais que l'on m'acclame. J'avais accepté leur invitation en me disant qu'une fois de plus il me faudrait chanter « pour la télé », mais non, je chantais pour une vraie salle qui, de surcroît, semblait très touchée. Moi aussi, je l'étais. Tellement.

Ce que personne ne pouvait savoir, précisément à ce moment-là, c'est que deux semaines plus tôt je sortais tout juste de la clinique psychiatrique. Je venais d'y faire un séjour d'un mois et demi, et d'y entamer ma discrète mais indéniable descente dans les ténèbres.

Tandis que j'observais tous ces gens qui applaudissaient, les souvenirs surgissaient par flashs, toutes ces longues heures où j'étais enfermée à la clinique défilaient à vive allure. Entre prises de tranquillisants et séances chez le psy, antidépresseurs et excès de folie, ce soir-là, sur scène, il aurait pu se passer n'importe quoi. Certes, les médicaments me calmaient, mais peu s'en fallait que j'explose sous le regard de millions de téléspectateurs. Peu s'en fallait que je me mette à hurler dans le micro que je n'en pouvais plus, que je n'étais qu'une fille paumée, marchant sur un fil, au bord du suicide. J'avais l'impression que l'on m'avait abandonnée sur cette immense planète, moi le petit grain de sable, j'affrontais une sacrée tempête. Ma tête était sur le point d'exploser et, pourtant, je n'ai rien dit, j'ai quitté la scène, torturée entre l'envie de me tuer et celle de disparaître.

Deux jours après les Victoires, j'étais de nouveau internée à la clinique.

Conclusion : je n'aurais jamais dû en sortir.

J'ai été prise en charge pour la première fois à la clinique Villa-des-Pages le 14 janvier 2008. Loin du cliché de l'hôpital « pour les fous », là-bas, le cadre était plutôt agréable. Située dans un grand parc au cœur de la ville du Vésinet, rien ne peut laisser présager que l'on y soigne toutes sortes de maladies d'ordre psychiatrique.

Si je me suis retrouvée dans cet endroit, c'est tout simplement parce que, deux jours auparavant, j'avais été prise d'une crise de folie, toute seule chez moi. Je ne rentrerais pas dans le sordide de ce que j'ai fait ou pensé, mais une chose est sûre : je n'étais plus maîtresse de ma personne. J'avais été à deux doigts de me tuer ou de faire une très grosse bêtise.

Si j'en suis arrivée là, c'est en grande partie parce que je travaillais moins, mon esprit n'était plus occupé par mille choses. Je passais beaucoup de temps face à moi-même, réfléchissant aux innombrables questions que me posait mon cerveau vingt-quatre heures sur vingt-quatre. Ma tournée mondiale avait pris fin et, depuis quelques semaines, je me retrouvais dans « la vraie vie », comme on dit. Plus de concert, plus de voyage, plus de fans, plus de parterre de fleurs, de palace, de *jet lag*, de jet-ski, de jet tout court. Non. Plus rien. Le vide total dans mon appartement parisien. Et une énorme vague de solitude. Comme pour m'enfoncer un peu plus dans l'angoisse, le silence n'était comblé que par les interrogations qu'envoyait mon cœur à mon cerveau. Ces questions qui me torturaient ne me lâchaient plus. C'était épuisant à la longue et, surtout, ça me rendait folle. Ce n'est pas tant le fait de se questionner qui rend malade, mais plutôt l'absence de réponse.

Dans la même situation, certains se noient dans l'alcool, les médicaments ou la drogue, d'autres dans les soirées, dans une passion ou une obsession quelconque ; moi, je me suis noyée dans mon mal-être, dans un mal de vivre qui me dépassait totalement. Jusqu'au jour où j'ai craqué pour de bon, chez moi, à l'abri des regards, quand dehors tout le monde me pensait invincible, indestructible, indétrônable. Foutaise. Je me sentais la femme la plus inutile qui soit, la plus triste que la terre ait jamais portée.

Je ressentais d'abominables choses à l'intérieur. Comme si toute ma souffrance se devait d'exploser, ma douleur de s'extérioriser. J'étais devenue dangereuse pour moi-même et j'ai compris qu'il fallait que je me soigne. Je pensais que quelques heures de discussion et deux, trois cachets feraient l'affaire. Mais le psychiatre que l'on m'avait conseillé de consulter après ce sérieux coup de folie m'a bien fait comprendre qu'il était préférable de prendre du repos pendant un certain temps. Un repos sous surveillance, sous assistance et, surtout, sous silence. C'est ainsi que, dans un cadre somme toute agréable, je suis passée du statut de personnalité publique à celui de patiente dite « à problème », internée dans une maison pour les gens à l'esprit un peu dérangé.

À mon arrivée à la clinique Villa-des-Pages, on m'a attribué une chambre avec un lit à une place et une salle de bain. Au mur, une petite télévision surplombait la pièce. Bien qu'à l'étroit, comparé à mon appartement, je me sentais en sécurité dans cet espace confiné.

À dire vrai, au départ, je ne savais pas trop ce que je fichais ici. La seule chose dont j'étais sûre, c'est que l'extérieur devenait trop dangereux pour moi. Livrée à moi-même, je prenais forcément le risque de me détruire.

Durant toute mon hospitalisation, on m'avait prévenue que je n'aurais accès au téléphone qu'à raison d'un appel par jour. Pas de connexion Internet, des visites triées sur le volet et surveillées. Je n'avais pas le droit de sortir de l'enceinte de l'établissement, excepté pour les soins externes ; une équipe médicale était à ma disposition vingt-quatre heures sur vingt-quatre, si j'avais le moindre souci. Tout le personnel de santé savait qui j'étais et je sentais que tous voulaient mon bien, qu'ils étaient conscients que mon état ne devait être connu de personne. Si la nouvelle venait à être divulguée dans les journaux, cela ne pourrait absolument pas m'aider.

Cette nouvelle situation me rassurait. Dehors, j'étais un électron libre qui cherchait activement le bonheur sans savoir que je ne pourrais le trouver qu'en moi-même et, à force de marcher dans le désert, croyant m'approcher de l'oasis sans jamais l'atteindre, j'étais à bout de force, à bout de rêve, à bout de vie, à bout d'illusions. L'oasis n'était qu'un mirage et j'en prenais conscience. Réveil dans la douleur...

Depuis mon succès, j'étais sollicitée pour tout et n'importe quoi, je ne m'appartenais plus et commençais à franchir des limites que je n'avais jamais voulu franchir. Forcément, quand on cherche l'oasis et qu'on ne la trouve pas, qu'on ne la voit plus, on perd ses repères et, certes, j'étais perdue. Les copines m'engrenaient dans des soirées et dans des lieux où je n'aurais jamais accepté de mettre les pieds auparavant, de nouvelles connaissances me poussaient à la dépense excessive, j'en oubliais même la valeur de l'argent. Mais le plus grave, c'était que je me sentais déboussolée dans cette vie, mon mal-être obscurcissait mon quotidien, j'étais si seule et aspirée dans ce tourbillon qui ravageait mon âme.

Au moins, à la clinique, je ne subissais aucune influence et pouvais tenter de réfléchir à ce qui ne tournait pas rond chez moi.

Le lendemain de mon admission, j'ai rencontré un psychiatre, celui-là même qui se chargerait de mon suivi quotidien. Il m'a brièvement expliqué son rôle, puis nous avons fixé la durée de mon séjour. J'imaginais rester une semaine dans cette clinique, mais tout le monde s'est finalement mis d'accord pour me « suivre » durant une période d'un mois minimum, peut-être plus. La seule obligation que j'avais à l'extérieur, c'était les fameuses Victoires de la musique, dans la soirée du 8 mars, que, sur le moment, j'avais très envie d'assurer. La musique était tout ce qui me restait pour exister.

Lorsque j'étais sur scène, ma vie reprenait un sens ; enfin, un semblant de sens.

Ma sortie était donc programmée à la fin du mois de février et je me demandais bien ce que j'allais faire durant tout ce temps, bloquée dans cette petite chambre de quelques mètres carrés. Les premiers jours, on m'a soumise à un certain nombre d'examens. Dans ce genre d'établissement, avant de s'attaquer au problème que vous avez éventuellement dans la tête, on veille à ce que votre corps ne présente rien d'anormal. J'ai appris notamment que certaines personnes étaient parfois admises en psychiatrie uniquement à cause d'une vue qui a baissé ou d'un problème au dos. Ces gênes ou douleurs physiques, quand elles ne sont pas détectées, peuvent entraîner des déséquilibres d'ordre dépressif. La personne souffre jusqu'à sombrer parfois dans la dépression sans comprendre pourquoi.

J'ai donc consulté un ophtalmologue, fait un bilan sanguin, vu un kiné, passé des radios, une IRM, etc. Une série d'examens avant d'arriver à la conclusion suivante : rien à signaler, patient en parfait état de fonctionnement ! En plus de ces examens, que j'effectuais la plupart du temps hors de l'établissement, à bord d'une ambulance, je voyais un psychiatre tous les jours. Puisque le corps allait bien, il pouvait enfin se pencher sur ma tête. À raison de vingt minutes chaque jour, il me soumettait à tout un tas de questions. Avant, on interviewait Diam's. À la clinique, on interrogeait Mélanie.

Les premières séances portaient sur mon passé, mon adolescence, mes blessures. J'avais l'impression de ressasser ce que j'avais déjà confié à des millions de gens à travers les textes de mes chansons. Oui, j'étais une écorchée vive, oui, mon père n'avait pas joué son rôle, oui, j'étais perdue sur la planète, oui, oui,

oui, monsieur le psy. Il notait, me remerciait, puis il repartait. Vingt minutes chrono.

Franchement, sa manière de faire avait le don de me mettre en colère. Je me disais : « Attends, je suis bloquée ici, je galère vingt-trois heures et quarante minutes tous les jours en attendant que monsieur l'antipathique daigne venir me poser trois questions. » Plus les jours défilaient, plus son comportement m'irritait : dans le cadre de son travail, lui était censé « analyser » avant de « conclure », et moi, je n'avais pas la capacité d'attendre patiemment son diagnostic. Livrée à moi-même, j'allais droit à la conclusion : « La vie, c'est de la m****, que tu sois Diam's, Jay-Z ou Sœur Emmanuelle. Tu peux être riche, célèbre, père de famille nombreuse ou mannequin, d'façon, tu vas crever comme tout le monde et moi, je me demande bien pourquoi je me bats encore alors que j'ai compris tout ça. » Fin de citation. Boom.

Voilà ce que j'avais envie d'écrire en conclusion de ces « analyses ».

Bon, tout ça, c'était dans ma tête, car face au psy je jouais la fille compréhensive et respectueuse de ses méthodes de travail, mais je dois avouer qu'avec le temps et nos rendez-vous chronométrés je devenais dingue. Tout ce train-train robotisé n'avait aucun effet positif sur moi. Au lieu de parler à une personne qui souffre, il parlait à une malade, et d'une façon si froide ! Au début, je n'avais que quelques cachets, des sortes d'antidépresseurs, à prendre pour « m'aider » à aller mieux. Et, le soir venu, on « m'aidait » aussi à dormir. Les premiers jours s'étaient écoulés très vite du fait des nombreuses sorties pour mon bilan de santé, mais mon mal-être était à présent plus difficile à cacher. À ma façon, je savais comment affoler les infirmières. Je bravais les interdits, ça finissait toujours mal, et donc elles me shootaient. C'était comme si être enfermée dans ce lieu sûr me permettait de laisser libre cours à mes réactions les plus déraisonnables. Les médecins étaient soumis au secret professionnel – il n'y a d'ailleurs jamais eu la moindre fuite sur mes péripéties à la clinique – et moi, sachant que personne n'en saurait rien, j'étais plus folle de jour en jour.

Au début de mon séjour, je craignais les autres patients qui pouvaient me reconnaître. Simplement quand j'ai compris qu'ils étaient tous aussi perturbés que moi, je me suis sentie à l'aise avec eux. Ils avaient bien trop de soucis personnels pour s'intéresser à Diam's. Ainsi, au bout de quinze jours, j'ai commencé à sympathiser avec certains d'entre eux. L'une d'elle se trouvait au bord du gouffre à cause de problèmes familiaux et en était à son énième tentative de suicide. L'autre souffrait d'une addiction à la drogue. Un troisième avait des tocs à en rendre fou son entourage. La plus jeune était anorexique et en totale perte de repères. Je les regardais tous en me disant : ils sont complètement barges, moi, je ne suis pas comme eux. C'était bien là toute l'ironie de la situation, car vu mon comportement, mes éclats de folie, je devais sans doute leur sembler encore plus dérangée, mais je ne m'en apercevais pas.

Je me souviens de l'un d'entre eux, je crois que je ne l'oublierai jamais. Il n'avait rien. C'était ça son souci : n'avoir rien. Au début, je ne comprenais pas « son concept ». Une fois qu'on était tous ensemble dans le parc, je lui ai demandé : « Qu'est-ce que tu fiches ici, toi ? » Il m'a répondu :

« Oh, rien.
– Comment ça rien ?

– Nan, mais rien, quoi. Je ne me sens pas bien, mais j'ai rien. »

J'ai haussé les sourcils du genre : « Il est pas net, celui-là. »

Au fil de la discussion, j'ai saisi qu'il n'avait plus le goût à rien. Il me disait :

« Tu vois, toi, t'as la musique par exemple.

– Oui, c'est vrai.

– Bah moi, j'ai plus rien.

– Mais comment ça, t'as plus rien ? Tu n'as pas un taf ?

– Si, mais je l'aime pas.

– Bah... change de taf.

– J'aime rien en vrai, y a pas de taf qui me branche.

– T'as plus tes parents ?

– Si, mais je m'en fous, d'eux !

– OK, t'as pas une copine ? Une femme ?

– Nan, franchement, ça me dit rien.

– Bah, j'sais pas, moi, trouve un truc que t'aime bien faire, comme moi j'ai la musique, au moins ça t'occupera.

– J'aime rien. »

Ohhhh... il était en train de me rendre dingue celui-là, je me disais : ce mec n'a rien, en vrai, il s'invente un concept de vie. Par la suite, je lui ai énuméré tout ce qui aurait pu lui faire du bien :

« Fais du sport, change d'appart, voyage, va voir des potes, amuse-toi, change de coupe, change de look, change de vie.

– T'es comme tout le monde, tu ne peux pas me comprendre », qu'il me répondait.

Franchement, sur le coup, je ne l'ai pas compris, en effet. Je me disais que c'était un drôle de truc qui lui arrivait. J'avais l'impression de m'adresser à un robot.

Autant moi j'étais assaillie par des moments de crise et avais un comportement qui ne laissait pas de place au doute tout comme la plupart des autres malades, autant lui, il semblait vraiment « normal ». En réalité, il était éteint, la vie n'avait plus aucun goût pour lui, il était en chute libre, rien ne le retenait, tout lui était égal. Pour lui non plus, la vie n'avait pas de sens.

Je comprendrais plus tard que cet état de « néant » est en fait la chose la plus dure qu'il me serait donné de vivre. C'est ce que l'on appelle la dépression, celle qui conduit bien trop souvent au suicide, celle qui se répand tel un fléau en France et qui, malheureusement, touche aujourd'hui des centaines de milliers de gens. Pour l'avoir vécue, je sais maintenant que la dépression peut égaler les plus grandes douleurs physiques ou les plus profondes tristesses ; je sais qu'il ne faut pas négliger cette maladie, cet état où la vie est en mode « off » et où seule la mort semble pouvoir être une solution, une libération.

En attendant, j'étais en pleine crise, bien qu'au fil des jours on me distribuait toujours plus de cachets – de deux, j'ai dû passer à cinq ou six comprimés quotidiens. On m'a stabilisée avec des stabilisateurs, on m'a tranquillisée avec des tranquillisants et, pourtant, plus ça allait et plus je menaçais de péter les plombs. Aussi, pour m'éviter de passer à l'acte, on me « calmait ». Ces médicaments immobilisent le cerveau et le corps, véritable camisole de force invisible. Et puis, il y avait toujours ces séances régulières avec le psychiatre. Je m'imaginais le secouant pour qu'il me dise enfin ce que je fichais là et quelles étaient ses conclusions. Lui me demandait de raconter mes rêves, de lui confier mes peines, et tout le tralala. Ça me saoulait. J'avais besoin de concret et commençais à tourner en rond comme un rat en cage. Si ma vie n'avait pas de sens dehors, elle en avait encore moins ici.

Les journées se ressemblaient, parfois entrecoupées de visites. Ma mère venait, mais sa présence m'oppressait. Je ne voulais pas qu'elle soit témoin de ma chute. J'étais une battante à ses yeux, je l'assumais depuis plusieurs années, je faisais sa fierté, donc je refusais qu'elle me voie si faible. Je souffrais de la décevoir. Je voulais qu'elle croie encore au film, à la carapace, même si je savais qu'elle se fissurait méchamment. Malgré moi. Moi qui avais toujours désiré mettre ma mère à l'abri du besoin et des difficultés, voilà qu'elle me trouvait dans un état de danger, de faiblesse, de douleur ; moi qui voulais qu'elle n'ait jamais mal, voilà qu'elle souffrait à cause de moi ! J'avais envie de lui hurler : « Non, *mummy* ! Va-t'en ! Ne reste pas ! Ne me regarde pas ! Ne regarde pas les traces de ma souffrance. Moi, je voulais assumer pour toi, assurer pour toi, remplacer ce père qui n'était pas là, pour t'aider ! M**** ! Je ne voulais pas craquer ! Non ! J'ai tout gâché, *mummy*. S'il te plaît, ne reste pas. S'il te plaît, pars. » Mais, de tous ces cris intérieurs, pas un mot ne sortait de ma bouche, ce qui rendait ces rendez-vous avec ma mère encore plus insupportables.

Lucrèce passait me voir de temps en temps, lui aussi. Au départ, il était mon agent de sécurité mais, avec le temps, les joies et les épreuves, il était devenu un grand frère. Face à ma descente aux enfers, je le sentais tellement impuissant malgré son imposante carrure. Je savais pourtant qu'il souffrait pour moi. Bien sûr, Seb faisait aussi le déplacement presque tous les jours, et je crois que je ne le remercierai jamais assez ; car, en y repensant, je n'étais pas la plus simple des meilleures amies. Je n'appelais quasiment que lui, c'est donc à lui que revenaient la charge de me procurer les mille et une choses dont j'avais envie pour m'occuper : bouquins, DVD, sudoku. Moi qui aimais beaucoup lire, là-bas, j'étais trop shootée pour me concentrer longtemps. Je profitais de ce séjour pour répondre à mon courrier.

Au bout de deux semaines d'internement, le petit milieu artistique commençait à savoir que j'allais mal, alors tous m'écrivaient un petit mot de soutien. Des proches, des moins proches. Simplement, j'étais déjà trop conditionnée par les médocs pour en être touchée. Je lisais leurs lettres et répondais plus ou moins longuement. Ça m'occupait. J'écrivais tout ce que je pensais sans réaliser que peut-être je risquais de blesser des gens. Pour tout dire, je ne me souviens pas de ce que j'ai pu leur raconter, mais, vu l'état totalement désinhibé dans lequel je me trouvais sous l'effet des cachets, j'imagine le pire. Loin de t'aider à trouver l'issue du labyrinthe, on te fait dormir un instant de ta vie en espérant qu'au réveil tu auras oublié qu'ils sont bien incapables de t'indiquer la sortie.

Si les jours se ressemblaient, moi, je changeais. J'étais rentrée dans cette clinique les nerfs à vif, sensible et instable ; désormais, peu à peu, je m'éteignais, émotionnellement j'étais comme morte, incapable de sourire ou de pleurer. J'étais rentrée perturbée et perdue, j'avais maintenant l'apparence d'un zombie, mais d'un zombie stable. Un zombie qui ne se pose plus de questions et qui n'en pose pas davantage aux autres. J'acceptais d'avaler tous les médicaments qu'on me tendait, et qui baissaient le volume de mes pensées au point d'en anéantir tous les réglages, j'étais incapable de me fâcher, incapable d'être satisfaite, j'étais passée « en mode veille ».

Beaucoup diront que, d'un œil extérieur, mieux vaut être « éteint » que « déséquilibré ». Ce n'est pas faux mais... Je vivais certes dans le danger mais au moins je vivais, je pouvais exprimer mes sentiments, exploser au besoin, je pouvais hurler, pleurer, et rire. Mais voilà, j'étais devenue une morte-vivante, incapable de la moindre envie. Pire, je n'étais même plus capable de guérir.

Durant mon séjour aux Pages, une autre de mes amies a été très présente pour moi. D'un naturel généreux, elle avait pour immense qualité « le don de soi ». Ce genre de personne trouve toujours le temps pour aider les autres. Elle venait souvent me rendre visite, le sourire aux lèvres et l'envie de me sortir d'affaire. C'est Jamel qui m'avait présenté Hélène ; au fil des années elle était devenue ma meilleure amie.

Parfois, elle proposait aux médecins de m'emmener elle-même à mes rendez-vous extérieurs, et elle en profitait toujours pour me faire une surprise, un petit crochet dans Paris pour me changer les idées, un déjeuner en terrasse ou un peu de shopping. J'aurais pu lui demander n'importe quoi, je crois qu'Hélène aurait remué ciel et terre.

Depuis plusieurs années, nous entretenions une relation très forte, une amitié à toute épreuve. Je l'accompagnais dans ses choix, ses galères. Elle me suivait et comprenait les miens sans jamais me juger. Ce qui comptait pour elle, c'était mon bonheur, qu'importe où et comment. Je dois admettre que lors de ces rares moments en sa compagnie j'arrivais à décrocher un peu et à parler de tout et de rien. Comme si « vivre » ou « faire ce que je voulais » atténuait ma douleur.

Une autre chose m'a marquée. Lors de ces rares sorties à l'extérieur, lorsqu'on reconnaissait Diam's, j'avais l'impression de revivre. Comme s'il n'y avait plus que *ça* pour me valoriser. Être connue, une artiste, une personnalité publique. Moi qui d'habitude n'aimais pas spécialement que l'on m'interpelle dans la rue, à ce moment-là de ma vie je prenais du plaisir à être aimée et sollicitée. Cela faisait un peu pencher la balance de l'autre coté. J'étais un zombie mais je restais célèbre. Mélanie ne trouvait pas sa place sur terre mais Diam's existait bel et bien. Il m'était quand même difficile de dissimuler mon mal-être lorsque les gens venaient m'aborder. Mes sourires étaient forcés et je peinais à ressentir quelque chose de profond, tout restait à la surface. C'est à ce moment que j'ai commencé à entrer en guerre contre les médocs.

Après quelques semaines passées à la clinique, je m'impatientais sérieusement de ne pas avoir le diagnostic du psy. Sur les conseils d'un proche, j'ai demandé l'intervention d'un autre psychiatre qui, lui, exerçait à l'extérieur. Cela n'était pas une mauvaise chose que d'être analysée par deux médécins. On lui avait rapporté les grandes lignes de mon parcours, je l'avais rencontré, au Vésinet, le temps d'un après-midi au terme duquel il m'avait proposé de me soumettre à des tests nocturnes. Je m'explique.

Quelques jours plus tard, il est venu avec une machine et d'innombrables câbles reliés à des électrodes. Il prétendait pouvoir observer le temps d'une nuit et d'une matinée l'activité cérébrale de mon cerveau. Selon lui, il était probable que l'origine de mes problèmes viennent de cet organe si complexe. Un soir donc, il m'a posé des tonnes d'électrodes sur le crâne. J'avais des câbles partout autour de moi, tous reliés à une espèce de vieux walkman enregistreur censé capter tout ce qui se passait dans ma tête, lui-même relié à une autre machine enregistreuse. Sincèrement, à ce moment-là de ma vie, tout était bon à prendre. Alors qu'en temps normal j'aurais été sceptique, là, shootée à fond aux médocs, je n'avais quasiment plus de volonté ni d'esprit critique. Et puis j'en avais marre, je voulais savoir ce qui me causait autant de souffrance et pourquoi je n'arrivais pas à vivre normalement. Le rat s'agitait dans sa cage depuis plus d'un mois, il était temps qu'il en sorte.

La nuit s'est passée en état de surveillance. Les somnifères et autres calmants me clouaient au lit, donc, même avec tout cet attirail sur la tête, j'ai facilement trouvé le sommeil. Le lendemain, le psychiatre est revenu à la clinique pour récupérer les résultats et il m'a promis de m'apporter bientôt son diagnostic. La présence de ce médecin extérieur gênait pas mal mon psychiatre attitré. Je le devinais, même s'il ne disait pas un mot à ce sujet. À ses yeux, cet étranger brisait un peu la ligne de conduite que nous nous étions fixée, à savoir ces fameuses vingt minutes par jour pour explorer les méandres de mon existence, avec ces incessantes questions, ce retour régulier à l'abandon du père, à l'absence de repères et de présence masculine. Nous parlions aussi de ma passion dévorante pour l'écriture, du poison que devenait la musique dans ma vie. Il était évident pour tout le monde que je m'étais réfugiée dans le personnage de Diam's dès mon plus jeune âge et qu'à cause de cela je m'empêchais de vivre « normalement » et d'être une jeune fille, puis une jeune femme, comme les autres. Finalement, ça m'arrangeait même plutôt bien d'aller mal, puisque ça m'inspirait des chansons. Je crois que c'est ce que voulaient me faire croire les psys, ainsi que mes proches : « Est-ce que tu ne te mettrais pas dans ce genre d'état pour te procurer de l'inspiration ? » Ils n'avaient peut-être pas tort tant que je ne manifestais que des humeurs mais, depuis peu, j'étais passée au stade supérieur, et je peux vous assurer que ma souffrance intérieure ne m'inspirait pas du tout. Elle était trop grande, trop violente pour être même dévoilée. Elle me plongeait dans des états de folie, des états trop surréalistes pour être racontés. OK, une peine de cœur, ça se décrit. OK, un mal-être, un manque, ça se décrit. Mais la folie, elle, ne se décrit pas, il n'y a pas de mots assez forts pour dire ce sentiment de démence que je ressentais, ces pulsions violentes qui m'habitaient quand l'effet des médocs se calmait. Et, quand bien même j'aurais trouvé les mots, jamais ils n'auraient convenu à une chanson ni touché un seul auditeur. Ça ne se rappe pas, la vraie folie, ça ne se partage pas. On la cache et on la soigne. Enfin, pour le moment ils ne soignaient rien du tout, mais je sentais qu'ils auraient bien voulu.

Quelques jours plus tard, le fameux psychiatre des câbles et des machines m'a à nouveau rendu visite. Il était très satisfait de ces tests en série et, fier de lui, il m'a annoncé avoir découvert ce qui n'allait pas dans ma petite tête. Selon lui, cela ne faisait aucun doute : j'étais atteinte de troubles bipolaires. C'est quoi, ça ? Dans le langage médical, c'est une maladie maniaco-dépressive caractérisée par des fluctuations de l'humeur. C'est-à-dire qu'un individu diagnostiqué maniaco-dépressif est sujet à des changements d'humeur allant d'un extrême à l'autre. Il peut passer d'une totale euphorie, parfois même délirante, à une extrême mélancolie, ou à une tristesse absolue pouvant le conduire au suicide. Le psy m'a alors expliqué que toute personne est plus ou moins atteinte de troubles bipolaires mais que rares sont celles qui le sont à l'extrême. Et, au vu des tests qu'avait subis mon cerveau, le diagnostic était clair. Je regardais les courbes qu'il m'exposait avec une grande fierté mais je n'y comprenais rien. Effectivement, c'était des courbes plus ou moins différentes, un coup en haut, un coup en bas. Mais, quand on n'y connaît rien, on ne peut pas trop se fier à ce que l'on voit. Cela dit, j'ai ressenti un énorme soulagement au moment du verdict. Je crois que le fait de pouvoir mettre un nom sur ce que j'avais et, qui plus est, être reconnue comme « malade » me soulageait au plus haut point. Comme si entrer dans une case était rassurant, comme si on éloignait de moi ce qui me faisait si peur ainsi qu'à tant de gens : l'inconnu.

Non, je n'étais pas folle, je n'étais pas le malade imaginaire, je n'étais pas qu'une simple écorchée vive, tout cela n'était pas que des caprices d'artiste, j'avais bel et bien une maladie qu'il fallait soigner. À ce moment-là, je me sentais apaisée à l'idée que tout puisse s'expliquer enfin. Sentiment qui ne fera pas long feu.

D'ailleurs, mon départ de la clinique était imminent. Les Victoires de la musique approchaient, il me fallait donc sortir, me réhabituer au monde extérieur, préparer le show et l'exécuter. Vaste programme pour quelqu'un dans mon état psychologique. Sur mon compte rendu d'hospitalisation, il est écrit que je suis rentrée le 14 janvier 2008 et que j'en suis sortie le 22 février 2008. J'avais donc passé plus d'un mois dans l'enceinte de la clinique, et il fallait bien que mon psychiatre attitré me livre à son tour ses conclusions.

Franchement, lors de ces derniers jours d'hospitalisation, j'ai un peu eu le sentiment de m'être fait rouler dans la farine. Après plus d'un mois et à raison d'un rendez-vous par jour, je n'ai eu pour seule et unique conclusion que ce rapport du psy, qui a écrit, je cite :

« Outre les moments de décompensation sur le mode dépressif, deux diagnostics sont envisageables et pas forcément contradictoires. Il existe en effet des éléments en faveur d'un tempérament bipolaire, mais il existe également des éléments en faveur d'une organisation limite de la personnalité. » Bref : on envisage, on favorise mais on ne conclut rien. J'ai envie de dire : tout ça pour ça...

Durant mon séjour et à plusieurs reprises, on m'avait aussi parlé de « ma voie de déconduction », c'est le terme que le personnel de santé utilise pour expliquer la façon dont le patient se libère de son mal. Certains se montrent violents, font des crises, d'autres se noient dans les drogues, etc. Chacun a sa manière propre d'évacuer. Et, comme nul ne sait vraiment soigner ce type de comportement, eh bien, on prescrit des tonnes de médocs. À ma sortie de clinique, j'avais bien neuf cachets à gober tous les jours ! Pour stabiliser mon humeur, gérer mes émotions excessives, m'aider à dormir, etc. Avec mes proches et l'équipe médicale, nous étions convenus que je ne sortirais pas avant d'établir un programme précis. Me laisser livrée à moi-même pouvait entraîner des conséquences catastrophiques. On m'a donc convaincue de partir quelques jours à l'île Maurice, afin de m'y ressourcer. Moins de deux mois après mon dernier voyage, j'allais retourner, et toute seule cette fois, sur cette petite île que j'affectionnais tant, pour me reconstruire doucement. L'idée me plaisait bien.

Après un mois et demi d'internement à la Villa-des-Pages, je suis rentrée chez moi par je ne sais quel moyen et, le lendemain ou les jours qui ont suivi, je me suis envolée pour la quatrième fois en direction de l'île Maurice, le Morne-Brabant. C'est l'endroit que j'aime tout particulièrement. Ce coin de l'île est surplombé par un grand rocher ; là-bas, on a le sentiment d'être au bout du monde. La nuit, les étoiles s'étendent jusqu'à l'horizon, la voûte céleste est visible à l'œil nu. J'étais heureuse d'y aller, je n'avais emporté avec moi que de quoi faire de la musique, j'avais tout mon petit matériel pour écrire et enregistrer. J'étais obnubilée par ça : écrire, composer, rester Diam's à tout prix, me maintenir au top, cracher ma rage, exprimer ma peine. Comme si, au-delà de la maladie, ma plus grande angoisse était de ne plus être une artiste, comme si, seule en pleine mer, c'était le seul radeau qu'il me restait pour continuer à vivre et ne pas me noyer.

Ce que je n'avais pas prévu, c'est que ces fichus médocs allaient ruiner mon quotidien. Les souvenirs que je garde de ce voyage ne sont que des flashs, hélas. Je me vois dans ma chambre d'hôtel, enregistrant des titres pourris, totalement dénués de sens et de flow. Je me souviens d'avoir fait quelques examens sanguins sur place pour vérifier que les médicaments me convenaient bien. Il me revient aussi à l'esprit que fréquemment j'étais prise de vertiges. L'hôtel était désert en dehors des vacances scolaires. Je passais quelques coups de fils, puisque j'avais retrouvé ma « liberté ». Je me rappelle que c'est à ce moment-là que nous avons échangé avec Christophe Maé, qui m'a conviée sur scène à l'occasion de son concert à Bercy le 17 avril. J'en étais touchée et prenais cette invitation très au sérieux ; inlassablement je répétais dans ma chambre le morceau pour lequel il m'avait sollicitée. À la suite de cette première expérience, il m'appellerait pour être un des auteurs de son prochain album. Lui et sa femme ont vraiment été une magnifique rencontre, deux personnes avec qui j'ai aimé partager les choses simples de la vie de famille, loin du show-biz.

Et puis, il y avait les Victoires en perspective. J'y pensais sans cesse. Chaque jour, je montais peu à peu la nouvelle version que j'allais donner de « Ma France à moi ». Mon cerveau n'arrêtait pas de turbiner. Je composais tout dans ma tête, j'essayais d'être originale et de surprendre, il ne me restait donc plus qu'à répéter. Ce voyage s'est écoulé à la vitesse éclair. J'ai l'impression de n'y être restée que très peu de jours tant les souvenirs me manquent. À ce moment de ma vie, je crois qu'il n'y avait que la musique pour me faire tenir debout.

Je dois admettre aussi que ces quelques jours m'ont permis de prendre conscience du fait que je n'avais plus « le truc ». Mes nouveaux morceaux étaient mauvais. Je n'avais pas de grandes idées autres que la version revue de « Ma France à moi » pour les Victoires de la musique. Je commençais à paniquer d'avoir perdu l'inspiration. Cela me mettait dans un sale état. Qu'allais-je devenir si je n'écrivais plus ? Que ferais-je de ma vie si je ne pouvais plus être Diam's ? Ces questions fusaient à cent à l'heure dans ma tête. Jamais je n'aurais osé l'avouer à qui que ce soit, mais j'en étais profondément meurtrie. Si je me souviens de cela, c'est que cette impression ne me quitterait plus pendant des mois, au point que je finirais l'année 2008 avec le sentiment que Diam's n'était plus et que jamais je ne pourrais remonter sur scène.

Me voici donc de retour à Paris. Sûrement à quelques jours des Victoires, puisque je me rappelle être partie en répétition pour peaufiner le show. J'avais convié toute une équipe de musiciens : guitariste, batteur, DJ, pianiste, avec qui j'allais pouvoir réaliser tout ce qui me passait par la tête. C'est drôle comme devant tous ces gens j'ai eu besoin de faire comme si de rien n'était, comme si tout était rentré dans l'ordre. Pourtant, ceux qui m'entouraient savaient plus ou moins d'où je revenais, mais j'avais besoin de rassurer mon monde en adoptant un certain comportement. Je surjouais totalement. Je faisais semblant d'être « superrrr » heureuse, « superrrr » enjouée de faire les Victoires de la musique, alors que, dans le fond, je me sentais tel un zombie. Il n'y avait qu'au moment où je chantais que je ne ressentais plus le mal. C'est ainsi qu'en une ou deux journées de travail nous avons mis en place la nouvelle version de « Ma France à moi », composée entre trois prises de médocs à l'île Maurice ! Mes idées additionnées aux contributions de chacun avaient donné un nouveau souffle à ce morceau qui avait tant plu. Je savais que nous tenions une version très originale dont mon public serait fou. Toute l'équipe était contente du résultat, moi la première, même si chaque heure qui s'écoulait dans ce studio m'éloignait un peu plus de Diam's.

Je me rappelais mes heures de gloire, les éloges quotidiens sur mes textes ou sur mon « talent ». Plus le temps passait et plus je prenais conscience que c'était peut-être la fin.

Jamais de ma vie je n'avais traversé un tel désert artistique, et un tel néant, puisque ma vie se limitait à mon personnage. Ce voyage à Maurice, après toutes ces semaines enfermée à la clinique, avait eu raison de moi. Je ne savais plus écrire, je n'avais plus rien à raconter. Normal : j'étais vide. Je pense que je suis rentrée dans une grande phase de nostalgie, ressassant le tourbillon dans lequel j'avais été prise. Gloire, succès, argent, voyages, convoitises. Cela faisait deux ans que plus rien n'était pareil, le succès de mon disque avait changé ma vie. Je réalisais la chance que j'avais eue d'avoir pu connaître tout ça. Je songeais à mon public, à cet amour que nous partagions, et cela me mettait au bord des larmes. Combien de visages avais-je vu sourire pendant mes deux heures de concert, chaque soir ? Ces mêmes visages que je voyais pleurer lorsque j'interprétais des titres plus durs. Nous étions en communion. Leurs émotions régissaient les miennes. Parfois, même s'il y avait près de six mille personnes dans la salle, c'était comme si nous n'étions qu'un. J'essayais de capter tous les regards, d'adresser un sourire à chacun.

C'est en pensant à cela que j'ai pris conscience qu'il fallait que je retourne au Cameroun. J'aurais dû y donner un concert le 19 janvier mais je n'avais pas pu m'y rendre du fait de mon internement. Jamais je n'avais annulé un show pour des « raisons personnelles ». La seule fois où cela s'était produit, c'était à Toulon après que mon bus de tournée avait pris feu sur l'autoroute. Cette nuit-là, nous avions quasiment tout perdu de nos affaires personnelles, mais aussi ce qui permettait d'assurer le concert : vinyles, disques, costumes, etc. Il était donc impossible pour moi de monter sur scène. Sans parler de notre état psychologique à tous, qui étions bouleversés par cet accident qui aurait bien pu nous coûter la vie.

L'épisode camerounais m'avait pas mal marquée. Je m'en voulais d'avoir annulé le concert, d'autant que j'avais appris par mon manager que les gens avaient vraiment, vraiment été déçus que je ne vienne pas. Les organisateurs comptaient sur moi pour rattraper le coup et m'y rendre au plus vite. J'ai pris contact avec Lalou, mon tourneur, pour réorganiser un spectacle là-bas. À dire vrai, je ne savais pas si j'en étais capable physiquement mais dans mon cœur je le désirais profondément. Lalou m'a alors annoncé qu'une date en avril serait sûrement programmée pour un concert unique à Yaoundé. Peu à peu, ma sortie de clinique reprenait des allures de vie professionnelle. Je n'allais pas spécialement mieux, mais je m'efforçais de vivre le plus normalement possible. Je me souviens que, parfois, je me demandais : « Avant ton hospitalisation, qu'aurais-tu fait, Mélanie ? Aurais-tu accepté telle ou telle chose ? » Et je faisais mes choix en fonction de ce que j'étais auparavant et non de ce que j'étais devenue, car je savais que ma tête ne tournait plus rond. Alors oui, par le passé, j'aurais accepté les Victoires. Oui, j'aurais reprogrammé le Cameroun. Oui, j'aurais fait Bercy avec Christophe Maé.

Au cours du mois de mars, entre les Victoires de la musique et le Cameroun, j'ai aussi programmé une séance en studio pour enregistrer des titres que j'avais en stock et qui avaient été écrits avant mon pétage de plomb. Je devais ainsi enregistrer « La terre attendra », suivi d'un autre morceau que j'appellerais plus tard « Cœur de bombe » et dont les deux premiers couplets avaient été écrits à l'île Maurice lors de mon séjour fin 2007. J'avais aussi un texte, composé à la clinique (dans je ne sais quel état !) qui s'intitulait « À la mémoire » et qui rendait hommage à tous ceux qui avaient marqué ma vie, dans le domaine personnel, musical, sportif, cinématographique.

Mon entourage ne se doutait pas du vide créatif que j'étais en train de traverser. Je flippais devant cet état de fait car je prenais conscience que quatre-vingt-quinze pour cent des gens que je fréquentais n'étaient liés qu'à mon activité professionnelle et, très sincèrement, hormis Seb, Charlotte (Vitaa), Hélène, Lucrèce et Michel, rares étaient ceux avec qui j'échangeais en dehors du cadre professionnel. Bien sûr, je connaissais des centaines de personnes et il nous arrivait même de nous écrire régulièrement des messages ou des mails, mais toujours dans le cadre de « je suis et reste Diam's ». Je savais pertinemment qu'une fois la notoriété éteinte il ne resterait pas grand monde. Vous nous auriez vus, pourtant, sur les routes ou en réunion de travail, nous ressemblions à une petite famille, tous très proches et liés. Certes, nous nous aimions et nous respections beaucoup mais, hors de la tournée, on ne se voyait pas trop, même pas du tout. On s'appelait peu et on reprenait tous plus ou moins le cours « normal » de nos existences. Comme s'il y avait la tournée et, à côté, la vie. C'était bizarre car, même si sur les routes nous échangions beaucoup, cela n'avait pas la même valeur qu'un vrai repas à la maison, loin du speed et des paillettes. À cette période de mon histoire, cela me paraissait banal, mais j'en souffrirais énormément lors de la tournée *SOS*. Avant que ne sonnent l'année 2009 et son lot de bouleversements, j'étais habituée à ces relations en demi-teintes, jamais saines à cent pour cent, jamais totalement franches puisque imprégnées d'intérêts.

C'est dans cet état d'esprit que sont arrivées les Victoires de la musique. Avec tous les a priori que j'avais sur cette cérémonie, jamais je n'aurais cru que la soirée s'achèverait ainsi, sous les applaudissements de la profession. Le lendemain de ce grand soir, je me suis réveillée seule dans mon appart que j'avais déserté depuis longtemps. J'y avais perdu mes repères, je n'éprouvais aucun plaisir entre ces murs et j'angoissais déjà sur les jours à venir. Je crois que ce qui m'avait fait tenir, à la sortie de la clinique, c'était ma prestation aux Victoires ; une fois celle-ci derrière moi, j'étais face à ma vie, qui n'avait toujours pas trouvé de sens. Certes, il y avait le studio, le Cameroun et Bercy avec Christophe Maé, mais nous étions le 9 mars 2008 et tout cela n'aurait pas lieu avant la fin du mois – ce qui me laissait près de dix jours sans rien pour m'occuper. Ce matin-là, je me souviens m'être ruée sur mes médocs. C'était la seule chose qui calmait mes angoisses. Une fois ingérés, j'étais « stone », vidée, je-m'en-foutiste, j'évoluais de pièce en pièce avec deux de tension. Cela me permettait de ne pas voir le temps passer.

Je cogitais à la veille et espérais que personne ne se doutait de l'état dans lequel j'étais maintenant, que personne n'imaginait que je pouvais être au bout du rouleau.

Simplement, lors de ma prestation, j'avais glissé une phrase qui me semblait anodine mais qui, deux jours plus tard, me vaudrait une petite polémique. De façon très terre à terre, lorsque j'avais préparé mon show, j'avais pensé que, finalement, j'ignorais si jamais je reviendrais un jour aux Victoires de la musique. J'aurais pu dire cela chaque année où j'ai joué là-bas. Mais il est vrai que, là, j'avais d'autant plus conscience de cette incertitude que je ne parvenais plus à composer le moindre morceau. Alors, à la fin de mon titre, j'ai dit devant la salle : « Et vu que je ne connais pas l'avenir de mon prochain disque, que c'est peut-être pour moi mes dernières Victoires de la musique, laissez-moi m'offrir un kif et écouter jouer mon équipe. » Je vous assure que je ne l'ai nullement dit dans le but de créer la polémique mais bel et bien dans un élan de lucidité. J'ai toujours été claire avec le succès et ce qui en découle. Je savais très bien que tout pouvait s'arrêter ici. Peut-être pas du jour au lendemain, mais peu à peu je pouvais retourner dans l'anonymat et redevenir une artiste en quête de réussite dans sa petite chambre. Je commençais à accumuler pas mal d'expérience dans la musique. À cette époque, j'avais déjà fait plus de dix ans dans le milieu du rap. J'avais vu tellement de rappeurs au top disparaître après quelques succès seulement... C'était assez effrayant à observer. Ces mecs en haut du podium deux ou trois ans durant, adulés par des milliers d'hommes et de femmes, pleins aux as, dépensant leur fric sans compter et qui, au bout d'un ou deux disques teintés d'échec, se retrouvaient à devoir vendre leurs belles voitures, revenir vivre parfois chez leurs parents, et se voyaient condamnés à faire des mixtapes écoulés à la sauvette sur les marchés parallèles. Vraiment, cette réalité était violente. Et, pour être honnête, c'était un phénomène dont j'étais régulièrement témoin. Comme si j'avais sous les yeux une école à laquelle il ne fallait pas appartenir, où les erreurs étaient suffisamment flagrantes pour que moi, nous, qui étions « la relève », ne les reproduisions pas. Ainsi, lorsque je voyais un artiste commettre un faux pas, je me disais : « Ah oui, ça clairement, faut éviter. » C'est donc dans cet état d'esprit que j'ai glissé cette phrase lors des Victoires de la musique.

Nombreux sont ceux qui ont pensé que j'annonçais la fin de ma carrière alors que, au contraire, j'avais eu juste envie de me préparer à un éventuel échec.

Les médocs avaient un effet puissant sur moi. La nuit, ils me permettaient de plonger dans le plus profond des sommeils, la journée ces « régulateurs d'humeur » me donnaient le sentiment de n'être ni mal ni bien. À ce stade de « folie », c'était déjà énorme pour moi. C'était comme des cachets de survie. J'ai passé mon dimanche à errer dans la maison, allant d'une pièce à une autre sans grande conviction. Je pense que j'ai dû reprendre une forte dose de calmants aux alentours de vingt heures pour pouvoir dormir vite et longtemps. Fuir la réalité me paraissait être la meilleure des solutions, en tout cas la seule. Le lendemain, je me souviens de m'être levée tôt et d'avoir eu envie de manger des croissants ! J'habitais dans le dix-septième arrondissement de Paris, non loin de la porte Maillot, dans un quartier très commerçant. C'est quelque chose que je n'avais jamais connu en banlieue. À Mondétour, par exemple, la boulangerie se trouvait à un kilomètre de chez moi et le magasin le plus proche, le Carrefour des Ulis, à dix minutes à pied. C'est dire que je n'avais pas l'embarras du choix. À Paris, tout est différent, il y a plein de boulangeries, de librairies, de petits supermarchés... Ce matin-là, j'ai donc entrepris d'aller faire un tour dans mon quartier, ce qui était assez rare pour moi qui redoutais d'être constamment reconnue. En me rendant à la boulangerie, je suis passée devant un kiosque à journaux où j'ai vu ma tête imprimée en grand ! C'était la couverture d'un magazine people. On y voyait mon visage ému aux larmes lors des Victoires, avec écrit en gras : « Grosse fatigue – Elle arrête tout ! » Le choc ! Déjà que je ne m'étais jamais habituée à voir ma tête dans ce genre de canard, j'avais en plus l'amer sentiment qu'ils avaient divulgué *mon* secret : je n'arrivais plus à écrire, j'allais donc arrêter la musique ! Je me demandais comment cela avait pu arriver : comment avaient-ils su, sur quoi se fondaient-ils ? J'ai lu l'article et découvert que tout était parti de la fameuse phrase prononcée aux Victoires. Ces journaleux l'avaient interprétée comme un mot d'adieu alors qu'il n'en était rien ! J'étais furieuse, énervée, outrée, et surtout très triste. Moi qui ne parvenais pas à me relever depuis des mois, voilà que je me faisais enterrer par une presse de m**** ! Je suis rentrée chez moi avec le sang qui bouillait si fort que je sentais que quelque chose allait craquer. Cette fois encore, j'étais redevenue une vraie cocotte-minute. Une heure durant, j'ai tourné en rond dans mon appart, je me prenais la tête, j'avais la bougeotte et il fallait que j'agisse. Je savais que le siège du magazine en question n'était situé qu'à quelques rues de chez moi. Sans réfléchir, j'ai planqué ma tête sous une capuche, enfilé ma doudoune et suis partie, décidée à aller régler mes comptes directement sur place. Ni mon avocat ni les multiples procès que je leur avais intentés ne m'avaient rendu mon honneur, j'allais donc le récupérer toute seule.

Cinq minutes après, je débarquais dans leurs locaux. Au standard, j'ai demandé à voir les responsables du magazine. Pour ce qui est de la suite de l'épisode, je ne vous cache pas que je n'en suis pas fière aujourd'hui, et préfère ne pas relater le détail de ce pétage de plomb. Disons simplement que, durant un gros quart d'heure, j'ai largement manifesté ma rage, ma haine et mon dégoût de ce que l'endroit incarne, allant jusqu'à casser du matériel. Puis, une fois mes nerfs calmés, je suis repartie comme j'étais arrivée, à pied, tranquillement et comme qui dirait : repue ! Le feu a pris comme une traînée de poudre ; en moins d'une demi-heure tout Paris savait que Diam's avait littéralement pété un câble dans une rédaction parisienne.

Depuis ma sortie de la clinique, je sentais bien que mon mal-être et le surdosage de médocs me poussaient parfois à la violence. À plusieurs reprises après l'île Maurice je m'étais surprise à refréner des envies de frapper quelque chose, ou quelqu'un. Comme si je recherchais le chaos, soit par les médocs, soit par la bagarre. De retour chez moi, c'était par dizaines que je recevais les coups de fil. Je savais que Michel s'était rendu sur les lieux de l'embrouille et qu'une négociation s'opérait pour que le magazine ne porte pas plainte contre moi. Lucrèce ne tarderait pas à me rejoindre, Seb non plus. J'ai eu Charlotte au téléphone. Quand nous reparlons de cela aujourd'hui, elle m'avoue qu'à cette période de ma vie elle ne me reconnaissait pas. J'étais dure, difficile à cerner, incohérente dans mes propos. Les médicaments produisaient en moi une destruction sournoise, invisible, mais certaine, et j'en payais les frais jour après jour.

Toujours est-il qu'en moins d'une heure nous nous sommes tous concertés et mis d'accord pour que je retourne à la clinique quelque temps. Je n'aurais pas dû en sortir aussi tôt. Le retour à la « vie réelle » était trop violent pour moi. Outre le fait que je devais réapprendre à vivre normalement avec la maladie, il me fallait en plus gérer Diam's et tous ses aléas. Je me souviens d'avoir fait ma valise fissa et, allez savoir pourquoi, j'ai ressenti le besoin d'emporter avec moi un petit livre qu'un ami musulman m'avait donné lorsque j'avais dix-huit ans, pour que je découvre ce qu'était la prière en Islam.

Je crois qu'à cette période de ma vie j'avais grandement besoin de Dieu. Je ne l'exprimais pas, je ne le percevais pas encore comme une chose primordiale, mais moi qui avais toujours eu la foi, je ressentais le besoin de Lui parler, de me confier à Lui. Je dois admettre que j'étais un peu perdue dans ma croyance. Au fond de mon cœur, je me définissais comme musulmane, sans que la foi ait pénétré mon être et sans que je comprenne ce qu'était la spiritualité. En tout cas, depuis presque dix ans, j'entretenais une certaine ambiguïté. J'avais été éduquée dans le christianisme mais avais fréquenté une grande majorité de musulmans durant mon adolescence, je me sentais particulièrement proche d'eux. Je jeûnais les mois de Ramadan, ne mangeais plus de porc depuis longtemps ; à côté de ça, je ne savais pas qui était Dieu, qui étaient Ses Prophètes, ce qu'Il voulait pour les êtres humains, je ne m'interrogeais pas sur le sens de ma vie et de ma mort, je ne priais pas, n'invoquais pas Dieu, ne lisais pas les livres sacrés et ne parlais jamais de religion – mais j'y reviendrais.

Me voici donc de retour aux Pages. Je ne me rappelle pas bien ce second séjour là-bas. Étrangement, j'en garde malgré tout un très bon souvenir, même s'il est confus. Je crois que de me savoir à nouveau prise en charge me rassurait. Je commençais à mieux gérer mon traitement. Le soir, ce que je prenais m'assommait franchement. Il m'arrivait de dormir de vingt heures à huit heures non-stop. Tous les matins, une dame très gentille m'apportait le petit déjeuner. C'était mon moment préféré de la journée. Une bonne baguette bien fraîche avec du beurre et de la confiture de fraise. Je ne sais pas ce qui me réjouissait le plus : le petit déj ou la présence de cette femme. Je l'appréciais beaucoup, elle était toujours souriante. Elle avait la douceur de ces mamans maghrébines qui vous communiquent une compassion et une chaleur humaine juste par un regard, des mots réconfortants ou quelques gestes bienveillants. Je savais que je ne resterais pas longtemps à la clinique, j'étais là pour une semaine ou deux, sous « surveillance », toujours avec ce même psy qui venait me rendre visite tous les jours. Cette fois, nous évoquions les derniers jours passés dehors et ce qui avait eu lieu.

Les jours filaient et se ressemblaient. J'ai alors entrepris d'ouvrir le petit livre sur la prière. Je savais déjà deux ou trois choses mais je ne pensais pas que c'était si détaillé, si précis. J'ai commencé à apprendre des textes, des gestes qui m'étaient inconnus mais, pour être honnête, je ne savais pas vraiment pourquoi je faisais ça. Je me revois arpenter inlassablement le parc de la clinique à apprendre les écrits par cœur. Cela rentrait doucement, mais j'ai vite laissé tomber. D'abord parce que je n'avais pas de réelle motivation spirituelle et, surtout, à cause des médicaments qui avaient un réel effet sur mes capacités neurologiques. J'évoluais au ralenti, et ma mémoire en avait pris un sacré coup. Il y avait encore peu, je pouvais retenir des chansons par centaines, des pages et des pages de rimes, mais au fur et à mesure cette faculté diminuait. Au-delà de ça, je remarquais aussi qu'il m'arrivait de perdre la mémoire immédiate ou d'oublier ce que j'avais fait la veille. J'en avais mal au cœur. Mon séjour s'écoulait au rythme des prises de médicaments, des entrevues avec le psychiatre, des séances de kiné et des sommeils à rallonge. Je paniquais pas mal à l'idée de sortir, de retrouver ma petite vie car, à vrai dire, elle ne reposait pas sur grand-chose. Excepté une séance au studio pour l'enregistrement de morceaux écrits par le passé et un éventuel concert au Cameroun, je n'avais plus rien à faire dans les mois voire les années à venir. Il me suffisait de penser, ne serait-ce que trois secondes, à ma vie future pour être prise de profondes angoisses, de plaques rouges sur le corps et d'envie de dormir pour l'éternité. Je flippais tellement devant ce gouffre.

J'ai le souvenir d'avoir quitté la clinique aussi vite que j'y étais entrée. La seule chose qui avait fondamentalement changé, c'était que je gérais mieux les médicaments. J'arrivais à rire un peu, à oublier l'espace d'une demi-heure que je traversais une sale période.

J'étais moins abrutie, même si, incontestablement, j'étais shootée en douceur. Souvent, lorsqu'on revient de ce genre d'expérience, les premiers jours on essaie de se convaincre que tout va mieux, que tout va changer, que plus rien n'est grave. On s'efforce de sourire et de convaincre les autres qu'on est sorti d'affaire, mais le retour de bâton se fait rarement attendre et tout redevient rapidement sombre, puisqu'on ne guérit jamais d'une douleur en l'endormant.

Cela dit, pendant les deux ou trois jours qui ont suivi mon départ de la clinique, j'ai essayé de comprendre ce qui m'avait conduite si bas. J'énumérais dans ma tête ce que les gens disaient du « pourquoi de ma maladie ».

« Mélanie, c'est une fille comme ça, elle est excessive en tout, on sait bien que ses problèmes partent de son père. » « Mélanie est complexée, elle ne s'aime pas. » « Son rapport avec sa mère et sa famille ont fait d'elle quelqu'un de déséquilibré, elle n'a jamais eu de vie, dès son adolescence elle a été plongée dans le business. » Autant de phrases toutes faites avec lesquelles j'étais d'accord, mais qui pour moi n'étaient pas les *vraies* raisons de mon mal-être. Et, puisqu'il fallait bien essayer de s'en sortir, j'ai décidé de tout mettre en œuvre pour y arriver. Je me suis promis de faire du sport, de prendre soin de moi, d'essayer d'être moins excessive et de retrouver mon père. Lui, que j'avais perdu de vue depuis des années, devenait « l'homme que je devais retrouver ».

Je suis convaincue que les médicaments ont joué pour beaucoup dans cette histoire car, contrairement à avant, je me prenais nettement moins la tête. J'ai mis mon ego de côté et envoyé un message à ma mère pour qu'elle cherche son numéro. Elle a donc appelé ma tante à Chypre, qui le lui a donné illico. Tout compte fait, c'était simple comme un coup de fil ! J'ai envoyé un message à mon père pour fixer un moment pour nous appeler. Il m'a répondu si vite que je n'en revenais pas. Moi qui le pensais fâché, distant, loin de moi, au premier appel, il répondait présent. La situation en devenait presque pathétique. Tout ce bazar des années durant pour nous retrouver sur un simple SMS ! Je ne rentrerai pas dans le détail de nos retrouvailles mais, puisque je ne voulais plus perdre de temps, moins d'une semaine plus tard, j'étais à Chypre. Je voulais régler nos comptes et faire table rase du passé. J'avais des milliers de choses à lui dire, surtout j'attendais qu'il me dise des milliers de choses, lui aussi.

Cela n'a pas été le cas. Nous nous sommes vus trois jours d'affilée, comme si de rien n'était. À ce moment-là, j'ai compris que je devais l'accepter comme il était, ou bien je risquais de lui en vouloir toute ma vie. J'ai opté pour la première solution. Je suis rentrée déçue, évidemment, mais soulagée, car je pouvais maintenant rayer quelque chose de ma liste et affirmer que *non*, je ne guérirais pas en renouant avec mon père. Depuis ce jour, nous entretenons une relation cordiale et respectueuse. On s'écrit de temps à autre, on prend des nouvelles. C'est déjà ça.

De retour chez moi, inévitablement, j'avais à nouveau l'angoisse du vide à gérer. De nouveau, je tournais en rond dans mon appart. Pas de rendez-vous, personne à voir, pas de deal à gérer, pas de concert, pas de promo. Je disais souvent aux artistes à qui je donnais un coup de main, qui atteignaient des sommets : « Prends garde, entre deux disques, tu disparais pour composer, donc tu laisses forcément ta place, prépare-toi à moins d'effervescence autour de toi. » J'étais précisément dans ce cas, mais sans grand espoir de revenir au top.

Outre mon mal-être, je devais aussi régler les quelques histoires que j'avais laissées de côté durant mon internement. Des promesses de featurings que je ne pouvais plus tenir, des gens que j'esquivais de peur qu'ils ne me découvrent au bord du gouffre… Pour tuer le temps, je prenais beaucoup de médicaments, plus que la dose prescrite – en tout cas pour ceux qui faisaient dormir. Petit à petit, je n'ai plus fait que ça : me lever tard, allumer la télévision, rester au lit, espérer que la journée passe vite et reprendre des médocs pour dormir un peu. Ainsi, j'ai bien dû tenir quelques semaines encore. Je ne sais pas comment j'ai réussi, dans cet état, à mettre en place les séances de répétition pour le concert au Cameroun et à préparer ce grand départ, mais cela a eu lieu. À quelques jours du décollage, j'ai retrouvé mon équipe pour répéter plusieurs morceaux. Un show de deux heures était programmé et, étant donné que c'était mon premier concert sur place, je devais aussi réintégrer mes anciens tubes. Je sentais une pression immense, mais j'étais heureuse de me rendre là-bas. Je savais l'amour que me portaient les Camerounais depuis de nombreuses années et je regrettais de n'avoir pas pu aller jouer plus tôt chez eux. Mon tourneur prévoyait au moins vingt mille personnes tant j'étais attendue ! En Afrique, c'était toujours totalement dingue. Le monde, l'ambiance, la joie qui règne dans les stades sont sans pareil. Durant les répétitions pour préparer le show, je constatais que ma mémoire me faisait gravement défaut. Je ne maîtrisais plus mes textes comme avant, je devais me concentrer dix fois plus pour ne pas oublier le début d'un couplet ou autre. Je n'ai rien dit à personne, mais j'étais mal à l'aise.

Le 26 avril 2008, nous avons décollé pour Yaoundé. Sur place, j'ai tout de suite reconnu ce que j'aimais en

Afrique, la beauté des paysages, cette terre rouge que je retrouverais aussi au Mali, la gentillesse des femmes et des hommes, leur accueil, la chaleur humaine, la simplicité. Seulement, j'avais du mal à apprécier pleinement le moment, car je craignais d'oublier mes textes. Deux jours après avoir atterri, fait un peu de promo pour confirmer ma présence sur le sol camerounais et profité de l'hôtel, le « jour J » est arrivé. Je me suis rendue sur les lieux du concert, un endroit dans le genre « place de l'Hôtel de Ville » qui pouvait en effet rassembler vingt mille personnes. Elle était cernée de hautes barrières, qui allaient sûrement donner un aspect compact à la foule. La scène était plutôt petite pour un tel espace et il y avait encore pas mal de failles du point de vue technique. Je suis donc rentrée à l'hôtel en attendant de pouvoir faire mes balances.

Dans ma chambre, je répétais inlassablement mes textes mais je m'embrouillais, je mélangeais tout, j'oubliais les paroles. Bref, j'étais mal barrée. J'avais même, pour la première fois de ma carrière, commencé à noter au creux de ma main des « antisèches » ! Par exemple, j'écrivais les premiers mots de chaque début de couplet de « Big Up »… Ça ne m'était jamais arrivé, mais les médicaments avaient eu raison de ma mémoire. Alors, certes, je ne paraissais pas droguée au quotidien, mais intérieurement j'étais amochée et je le savais.

En début de soirée, l'équipe est venue me rapporter ce qui se passait sur place. Apparemment, il y avait eu des débordements. Les organisateurs, qui attendaient vingt mille personnes, avaient totalement sous-estimé l'ampleur de l'événement. À quelques heures du concert, plus de cinquante mille personnes s'étaient déjà regroupées sur la place. On me montrait des vidéos tournées sur les lieux, j'hallucinais ! Les gens étaient tellement compressés que nombreux et nombreuses s'évanouissaient ; par dizaines, je voyais des corps inertes portés par la foule que des médecins essayaient de faire évacuer. Et, comme le lieu était entouré de très hautes barrières, cela semblait impossible. J'aurais pu m'enorgueillir et jubiler devant un tel succès, mais ma première réaction a été tout autre. J'ai pris peur. Je me suis dit qu'on courait au drame. La scène était petite et, à quelques mètres de la foule, il suffisait que les barrières de devant cèdent pour que les gens viennent s'y empaler. C'était trop dangereux. Immédiatement, j'ai prévenu mon équipe de sécurité : « Je ne monte pas sur scène tant que c'est comme ça, je ne prends pas le risque de mettre des gens en danger. Si je monte sur scène, les gens vont se bousculer encore plus et là, il va y avoir des morts. » Mais, sur place, les esprits s'échauffaient. L'armée avait été appelée en renfort et le préfet s'était même déplacé. Tous étaient formels : l'annulation du concert provoquerait une émeute, il fallait que je monte, il fallait que l'on me voie, quitte à écourter le show, mais je ne pouvais pas, pour la deuxième fois, annuler mon concert, encore moins à quelques minutes du début du spectacle. À contrecœur, je me suis rendue sur place. Je pleurais presque devant Lucrèce et Michel en leur disant : « S'il y a des morts, je vous en voudrai toute ma vie. »

Je le répétais à toute l'équipe, tout le monde ressentait la même chose que moi, mais nous étions comme prisonniers : une fois de plus je n'avais plus le contrôle de la situation, une fois de plus je ne pouvais faire ce que mon cœur me dictait, j'étais obligée de suivre « les ordres ».

Évidemment, j'avais envie de rapper, même pendant des heures, pour le public, mais pas dans ces conditions plus que dangereuses. D'autant que, au moment de monter sur scène, la sécurité sur les lieux évoquait entre quatre-vingts et cent mille personnes. Beaucoup trop pour un espace prévu pour vingt mille ! Quand nous avons lancé les premières notes de musique, la foule est devenue totalement dingue. Je me préparais comme un boxeur à monter en scène, à la fois portée par la liesse du public et complètement bouffée par mes angoisses : la peur du drame, la crainte d'oublier les paroles. Les premières notes de « La boulette » se sont mises à résonner dans les enceintes, je sentais que j'allais vivre un moment rare et intense. Alors, j'ai surgi, avec toute mon énergie :

Y a comme un goût de haine quand je marche dans ma ville,
Y a comme un goût de gène quand je parle de ma vie,
Y a comme un goût d'aigreur chez les jeunes de l'an 2000,
Y a comme un goût d'erreur quand j'vois le taux de suicides.

Imaginez plus de cinquante mille personnes en train de chanter par cœur, mot pour mot, à la virgule près, une chanson qui avait été écrite à des milliers de kilomètres de là. Les gens devenaient fous, moi-même j'étais submergée par tout ce monde, tous ces sourires, et à la fois je voyais bien ces grands mouvements de foule, cette impossibilité pour beaucoup de pouvoir maîtriser leurs gestes tant le groupe était compact. Le premier refrain était parti, tout le monde chantait et, d'un coup d'un seul, plus rien. Le noir qui s'installe peu à peu, le micro qui ne fonctionne plus, le son qui s'arrête, les lumières qui s'éteignent les unes après les autres. Après une ou deux minutes de flottement, quelqu'un est venu nous dire que la foule était tellement dense que les câbles électriques fixés au sol et autour de la scène n'avaient pas tenu, que l'ensemble avait sauté sous la pression, que c'était irrécupérable. Le concert s'arrêtait là sans même que nous puissions prévenir la foule ! Je regardais au loin, j'avais devant moi une marée humaine, je n'avais jamais vu autant de monde de ma vie. Le Stade de France n'aurait pas suffi, tant ils étaient nombreux. Je suis donc restée sur scène à essayer de faire passer des messages aux gens au premier rang, mais les pauvres étaient tellement compressés qu'ils ne souhaitaient qu'une seule chose : pouvoir sortir. On a bien tenté de demander au public de se calmer, rien n'y faisait, les mouvements de foule étaient de plus en plus réguliers. La seule chose que je pouvais, c'était quitter la scène et, sans dire un mot, laisser tout ce monde se disperser progressivement.

Sur le coup, j'étais très déçue, l'adrénaline avait pris le dessus et cette minute de « La boulette » était si intense que j'y serais restée des heures. Une demi-heure après, je suis un peu redescendue et j'ai relativisé : même si les gens risquaient de critiquer l'organisation, de me traiter d'amateur ou, pire, de diva, dans le fond nous avions évité le pire, prendre le risque que des gens meurent. Le lendemain, j'ai dû retourner au JT de vingt heures et répondre à une interview pour expliquer ce qui s'était passé, et m'excuser auprès de toutes ces personnes qui étaient parfois venues de très loin pour cette seconde annulation, dont je n'étais absolument pas responsable. Nous avions tous sous-estimé ma popularité dans le pays.

Je suis rentrée en France avec une énième déception à mon actif. Comme prévu, les reproches ont fusé d'un peu partout à Yaoundé, et ça me faisait beaucoup de mal d'être injustement pointée du doigt.

À Paris, j'ai aussitôt repris une petite routine aux allures très inquiétantes. La session de studio arrivait à grands pas mais, hormis ces cinq jours d'occupation, il n'y avait rien avant et rien après.

J'ai encore tenu le coup grâce aux médocs. Plus grand monde ne prenait de mes nouvelles ; je n'avais rien à raconter donc je n'appelais personne, je vivais une grande solitude, ma vie était profondément triste. Je me rendais compte que j'avais accordé trop d'importance à la musique au détriment de mon entourage. J'avais tout misé sur cette passion et elle était en train de me tuer. Si elle s'arrêtait, alors moi aussi je m'arrêtais. C'est bien le problème lorsque la vie repose sur un château de cartes.

Un matin, je me souviens m'être réveillée en me disant : « Sois honnête, Mélanie, apparemment tu es bipolaire depuis toujours, tu as su vivre avec ta maladie durant vingt-sept ans sans prendre de médocs, pourquoi faudrait-il que, du jour au lendemain, tu en aies besoin ? N'étais-tu pas mieux sans ? » Ce dialogue avec moi-même m'a fait prendre conscience que j'étais en train de tomber dans un engrenage. Alors j'ai décidé sur un coup de tête de tout arrêter. Pendant quelques jours, à part le médicament pour dormir, je ne prenais plus rien. Le seul hic, c'est que j'angoissais encore plus fortement. Je faisais les cent pas chez moi, n'avais de cesse de ruminer, cogiter, réfléchir jusqu'à n'en plus pouvoir. La seule chose qui me calmait, c'était de dormir. Je me réfugiais dans le sommeil pour que ma vie passe plus vite. À tel point que j'étais prise d'une envie de dormir ininterrompue. Non pas que je voulais mettre fin à mes jours, car je n'ai jamais perçu la mort comme un repos. Disons que j'avais un besoin urgent que tout s'arrête. Mais comment ne pas mourir tout en n'étant plus consciente ? En dormant tout le temps.

Alors un après-midi, j'ai tout bonnement absorbé la quasi-totalité du flacon quand seulement dix gouttes diluées dans de l'eau me faisaient dormir dix heures. La preuve que je ne voulais pas mourir, j'ai moi-même appelé les pompiers en leur disant : « Je crois que j'ai abusé de tel médicament. » La personne au bout du fil m'a simplement demandé : « Laissez votre porte ouverte, madame, nous vous envoyons une équipe de suite. » Je me suis exécutée, j'ai entrouvert ma porte, puis je suis tombée K.-O.

J'ai aussi appelé Seb, mais je ne me souviens pas bien de ce que je lui ai dit. Trente minutes plus tard, il était là. Il ne restait plus que lui dans ma vie. C'était un des rares que j'avais régulièrement au téléphone. Et, vu qu'il avait été très proche de moi par le passé, il savait bien que, depuis plusieurs mois, j'avais sombré dans un sale truc.

En moins d'une heure, j'étais entourée de plusieurs pompiers. Ils ne cessaient de me dire : « Ne dormez pas madame, restez avec nous, quand êtes-vous née ? Dans quelle ville ? Que faites-vous dans la vie ? » Ils tentaient de me stimuler pour m'empêcher de dormir. Je ne répondais quasiment plus rien et, petit à petit, je ne sentais plus mes jambes, mes bras, mon corps. Tous mes membres étaient engourdis. Je me sentais « mourir », alors que je n'en avais pas réellement envie. Inconscience, acte de désespoir ? Pourquoi ça ? Pourquoi pas. Finalement tout se valait, se mélangeait. J'étais aveugle, sourde et muette.

Les pompiers m'ont conduite à l'hôpital de Courbevoie. Là-bas, les médecins m'ont fait un lavage d'estomac avant de me placer en observation durant trois jours. Par souci de discrétion, ils m'avaient installée à l'écart dans un service peu fréquenté. Très peu de gens savaient que j'étais là et je dois dire que les pompiers et infirmiers m'ont bien protégée, car il n'y a jamais eu la moindre fuite – surtout quand on sait que, ces derniers temps, les paparazzis ne rataient jamais une occasion de me shooter.

Cela se passe toujours ainsi après une tentative de suicide : une fois que vous êtes remis sur pied, la condition pour retrouver votre foyer, c'est de passer par la case « psy ». Après une entrevue avec un spécialiste, on vous dit si vous êtes apte ou non à rentrer chez vous et comment. Je me souviens que, le lendemain de ce que je nommerais mon « overdose de médocs », je voulais absolument retourner chez moi. C'était paradoxal : chez moi, j'avais l'air de vouloir mourir, mais je préférais mille fois y être que de rester dans une chambre d'hôpital à scruter le temps qui passe devant un écran de télévision. Je n'avais pas franchi le pas pour qu'on ait pitié de moi ou pour exister aux yeux des miens. C'était un besoin urgent d'arrêter le temps. J'angoissais de vivre, tout simplement.

Le dimanche qui a suivi, j'ai été autorisée à sortir à condition que mon accompagnant (ma mère, en l'occurrence) m'emmène voir un psychiatre à l'hôpital Sainte-Anne, à Paris, pour qu'il dise si oui ou non je pouvais regagner ma petite vie. Après plusieurs heures d'attente, le psychiatre m'a reçue : j'étais formelle, j'avais une séance en studio le lendemain, s'il m'en privait, il m'envoyait droit dans le trou. J'ai réussi à le convaincre que j'allais mieux, que je ne recommencerais pas, et blablabla. Quand j'y pense, c'était complètement fou, car pour en arriver à un tel geste c'est qu'il y a *forcément* un souci latent, mais comme personne n'était capable de le régler – mise à part moi – alors on m'a « relâchée » dans la nature. La seule alternative aurait été de me garder pour me droguer de médocs jusqu'à ce que je ne sois plus en mesure d'être un danger pour moi-même : camisole de force invisible, je vous dis !

C'est une certitude que j'ai aujourd'hui en écrivant mon histoire. Déjà, plus jeune, et une nouvelle fois à l'âge de vingt-sept ans, après chacune de mes TS, on est seulement venu me parler cinq minutes, puis on m'a administré des médocs – voilà tout. En même temps, je ne vois pas ce que les médecins auraient pu faire de plus, mais il n'y a quand même jamais eu personne pour me parler de la valeur de la vie. Personne pour m'inciter à réfléchir sur ma propre condition d'humain, mon rôle sur la terre, le sens de mon existence. Ni ma mère, ni mes profs, ni les psys, ni les amis, personne.

Le lendemain de ma sortie, je regagnais le studio, porte de Montreuil. J'étais heureuse, je retrouvais mon équipe, Tefa, Masta et J.-P, mon ingénieur du son. Nous étions le 19 mai 2008. Aucun ne soupçonnait véritablement d'où je revenais, mais tous savaient que j'allais très mal. En revanche, les autres qui me croisaient à cette époque ne se doutaient de rien. À première vue, j'avais bonne mine, j'étais souriante, bien habillée. Mais quand je me laissais un peu aller dans une discussion, je pouvais vite péter un plomb, parler très fort, dire tout et n'importe quoi. Me fiche du regard de l'autre. Tout d'un coup, je pouvais être totalement désinhibée. Je disais ce que je pensais, tenais des propos parfois violents ou même vulgaires. Bref, j'étais très éloignée de la fille que j'avais toujours été, assez marrante et raisonnée.

Toujours est-il qu'en studio ma vie reprenait un sens, j'avais de nouveau une raison d'être, un entourage et des éloges. J'y enregistrais la chanson « Cœur de bombe ». J'avais écrit les deux premiers couplets lors de mon voyage à l'île Maurice quelques mois plus tôt, à la suite d'une discussion avec une copine sur les histoires d'amour. Dans notre petit monde, invariablement, le schéma c'était : une fille amoureuse veut se marier, s'engager et fonder un foyer. L'homme hésite, la fait tourner en rond et fuit ses responsabilités. Elle perd patience et finit par le quitter. Évidemment, c'est toujours à ce moment-là qu'il se réveille et accepte, sauf qu'elle, elle ne veut plus de lui.

J'avais écrit le troisième couplet de « Cœur de bombe » alors que j'étais totalement shootée à la clinique Villa-des-Pages. Comme quoi... Cela m'a toujours semblé étrange de pouvoir écrire des choses aussi cohérentes alors que j'avais perdu la boule.

Les jours suivants, nous avons travaillé « La terre attendra »... je parlais de la terre mais, en réalité, je crois bien que je parlais de mon cœur – qui ne voulait plus battre pour rien... Même si je me sentais m'éteindre, je m'efforçais de croire que tout finirait par s'arranger, qu'un jour je redeviendrais *normale*.

Ainsi, trois journées durant, mon esprit était occupé à composer, je ne m'attardais plus sur les jours précédents. Nous avons enchaîné avec le titre « À la mémoire » que j'avais intégralement composé à la clinique. Quand je relis ce texte, je vois bien que mes exemples, mes repères, mes modèles n'étaient en fait que les artistes, les sportifs, les figures importantes de l'art. Mon univers était assez restreint, finalement. Je comptais notamment parmi mes héros des rappeurs complètement fous, vulgaires, égocentriques, millionnaires claquant leur fric dans des soirées VIP et dans l'alcool… Aucun n'aurait pu m'entraîner vers de belles choses.

De même, prendre pour exemple des chanteuses surcocaïnées, que la vie a crashées, mortes d'overdose ou suicidées, ne pouvait faire de moi quelqu'un de stable ni de bien. Mais, à l'époque, c'était ça ma vie, une sombre mélodie bien glauque dans un monde teinté de mauvais romantisme, de lumières artificielles et d'illusions. Ainsi s'achevaient mes séances de studio. Ainsi revenaient mes longues journées d'angoisse.

Mon dernier séjour à l'hôpital pour abus de médicaments avait mis en alerte une partie de mon entourage et, sur les conseils d'un proche, j'ai accepté de recevoir à la maison un psychologue, une à deux fois par semaine. Il était certes très gentil, me posait beaucoup de questions, mais je trouvais que cent euros la séance, c'était cher payé pour une simple écoute. Nous parlions longuement, certains jours j'étais conciliante, d'autres jours il m'arrivait de lui mentir, de lui cacher des choses, comme pour me convaincre de ses limites… Outre Diam's, sujet qu'il aimait approfondir, nous parlions aussi beaucoup de mon père. Déjà, à la clinique, le sujet revenait souvent. Comme si tout mon déséquilibre pouvait provenir de lui. Ces séances avec le psy me fatiguaient plus qu'autre chose. J'en avais marre de me raconter. Ce n'est qu'avec mon public que j'aimais échanger au sujet de ma vie, à travers mes chansons. Si je fais le bilan, les seules choses que m'a apportées cet homme sont au nombre de deux. Il m'a aidée à stopper les médicaments de manière progressive, car j'ai appris qu'une absorption excessive engendrait une dépendance. Lorsque j'ai arrêté net mon traitement, j'ai provoqué en moi une sensation de manque, c'est sûrement ce qui a accéléré mon besoin de dormir. Longtemps. Si je voulais arrêter d'avaler ces cachets, il fallait que ce soit progressivement. La seconde chose que j'ai apprise de lui est cette phrase qu'il a dite alors que je me plaignais du peu de compréhension de mes proches : « Quiconque n'a pas vécu la dépression ne peut comprendre la dépression. »

La vérité était là, tombée comme un couperet : je faisais une dépression.

Des dizaines de fois, j'avais entendu que des artistes ou autres personnalités connaissaient la dépression, mais, pour moi, c'était parfaitement abstrait. Là, force était de constater que j'allais vraiment mal et que le vide que je traversais était monumental. C'était donc ça, la dépression : ne plus rien ressentir, ne plus avoir envie de rien, passer son temps à compter les heures, regarder la télévision sans s'y intéresser, et scruter le plafond sans arrêt. En fait, pour moi, c'est un état où tu prends conscience de l'absurdité des choses et du vide de ta vie, et dans un certain sens c'est un réveil insupportable.

Je me souviens que cet été-là avaient lieu les Jeux olympiques à Pékin. Je zappais machinalement d'une chaîne à l'autre, lorsque j'ai vu le départ de la fameuse épreuve de marche. Cinquante kilomètres, me semble-t-il. Eh bien, j'ai suivi le parcours du départ jusqu'à l'arrivée. J'ai bien dû rester trois heures figée devant mon écran à regarder des gens s'interdire de courir, chose que je n'aurais jamais faite si j'avais eu toute ma tête.

Au bout d'une semaine passée dans cet état léthargique, je n'éprouvais plus rien. Plus de peine, plus de joie, plus d'envie, plus de dégoût. Il y avait peu encore, je ressentais de la douleur, de la tristesse, je connaissais des désillusions, des déceptions, de la colère. Là, rien, j'étais vide.

J'essayais de me stimuler en imaginant des choses horribles. Je me disais : « Ta mère est morte, Mélanie, tu ne la reverras jamais plus. » Cela ne me faisait rien. Je me disais à voix haute dans mon lit : « Ô mon Dieu, si je pleure à nouveau un jour, je n'oublierai pas que c'est une chance que d'avoir un cœur vivant, fais que je pleure à nouveau mon Dieu, fais que je rigole à nouveau, que je vive à nouveau. » J'étais sur « pause ». Moi qui avais tant souhaité que le temps s'arrête, c'était mon cœur qui s'était arrêté. Encore aujourd'hui, je prends Dieu à témoin, je n'ai jamais ressenti une chose aussi douloureuse que celle-là.

Mes amis fidèles étaient présents. Seb m'appelait tous les jours, Lucrèce et Michel demandaient des nouvelles, Hélène ne cessait de venir me proposer des activités. Charlotte m'écrivait régulièrement. Et ma mère. Elle essayait de se faire tant bien que mal une place, mais c'était vraiment la dernière personne que je souhaitais voir. J'avais honte de ce que j'étais devenue.

Parfois, on juge celles et ceux qui se détournent de leurs parents, on leur jette la pierre en criant à la honte qu'ils les rejettent ainsi, mais on sait aussi que le père et la mère occupent une telle place dans les cœurs qu'on aimerait leur montrer qu'on a réussi, qu'on y est arrivé. Non pas par amour-propre, mais pour les rendre heureux. Pour ma part, j'aurais voulu réussir, j'aurais voulu qu'à cette période-là ma mère sourie en me voyant, j'aurais voulu être une source de joie pour elle : mais je n'y étais pas arrivée, j'avais échoué. Alors, pour ne pas supporter la douleur, le poids de la honte et croiser un regard déçu, on s'éloigne, on ne donne plus de nouvelles, on se renferme, on rejette. On aimerait demander pardon mais on n'ose pas parler, s'exprimer, aller vers l'autre. J'ai voulu fuir ma mère, non pas parce que je ne l'aimais pas assez, au contraire, parce que je l'aimais trop et que cet amour m'empêchait de la voir insatisfaite ou malheureuse.

Si seulement les parents pouvaient ne pas accabler leurs enfants, ne pas attendre d'eux qu'ils atteignent les sommets qu'eux-mêmes n'ont pas atteints. Rêver pour sa fille ou son fils est humain, mais on préférerait qu'ils nous aiment même si on ne réussit pas comme ils l'auraient souhaité, qu'ils nous encouragent et nous réconfortent dans la réussite comme dans l'échec.

On aimerait ne jamais les décevoir mais... Moi, j'avais échoué et sombré, et le montrer à ma mère m'était insupportable, alors à ce moment-là je l'évitais.

J'avais bien essayé malgré tout de me trouver des occupations, je prévoyais entre autres de tourner une émission pour parler de Chypre avec Mélissa Theuriau, j'essayais de faire semblant de vivre, en misant sur le fait que, à force de me battre, tout rentrerait peut-être dans l'ordre. Mais rien n'y faisait, je ne vibrais plus. Je consultais toujours le psy deux fois par semaine. Plus ça allait, moins je l'aimais. Je sentais que je n'avais pas besoin de ça. Depuis mes dix-huit ans, on me parlait souvent des psys, « va voir quelqu'un », « va consulter ». Au bout d'un moment, dans notre société, c'était presque devenu banal d'être « suivi ». Personnellement, ça n'était pas dans mes codes ni dans ma vision des choses. On soigne les maladies physiques, on essaie de calmer les fous, ceux qui perdent la raison, mais moi, en réalité, où avais-je mal ? J'avais mal à l'âme. Elle se soigne avec des médocs, l'âme ? Ah bon ? Que connaissait le psy de l'âme humaine, pourquoi après tant de rendez-vous ne m'avait-t-il jamais éclairée ? Pourquoi prétendait-il détenir une clef alors que je n'avançais pas dans ma tête ? Foutaise. J'avais beau essayer de me convaincre, je n'y parvenais pas. Cet inconnu était impuissant à me guérir. Alors oui, je reconnais que les psys peuvent aider à se poser des questions et à orienter son regard sur les nœuds de sa vie ou les obscurités qu'on n'ose pas affronter, mais aujourd'hui je reste sceptique quant aux formulations scientifiques des maladies qu'ils ont pu me donner : « organisation limite de la personnalité », « troubles bipolaires » ! Tout cela restait flou. Certes, dans une société où plus personne ne s'écoute, où on se lance des « comment ça va ? » pour partir avant même d'avoir écouté la réponse, les psys sont peut-être la seule oreille qui nous reste. Heureusement ou malheureusement ? Doit-on s'affliger de n'avoir plus qu'eux ? Ou doit-on se réjouir qu'ils soient au moins là ? Le mien, je le regardais toujours d'un air assez dubitatif, jusqu'au jour où j'ai refusé de le voir puisqu'il ne m'apportait rien de nouveau.

À l'approche de l'été, Hélène est venue me proposer de partir un mois en vacances avec elle et sa famille, près d'Aix-en-Provence. C'est ainsi que je me suis retrouvée dans une très belle villa avec tout plein d'enfants, du soleil et une piscine. Hélène connaissait un psychiatre, un proche de sa famille, et lui avait parlé de moi. Très gentiment, il s'était proposé de me suivre par téléphone durant les vacances. Une fois par semaine, et sans contrepartie financière, il me demandait de lui confier mes ressentis ; son écoute me touchait. Et cependant, je sombrais chaque jour un peu plus dans la dépression. Hélène faisait tout son possible pour que je sois bien, que je mange à ma faim, que l'on discute et qu'on rigole, mais je n'étais déjà plus là. Le soir, vingt-deux heures sonnées, j'allais me coucher, je prenais mes médicaments et tombais K.-O. jusqu'au lendemain onze heures. Je me levais, je déjeunais, profitais un peu du soleil et m'enfermais dans mes lectures. Je ne faisais plus que ça : lire. Des romans, des policiers, des autobiographies. Cet été-là, j'ai lu dix-sept livres. C'était le seul moyen que j'aie trouvé pour freiner l'avalanche de questions qui m'assaillait sans cesse. Je lisais et ne pouvais plus réfléchir qu'à mon livre, mes yeux étaient fixés sur les pages. Devant la télévision, je n'étais pas assez canalisée. À peine avais-je terminé un livre que j'en ouvrais un autre. Dans cette maison, la bibliothèque était pleine à craquer, je ne manquais de rien. Pendant ce temps, je laissais Hélène souvent seule, je ne le sentais pas mais j'avais installé une sale ambiance dans la maison. Heureusement que les enfants étaient là pour mettre de la joie autour de nous. Sitôt qu'Hélène me parlait, je ne pouvais m'empêcher de faire des parallèles avec ma vie, de minimiser toutes les épreuves que traversaient les gens, car j'avais l'impression d'être celle qui souffrait le plus au monde. J'étais de très mauvaise compagnie, et pourtant Hélène n'a rien dit, elle a fait comme si de rien n'était. De temps à autre, des amis ou de la famille venaient passer quelques jours dans la villa, ça lui permettait de décompresser un peu, car toute seule avec moi et les enfants, ça n'était pas facile. Malgré tout, elle s'efforçait de me faire plaisir et de me distraire. Pour mes vingt-huit ans, elle m'a offert ce dont je rêvais le plus par le passé : un saut en parachute.

Nous sommes donc partis un beau matin pour que je saute, avec Hélène, son mari et un de leurs amis.

Je me souviens de ne pas avoir spécialement apprécié l'instant. Pas que je détestais non plus, mais j'ai sauté de cinq mille mètres de haut comme j'aurais fait mes courses au supermarché. Avec autant d'entrain. Les autres s'émerveillaient et kiffaient leur moment ; leur joie me renvoyait à mon état. Je n'arrivais même pas à m'en vouloir de leur faire subir ça, car j'étais dénuée de sentiment et, par conséquent, dénuée de culpabilité ! Quelques jours après, Hélène organisait une petite fête pour deux de ses amies, un traiteur s'était déplacé spécialement. J'admirais mon amie pour sa générosité, elle voulait toujours aider les autres, leur faire plaisir. Au beau milieu de la fête, j'ai vu débarquer Seb, Charlotte et ma mère ! Ils étaient venus me faire une surprise. Stupeur ! Je ne savais pas si je devais rire ou pleurer. Ils avaient fait le déplacement depuis Paris et Lyon, et, malgré cette magnifique preuve d'amour ou d'amitié, je n'étais pas plus heureuse que ça. Je ne me réjouissais de voir personne. Pour preuve, je suis aussitôt allée m'enfermer dans ma chambre.

C'est à ce moment que Charlotte est venue me rejoindre. Depuis des mois, la plupart des gens m'avaient tourné le dos, ou me parlaient avec de la pitié dans la voix. Ce jour-là, elle n'y est pas allée par quatre chemins. Elle m'a d'abord demandé comment j'allais : « Je vais mal, j'ai raté ma vie, je ne vaux rien, etc. » Alors soudain, elle s'est mise à hurler : « Nan mais, tu vas arrêter ton sale délire, là ? C'est quoi ce truc de dire que t'es nulle, que t'es ratée ? Eh ! T'as ta mère, tes amis qui sont là, t'as vendu des millions de disques, les gens te kiffent grave, tu as une vie de rêve, allô ? Réveille-toi ! » J'admets que ça faisait longtemps que l'on ne m'avait pas secouée comme ça. Elle a enchaîné : « Tu nous saoules avec Diam's ! Tu crois que c'est que ça, la vie ? Chanter ? Rapper ? Nan, c'est pas ça, la vie, Mélanie ! T'es une femme, t'as une maison, un jour, tu te marieras peut-être, tu auras des enfants et c'est *ça*, la vie ! Tu te prends trop la tête avec ta carrière, ton rap, tes histoires à deux balles, tes clashs à deux balles. On s'en fiche, d'eux, regarde-toi, t'es la numéro un, t'es belle, t'as la santé, tu manques de rien. Va falloir te reprendre en main, là ! Moi, je veux bien t'aider, mais faut que tu te bouges maintenant ! »

Ses paroles ont fait l'effet d'une bombe dans mon cœur. Les résultats n'ont pas été immédiats, mais le goupillon était déclenché, et la bombe... à retardement !

Après un mois passé à Aix, je suis rentrée à Paris avec l'envie de faire évoluer les choses. Pour la première fois, j'ai décidé de mettre Diam's de côté. Je n'écrivais plus, ne composais plus et n'en ressentais même plus l'envie. Sans dire un mot à mon entourage, dans ma tête j'avais pris la décision d'oublier Diam's. Je me suis inscrite dans une auto-école, je prenais des nouvelles de personnes que je ne voyais plus depuis longtemps et j'ai décidé que, à la rentrée, je les inviterais chez moi plus souvent. Je voulais essayer de passer un peu plus de temps avec elles. J'avais adopté un mauvais rythme par le passé, à toujours courir sur les routes, à ne jamais dîner chez moi.

À la mi-août, Jamel et Mélissa m'ont invitée une semaine au Maroc. C'était très sympathique. Petit à petit, je faisais tous les efforts possibles pour m'ouvrir aux autres autour de moi, et, si je n'avais rien à raconter, je pouvais au moins les écouter et m'intéresser à leur vie. Chose rare, je prenais le temps d'écouter. Moi qui avais toujours focalisé mon attention sur ma petite personne, j'étais redescendue de mon nuage et commençais à me rendre compte que les autres avaient aussi beaucoup à m'apprendre. Avant, je coupais la parole, n'en faisais qu'à ma tête et ne pouvais jamais m'empêcher de donner mon avis ; là, je devenais quelqu'un de sociable qui s'effaçait devant son interlocuteur et cessait de toujours dire ce qu'il pensait. Excepté pour dormir, j'avais abandonné les médicaments. J'essayais de ne pas trop me prendre la tête, je me laissais vivre. Cette semaine au Maroc a été très agréable, entre farniente et balades.

De retour à Paris, comme je me l'étais promis, j'ai débuté ma nouvelle vie. La porte de mon studio était fermée, je n'y allais plus. Je me concentrais sur mes cours à l'auto-école, déterminée à décrocher mon permis de conduire. Depuis des années, je ne me déplaçais qu'en scooter ou en taxi. Il était temps que je me responsabilise. Dans ce même élan, j'ai renoué avec des amies dont je m'étais éloignée. Parmi elles, il y en avait une que j'aimais particulièrement et que j'aime aujourd'hui comme une sœur : Faïza Guène. Nous nous étions connues par le passé alors qu'elle était déjà un auteur à succès. Souvent, nous étions invitées par les magazines à débattre ensemble de faits d'actualité, puisque nous étions considérées, je cite, comme les deux petites « perles » de la banlieue. À chaque fois que nous nous croisions, un élan de tendresse nous gagnait toujours mais j'étais trop speed pour en profiter, trop speed pour lui accorder toute l'attention qu'elle méritait. Alors, lorsqu'elle est venue à la maison, répondant à mon invitation, j'ai découvert une femme avec un cœur énorme et une richesse rare. J'aimais sa compagnie et aurais adoré parler encore des heures avec elle. Je me disais que j'étais passée à côté d'une belle amitié toutes ces années, bien décidée à ne pas réitérer mon erreur. Elle est depuis ce jour comme un membre à part entière de ma famille et je pense que nous avons clairement rattrapé le temps perdu !

En cette fin d'année, il m'arrivait aussi d'être conviée à des réceptions ou à participer à des œuvres humanitaires. Je m'y rendais sans rechigner. Même si Diam's était entre parenthèses, seule moi le savais, et je pouvais au moins prêter mon image pour la bonne cause.

Le mois de septembre s'est ainsi écoulé. Au mois d'octobre, j'étais à fond dans mon permis. Je dormais beaucoup grâce aux médicaments, passais au moins deux à trois heures à l'auto-école, et les journées se succédaient très vite. Je n'étais certes pas au plus bas de ma forme, mais j'étais encore très loin d'être au top.

À cette période, l'élection présidentielle américaine était omniprésente dans les médias. La victoire de Barack Obama devenait de plus en plus probable, et je dois dire que ça me touchait particulièrement. Un an et demi auparavant, Nicolas Sarkozy avait été élu en France, j'avais rejoint la Bastille ce fameux 6 mai 2007 et j'ai été témoin de la haine, du dégoût, de la rage et des bombes lacrymo. C'était comme si une tristesse avait gagné toute une partie de la population française. Je me souviens de femmes en pleurs dans les rues qui criaient : « C'est pas ma France ! » À l'inverse, place de la Concorde, une certaine France bien policée hurlait son bonheur. Je me rappelle cette place, pleine à craquer, et Mireille Mathieu et ses amis en train de chanter, c'était affligeant. Ça m'a fichu le cafard. Je me disais : alors, je vis dans un pays gouverné par ces gens-là ? Que connaissent-ils de nous ? Que comprennent-ils des jeunes ? C'est vrai qu'à cette période je ne pensais qu'à ça : la jeunesse, les quartiers, la diversité. Ce qui se profilait de l'autre côté de l'Atlantique contrastait méchamment avec ce que nous étions en train de vivre. Si tel était le cas, Barack Obama deviendrait le premier président noir des États-Unis. Le symbole était fort. Outre ses origines et la couleur de sa peau, il avait, selon certains, agi sur le terrain dans le passé. Ça nous faisait rêver, bien qu'aujourd'hui j'aie le sentiment que la politique n'est en réalité qu'une grande pièce de théâtre. Quoi qu'il en soit, j'échangeais pas mal à ce propos avec des amis, c'était devenu le grand sujet de nos discussions.

Début novembre, alors que nous en débattions avec une bande d'amis, sur un coup de tête, nous nous sommes dit : si Barack l'emporte, nous devons être là-bas pour vivre ce moment exceptionnel. Chiche ? Dès le lendemain nous achetions nos billets et, le 4 novembre au matin, nous étions dans l'avion, direction New York ! Avec le décalage horaire, nous sommes arrivés vers seize heures heure locale, nous sommes allés voir un match de basket durant lequel, en temps réel, les écrans accrochées au plafond annonçaient un à un les résultats des votes dans chaque État. Au milieu de la soirée, c'était officiel : Barack Obama était élu président des États-Unis.

À ce moment-là, j'avais très peu de repères. Mes exemples étaient tous des chanteurs, des références somme toute assez bancales. Alors, tout d'un coup, c'est comme si je m'accrochais à ce rêve américain, comme si cet homme, pour qui rien n'était gagné dans ce pays du fait de son métissage, m'offrait un élan d'espoir. Et de l'espoir, j'en manquais considérablement.

Avec le recul, je trouve bien triste la vie que je menais, ainsi que celle de certaines personnes que je côtoyais, dont le bonheur et le malheur, les joies et problèmes ne dépendent que de nos dirigeants, des résultats sportifs ou encore du nouvel album de nos artistes préférés. On en voit par centaines à la télévision. Comme si nos cœurs avaient besoin d'immensifier quelqu'un ou quelque chose pour se sentir bien. Seulement, toutes ces personnes ne sont pas éternelles, ne sont pas exemptes de défaut, ne détiennent ni vie ni mort, ne peuvent ni octroyer, ni priver, ni guérir, et encore moins sortir du labyrinthe une pauvre fille comme moi. Ainsi, même si je me réjouissais de la victoire de Barack Obama, je sentais bien que ma vie ne pouvait pas rester ainsi. S'accrocher à une branche, puis à une autre, jusqu'à ce qu'elle casse à nouveau, était voué à l'échec.

Toujours est-il que, dans les rues de New York, c'était de la folie. Les gens hurlaient de joie, pleuraient de bonheur. Un vent d'espoir et de bien-être se mettait à souffler sur tout un peuple et moi, je me laissais doucement submerger par la vague. J'avais bien accepté quelques invitations aux soirées ultra-sélectes, mais finalement je préférais rester au calme et repenser au spectacle que j'avais vu dans la rue, car j'étais vraiment lasse de ces boîtes de nuit, au cœur de l'opulence, des faux-semblants et du fric jeté par les fenêtres.

De retour en France, j'envisageai de partir à Lyon quelque temps chez Charlotte. J'aimais être chez elle. Là-bas, nos journées étaient simples, nous passions beaucoup de temps à la maison et… nous parlions, parlions, parlions ! Charlotte me connaissait bien, elle connaissait ma vie, ma mère. Il était facile de me confier. Nous en avons même profité pour skier un peu. Je riais tant avec elle. Elle faisait complètement abstraction de ma maladie. Finalement, c'était comme si elle ne lui laissait pas de place, si bien que je finissais à mon tour par l'oublier un peu. Bon, il m'arrivait de faire quelques crises. Mais, comme je les sentais monter, je m'isolais le temps de redescendre.

À Lyon vivait aussi une des meilleures amies de Charlotte : Souhir, dite Sousou. Elles se connaissaient depuis leur adolescence. Nous mangions régulièrement ensemble, Sousou était très versée dans la spiritualité, c'est pourquoi nous parlions souvent de religion. Charlotte était catholique, Sousou musulmane, et moi, j'étais croyante, mais perdue.

Un soir que nous étions toutes les trois, je me suis sentie prise de court lorsque Sousou a déclaré : « Bon, les filles, je reviens, je vais prier. » Je ne sais pourquoi, mais je lui ai dit, du tac au tac : « Sousou, s'il te plaît, moi aussi j'ai besoin de prier, laisse-moi prier avec toi. » Sans me demander si j'étais musulmane ou pas, elle m'a invitée à la suivre dans la salle de bain pour, je cite, « apprendre à me purifier ». Je suivais ses faits et gestes sans trop poser de question, je me passais de l'eau sur les mains, le visage, les bras et les pieds. Puis elle m'a donné un foulard pour me couvrir, en me disant tout simplement : « Suis-moi, fais tout ce que je fais et dis-toi que tu t'adresses directement à Dieu. »

Alors, pour la première fois de ma vie, je suis entrée en prière.

IV

Quelle sensation étrange.

Le front et le nez collés au sol, les mains posées à plat sur le parquet de la chambre de Charlotte, ce soir de décembre, je me suis prosternée.

Prosternée, oui, c'est bien le terme. Jamais de ma vie je ne m'étais retrouvée dans cette position et, pour la première fois, j'ai eu la sensation *réelle* de m'adresser à Dieu.

Ce moment a été de trop courte durée à mon goût, mais le peu de mots que j'ai pu formuler venaient de mon cœur et prenaient tout leur sens. Ce n'était plus des SOS jetés dans la nature, à qui voudrait bien les entendre et y répondre, mais un appel d'aide que j'étais sûre de Lui adresser. À Lui, le Seul et l'Unique, le Plein d'amour.

Je me suis redressée, puis agenouillée, comme le faisait Sousou, avant de me prosterner à nouveau. Durant la prière, front contre terre, j'ai vécu à huit reprises, et pour la première fois, l'expérience de la confidence à Dieu.

Je me souviens d'avoir murmuré : « Ô mon Dieu, Toi qui m'entends, soigne mon cœur, je T'en supplie, soigne-moi, je vais si mal, si mal. Personne ne comprend ma souffrance. » Puis je me relevais, et de nouveau :

« Ô mon Dieu, pardonne-moi, pardonne-moi, je sais que je fais sûrement beaucoup d'erreurs, mais je ne sais pas ce qu'il faut vraiment faire pour être quelqu'un de bien, rends-moi meilleure. »

Ensuite, nous nous sommes encore redressées, j'entendais Sousou réciter doucement des prières, et nous nous sommes inclinées, relevées, pour finir par retourner à la prosternation.

Là, j'ai replongé dans une avalanche de confidences et d'interrogations : « Ô mon Dieu, pourquoi untel agit-il ainsi avec moi ? Ô mon Dieu, pourquoi je n'arrive plus à écrire ? Ô mon Dieu, est-ce que je suis vraiment malade ? »

Nous nous sommes levées, puis de nouveau : « Ô mon Dieu, pourquoi je me sens si bien ainsi ? Ô mon Dieu, Toi, Tu sais ce que je ressens, j'en suis sûre ! Je T'en supplie, aide-moi, je suis si malheureuse. »

Pour la première fois de mon existence, j'étais convaincue qu'Il m'entendait. Prosternée, je m'étais rapprochée de Lui.

Dieu.

D'aussi loin que je puisse me souvenir, j'ai toujours eu foi en Son existence. Sans aucun doute et ce, depuis ma plus tendre enfance, je croyais en Lui. Pourtant, ma mère ne m'a pas éduquée dans la tradition religieuse, même si j'ai beaucoup appris en la matière auprès de mes grands-parents.

Dès mon plus jeune âge, ma mère m'envoyait souvent passer mes vacances chez ses parents, qui habitaient une maison de ville à côté de Lille, à Villeneuve-d'Ascq plus exactement. Tous deux étaient très aimants avec moi ; ils étaient également très religieux et possédaient des valeurs ancrées dans la plus pure tradition catholique. Je ne me rappelle pas les avoir jamais entendus en parler, mais tout chez eux indiquait qu'ils croyaient : crucifix accrochés au mur de leur chambre, statuettes et livres religieux par dizaines alignés dans leur bibliothèque, revues chrétiennes. D'ailleurs, tous les dimanches matins, ils se rendaient à la messe.

Je les accompagnais à l'église sans trop rechigner. Non pas que je raffolais particulièrement de la cérémonie liturgique, mais le rite ne me déplaisait pas. Et puis, je les aimais tellement, ces deux-là... Mon grand-père et moi partagions tant de jolies choses. Souvent, l'après-midi, nous allions nous promener, il m'emmenait donner à manger aux canards, ou rendre visite aux chevaux du centre équestre qui se trouvait derrière chez eux. Dans ces moments-là, nous parlions, parlions, parlions. Lui, l'ancien bijoutier-horloger à la retraite, et moi, la petite canaille, ne faisions que discuter. J'étais une pipelette, et lui aussi. Ça tombait bien !

À mes six, huit, dix ou douze ans, c'était toujours le même rituel ; leur vie était très cadrée : à vingt heures, le journal télévisé, à vingt heures trente, le film du soir agrémenté d'une barre de chocolat Côte-d'Or puis, à vingt-deux heures trente, tout le monde au lit ! Alors que mon grand-père était dingue de football et de nature, ma grand-mère en revanche était beaucoup plus citadine. Durant mes séjours chez eux, elle m'emmenait régulièrement en ville. Nous prenions le tramway jusqu'à Lille et, une fois sur place, nous déjeunions toujours à la cafétéria Flunch, avant d'aller voir un film au cinéma. Très souvent, ma grand-mère m'entraînait au Furet du Nord, cette immense et belle librairie-papeterie que je considérais alors comme un grand magasin de jouets.

Très jeune, j'aimais les cahiers, leurs couvertures épaisses et leurs pages blanches quadrillées, les stylos de toutes les couleurs, les beaux classeurs. Encore aujourd'hui, surtout lorsque je voyage, il m'arrive de passer des heures à choisir des blocs-notes, acheter des agendas et toutes sortes de babioles ! Alors, avec ma grand-mère, c'était un pur moment de bonheur, nous nous baladions dans tous les rayons de la librairie, elle me faisait une visite guidée de la littérature internationale ! Puis, le soir venu, nous rentrions à la maison, heureuses d'avoir partagé un moment de complicité.

Il est une chose qui m'a marquée dans mon enfance : chaque fois que ma grand-mère croisait un sans-abri sur le parvis de la Grand-Place, elle s'arrêtait quelques minutes pour parler avec lui. Ces hommes invisibles pour la plupart d'entre nous étaient pour ma grand-mère les seuls qui méritaient son attention. Elle s'adressait à eux avec familiarité, riait et repartait le sourire aux lèvres. J'ai appris par la suite que ma grand-mère était très active au sein d'associations religieuses lilloises. Tout comme elle était très impliquée dans des associations littéraires. L'ancienne coiffeuse qui avait connu la guerre et éduqué trois enfants semblait vouloir rattraper le temps perdu depuis la retraite.

Mes grands-parents ont été les seules personnes à m'avoir plus ou moins sensibilisée à la religion catholique. Je dis plus ou moins car, à part la messe le dimanche matin et les bibelots ornant leur maison, aucune pratique, aucun enseignement ne m'a été donné, si ce n'est quelques phrases toutes faites qui leur échappaient de temps à autre, dans le genre « merci, Jésus, pour ce repas » !

Bien sûr, comme dans la plupart des foyers, nous fêtions Noël, et mes grands-parents sortaient la crèche du placard, qu'ils exposaient sur le grand buffet de papi. Il me semblait que, pour eux, cela symbolisait la naissance de Jésus – blotti dans les bras de sa mère Marie, elle-même entourée de personnages et d'animaux.

Pâques était plus propice aux jeux dans le jardin, où je me lançais à la chasse aux œufs en chocolat que mes grands-parents y avaient cachés. À l'époque, lorsque je retournais à Chypre, je sentais que cette fête religieuse était plus importante qu'en France. Là-bas, on me disait que les Chypriotes étaient orthodoxes. Mon père n'avait jamais évoqué Dieu avec moi, ma grand-mère ne parlait pas ma langue et ma tante Lina ne cessait de me dire des choses que je ne comprenais qu'à moitié, si bien que la question de l'éducation religieuse m'était quasiment inconnue. Je me souviens seulement qu'un vieil homme venait parfois chez nous, une boule de senteur à la main, et qu'il propageait une fumée parfumée dans toute la maison, en récitant des paroles incompréhensibles.

À Chypre, on croisait régulièrement des popes dans la rue. Il y avait beaucoup d'églises et, dans mes souvenirs, les vieilles femmes installées à l'entrée des petites boutiques traditionnelles portaient toutes un fichu sur la tête. Je savais ma tante et ma grand-mère très croyantes, mais je ne les ai jamais vues pratiquer leur culte.

C'est donc assez loin de la religion que j'ai grandi, bien que, paradoxalement, elle m'ait toujours été familière. Cela explique sûrement pourquoi ma foi en un Dieu unique ne m'a jamais quittée. Il est vrai que j'entendais souvent parler de Jésus, de Marie et de l'arche de Noé, mais sans toutefois jamais comprendre pourquoi certaines personnes divinisaient Jésus et sa mère. Moi, je n'ai jamais ressenti le besoin de les immensifier comme on immensifie Dieu. Je ne parlais pas à Jésus, je n'attendais de lui ni qu'il me pardonne, ni qu'il me sauve. Qui il était, je ne le savais pas précisément, mais pour sûr il n'était pas Dieu.

Selon moi, il existait bien un Dieu qu'on ne voit pas, c'était tout. Pour le reste, j'étais dans le flou... Mais puisque j'avais été baptisée à ma naissance, j'étais chrétienne, même si je dois admettre que ni la foi ni Dieu à cette époque ne revêtaient une grande importance dans ma vie.

Ce n'est que des années plus tard, lorsque, à l'école, on m'a parlé de la théorie de l'évolution, de la préhistoire, que j'ai ressenti l'étrange besoin de me rapprocher du christianisme. Ce besoin, je ne pouvais pas me l'expliquer. Je le ressentais, voilà tout. Donc, lorsqu'on m'a proposé des cours de catéchisme dans le cadre d'activités extrascolaires, j'ai accepté de m'y inscrire.

Cela se passait dans mon collège, à Igny, dans l'Essonne. Sans que personne autour de moi m'y oblige, j'ai même songé à faire « ma communion » et « ma confirmation ». Pour être franche, aujourd'hui encore je ne suis pas certaine de comprendre la signification de ces rituels mais, outre les cadeaux que j'allais recevoir à ces occasions, il me semblait normal en tant que chrétienne de les accomplir.

Aux cours de cathé, les seuls élèves que je croisais étaient tout sauf le genre de personnes que j'avais l'habitude de fréquenter à l'école et en dehors. C'est sûrement un peu cliché, mais ces filles et ces garçons semblaient tous un peu « ailleurs », « perchés » comme on dit, bref, trop studieux pour moi. Et puis, il y avait cet homme, il n'était ni curé ni prêtre mais il nous enseignait notre religion, il nous parlait d'Adam et Ève, de Jésus, de Marie et de Noé. Je n'arrivais pas à me passionner pour ces récits-là, qui étaient le passage obligé pour valider les deux rites ; je crois qu'en premier lieu j'aurais aimé que l'on me parle de Dieu. Et puis, après tout, je ne savais pas trop quoi en penser : était-ce des fables ? Était-ce la vérité ? Qui pourrait me prouver tout cela ? À l'époque, la seule chose dont j'étais sûre, c'était que je croyais en Dieu.

Toutes les théories que j'entendais sur l'origine du monde, à l'école, à la radio ou dans des émissions de télévision, ne pouvaient annihiler ma foi, ni même l'ébranler. Il existait un Tout-Puissant, c'était certain. En revanche, expliquer cette foi, je ne le pouvais pas encore. La Bible ? Je ne l'avais jamais lue sérieusement. La Thora ? Je ne connaissais pas, et encore moins le Saint Coran. Pour être tout à fait honnête, j'étais to-ta-le-ment ignorante.

Les années ont passé, et plus j'ai pris de l'âge, et plus je me suis posé des questions.

Lorsque j'ai emménagé dans la zone pavillonnaire de Mondétour, je passais pas mal de temps aux Ulis, à me balader dans la galerie commerciale, à jouer pendant des heures sur le terrain de basket, ce sport que j'aimais tant, ou encore chez des copines. Cette ville me devenait de plus en plus familière. Et puis, ma passion pour le rap me poussait à fréquenter régulièrement la MJC, les petites salles de spectacle et les rappeurs que je croisais là-bas. C'est à cette période, je devais avoir seize, dix-sept ans, que j'ai souvent entendu parler de l'Islam. Cette religion s'invitait de plus en plus régulièrement dans nos discussions. Et sa pratique me semblait partagée par un grand nombre autour de moi. J'entendais couramment ce genre de phrases : « C'est bientôt le mois de Ramadan », « Non merci, je suis musulman, donc je ne mange pas de porc », « Il paraît que Jean-Marc s'est converti à l'Islam », etc. L'Islam. Je l'avoue, cette religion m'attirait énormément, même si je n'y connaissais rien. Beaucoup prétendaient que la conversion à l'Islam était « comme une mode ». C'est ce qui a fini par m'en éloigner. À mes yeux, la religion, c'était du sérieux, et au grand jamais je ne me serais convertie pour plaire aux gens ou entrer dans un groupe.

Le temps passait, je donnais des petits concerts à divers endroits, quand, un jour, j'ai eu une discussion avec quelqu'un à propos de l'Islam ; cette personne avait été interpellée par la croix que je portais autour du cou. Je ne la portais pas par conviction, je pense qu'elle était plutôt le fruit d'un besoin d'identité et de repère, comme une forte affirmation de qui j'étais : une chrétienne. Alors nous avons parlé de Dieu et de l'Islam, et elle m'a indiqué une association où je pourrais découvrir cette religion, si un jour j'étais intéressée.

J'ai noté l'adresse et me suis promis d'y aller.

Je ne sais pour quelle raison, ce jour-là, j'ai ôté ma croix. Comme si le flou religieux me gagnait. D'un côté, je me sentais chrétienne et, de l'autre, j'étais fortement attirée par l'Islam. Je me sentais perdue. Je ne savais plus tellement ce à quoi je devais croire.

Dans cette petite association, je croisais donc des musulmans ravis de me parler de leur religion, j'entendais des mots qui depuis n'ont jamais cessé de m'habiter et de résonner en moi, comme s'ils étaient l'écho de ma croyance innée, le miroir de mes pensées sur Dieu.

Ces mots étaient : « Dieu voit tout : le visible et le caché sont choses égales pour Lui. Et Dieu sait tout, Il sait le nombre de soupirs que tu as poussés aujourd'hui. Il est proche de toi. Il est avec toi où que tu sois. »

C'était vraiment inexplicable. Peut-être était-ce lié au manque de clarté du christianisme, mais tout au fond de moi je ressentais le besoin d'être musulmane.

Malheureusement, je n'ai pas pu me rendre dans cette association aussi souvent que je l'aurais souhaité et, au final, le seul lien qui restait entre moi et l'Islam étaient ces quelques musulmans dont la pratique se limitait à jeûner pendant le ramadan et à ne consommer ni alcool ni viande de porc.

L'emploi du mot « se limitait » pourrait en choquer certains, mais je veux dire par là que chez eux l'Islam était comme un code de vie apparent, et je ne percevais pas vraiment de spiritualité. Bien sûr, je ne peux ni les juger ni conclure qu'ils en étaient dépourvus. Effectivement, c'est une vision très réduite de cette religion que de l'envisager comme un ensemble d'interdits, d'obligations et rien d'autre. Malgré cela, et contre toute logique, je ressentais ce besoin de me rapprocher de l'Islam. Alors, quand on m'interrogeait sur mes convictions religieuses, je répondais : je suis musulmane.

Durant presque dix ans, je me suis abstenue de manger du porc et j'ai jeûné le mois de Ramadan. Que je sois tranquille chez moi ou en pleine tournée, ces mois de jeûne étaient pour moi comme *le* rituel. Parfois, le jeûne m'était difficile, d'autres fois moins. J'aimais ces moments de retrouvailles en fin de journée avec tous ceux et celles de mon entourage qui le pratiquaient. Nous nous rendions les uns chez les autres, parfois « rompions » le jeûne au restaurant. Bref, c'était toujours agréable, des moments de partage, de générosité et de joie.

Mon Islam était limité : croire en Dieu, jeûner et ne pas manger de porc. Je ne priais pas et ne connaissais fondamentalement rien à tout cela.

Ce qui me confortait le plus dans mon choix, c'était de m'être éloignée des ambiguïtés du christianisme et précisément de la divinité de Jésus, car il me paraissait impossible d'adorer un être humain, de surcroît quelqu'un qui avait été « crucifié », comme on me l'avait raconté dans mon enfance. La divinité de Marie me gênait également. Je ne remettais pas en cause l'immaculée conception de Jésus, mais je ne voyais pas comment Marie pouvait nous écouter, accueillir nos confidences, nous soigner, nous pardonner. N'étaient-ils pas tous deux seulement des êtres humains ?

Ces notions me sont si familières aujourd'hui, mais, à l'époque, je dois avouer que j'esquivais la discussion. Incapable d'expliquer quoi que ce soit, je préférais épater la galerie avec mes connaissances sur d'autres sujets : musique, art, nouvelles technologies et grands débats sur le monde !

Chose assez étrange aussi, depuis ma première visite à l'association, j'avais mémorisé deux phrases et deux textes en arabe que j'entendais souvent. Aussi bizarre que cela puisse paraître, je me les répétais régulièrement le soir, dans mon lit, ou encore avant chacun de mes concerts. Allez comprendre pourquoi. Un peu comme les chrétiens diraient le « Notre Père » avant de s'endormir, moi, je levais mes mains au ciel et je récitais de temps à autre mes textes. C'était mon rituel. Mes agents de sécurité savaient que j'avais besoin de ces cinq minutes avant d'entamer un concert, ils me réservaient donc une petite pièce pour me recueillir.

Voilà donc où en était mon histoire avec Dieu et l'Islam, ce soir de décembre où je me suis retrouvée à prier chez mon amie Charlotte.

Un point reste important pour comprendre ce retour que j'ai fait vers Lui à cette période de ma vie. Comme je le disais, j'ai toujours jeûné le mois de Ramadan et ce, durant des années sans trop savoir pourquoi. Mais lorsqu'est venu ce mois de septembre de l'année 2008, que j'appellerai l'année de « ma chute », pour la première fois depuis dix ans, je n'ai pas jeûné. J'allais mal, je me sentais malade, et les gens que je fréquentais à cette période m'avaient déconseillé de le faire, m'assurant que mon état de santé ne me le permettait pas. Je les ai écoutés, je n'ai pas jeûné mais, par ignorance, j'ai énormément culpabilisé. C'est ce qui m'a poussée à la confidence, à ce besoin de Lui demander pardon, sans savoir que Dieu aime et veut pour nous la facilité.

À cette époque, quand tout a volé en éclat, la seule chose qui a résonné en moi comme un bonheur, une urgence soudaine, c'était la prière. Oui, je ressentais ce besoin de parler à Dieu, comme si les épreuves nous ramenaient à l'essentiel.

C'est ainsi que j'ai entrepris de prier avec Sousou.

Une dernière fois le front posé au sol, une dernière avalanche de « Ô mon Dieu, aide-moi à comprendre ce que je traverse », puis, après nous être redressées, c'était la fin de notre prière.

Là, j'ai eu le sentiment d'une renaissance. Je n'avais pas été aussi bien depuis des années. Je me sentais légère, apaisée, sereine. J'ai regardé Sousou et lui ai dit : « Il faut que tu m'apprennes bien, Sousou. Viens, on prend dix minutes et tu m'expliques comment je pourrais prier seule ! »

Alors nous nous sommes posées dans le salon et, tout simplement, nous avons noté un à un sur une petite feuille les gestes de la purification qu'on effectue avant de prier, puis un à un les gestes de la prière ainsi que les textes qu'il me faudrait apprendre. Quel n'a pas été mon étonnement lorsqu'elle m'a annoncé que ce qu'elle récitait quand nous étions debout n'était autre que deux sourates que je connaissais déjà depuis dix ans !

Incroyable. Je savais déjà presque tout ce qu'il fallait savoir et je me sentais fin prête pour prier plus souvent ! Je devais maintenant prévoir un habit afin de me couvrir en signe de pudeur devant Dieu, et m'assurer que l'endroit où je me prosternerais serait propre. J'ai donc mis, dans le doute, un tapis sur le sol. La prière était une sorte de fête pour moi, puisque je pouvais enfin me confier et m'adresser à Dieu Lui-même.

Avant de quitter Lyon, j'ai parlé à Sousou de mes projets de voyages. Je comptais retourner à l'île Maurice et y inviter Charlotte. Sousou m'a suggéré d'emporter le Saint Coran avec moi et, par amitié pour elle, je le lui ai promis, d'autant que je l'avais à la maison. Je me l'étais procuré à l'époque de ma visite dans la petite association.

Nous étions au mois de novembre, au cœur de l'automne, et il ne me restait qu'un petit mois à tenir avant d'entreprendre ce énième voyage dans cet endroit que j'aimais tant. J'ai encore passé quelques jours chez Charlotte et, comme par réflexe « chrétien », je priais seulement deux fois dans la journée, matin et soir. Durant ces quelques jours chez mon amie, je m'adonnais à cette adoration qui remplissait pleinement mon cœur. Au départ, munie de ma feuille, je répétais solennellement les gestes que j'avais appris.

Debout, puis inclinée, debout, ensuite prosternée, puis à genoux, puis prosternée, enfin debout. Je récitais consciencieusement les fameux textes, impatiente à l'idée de poser mon front contre le sol. C'est ainsi que j'aimais passer le plus de temps dans ma prière, là où j'étais « en proximité » avec Dieu.

La première fois que j'ai prié seule a été un grand jour, j'étais heureuse, et fière de moi. Je retrouvais peu à peu le sourire et la joie de vivre, puisque, soudainement, je n'avais plus de confidences pesantes à faire aux autres. Je me livrais à Dieu et cela me suffisait amplement. C'est ainsi que, sans m'en rendre compte, j'ai repris la plume. Charlotte était sortie, j'étais seule chez elle et je me suis mise à écrire, écrire, écrire. L'inspiration revenait. J'avais une idée de titre, puis une idée de concept, puis une idée de « rimes ». C'était comme si j'arrivais de nouveau à exprimer ce que j'avais sur le cœur.

Je me souviens d'en avoir presque pleuré.

C'est dans cet état d'esprit que je suis rentrée à Paris : les fêtes de fin d'année approchaient et ma famille me réclamait auprès d'elle.

Charlotte et moi ne nous quittions que pour quelques semaines. C'est à côté de ma si merveilleuse amie que j'avais retrouvé la force et le courage de m'en sortir. Inconsciemment, sa joie de vivre et son coté « battante, je-m'en-foutiste » avaient déteint sur moi. Contrairement aux autres personnes que je connaissais, elle n'éprouvait aucune compassion pour « ma maladie » et je pense que son attitude m'a été bénéfique à ce moment-là. Lorsque j'éprouvais un mal-être à cause des qu'en-dira-t-on et des calomnies, elle ramenait toujours ces médisances au rang de pacotilles, de futilités, de bêtises. Pour elle, il paraissait impensable de se mettre dans un tel état pour si peu. Alors, entre Charlotte qui relativisait, mes prières qui m'apaisaient,

Dieu qui m'entendait et notre voyage qui approchait, c'est vrai que je me sentais plus légère.

J'avais pris le train dans l'après-midi pour rentrer à la maison, je retrouvais mon appartement, mes repères, mes habitudes. Je m'empressai d'aller m'enfermer dans mon home studio pour enregistrer ce qui a donc été le premier titre de mon nouvel album : « SOS ». Le temps passait vite dans cette petite pièce et, pourtant, j'avais hâte de l'envoyer à Seb, Tefa et Masta, afin qu'ils sachent que la petite Diam's était de retour ! Je leur ai adressé le morceau dans la nuit et, avant de me coucher, j'ai eu envie de prier.

Je me suis purifiée avec de l'eau, comme me l'avait appris Sousou, je me suis couverte d'une longue robe et d'un foulard, je me suis appliquée et j'ai prié sereinement pour la première fois chez moi.

C'est vrai, j'allais prier seule, mais à présent je n'avais plus peur de la solitude. Mon cœur était tout entier orienté vers mon Seigneur et je me sentais bien.

Chaque matin et chaque soir, je vivais donc le rituel. Je retrouvais des moments de bonheur et d'apaisement. Nous étions à la fin du mois de décembre et j'avais pris l'initiative d'aller rendre visite à mes grands-parents avant de partir à l'île Maurice. J'avais décroché mon permis de conduire quelques jours plus tôt, j'ai donc fait la route avec ma maman, direction Lille. Derrière mon volant, j'étais extrêmement fière. Je passais d'un scooter à une voiture confortable ! Nous sommes arrivées dans le Nord dans la matinée.

À la fin de notre déjeuner, c'est avec fierté que j'ai emmené ma grand-mère faire un tour en ville et, bien sûr, à la librairie Le Furet du Nord. Je lui ai expliqué que je me posais des questions et que j'avais besoin de lire des ouvrages qui traitaient de religion. Tel un guide, elle m'a entraînée dans le bon rayon. Cette librairie était si grande, les ouvrages si nombreux, je n'avais que l'embarras du choix. J'ai choisi un livre sur le jeûne, un autre sur le pèlerinage ainsi que le récit d'une *Musulmane dans une famille française*. Nous avons passé un super moment en famille, puis maman et moi sommes rentrées à Paris.

Deux jours avant le grand départ pour Maurice, je commençais à préparer mes bagages et, comme promis, j'ai glissé dans ma valise le Saint Coran et les autres ouvrages achetés plus tôt. J'étais fin prête. En une soirée, j'avais dévoré le récit de cette Française qui témoignait de sa conversion à l'Islam. J'étais profondément touchée par ses révélations : elle avait appris à faire la prière avec un petit livre, tout comme moi, et, lorsqu'elle avait été amenée à en parler avec sa famille, ses choix n'avaient pas été du goût de tous.

J'avais appris que l'Islam comptait cinq prières par jour. Puisque je partais en vacances et que, là-bas, j'aurais du temps, je tenterais d'en respecter le nombre. Cela me paraissait aussi haut qu'une montagne à gravir, mais je voulais essayer quand même.

Le 26 décembre 2008, je me suis envolée pour un voyage exceptionnel au cours duquel j'allais vivre les plus beaux jours de ma vie. Accompagnée de Charlotte, je suis partie pour la cinquième fois sur cette île que j'aime tant. Toujours dans le même hôtel, toujours à la même période, toujours face à la mer et ce, pour quinze jours. Quel bonheur.

Les premiers temps, nous cherchions nos marques, nous étions toutes les deux dans le même délire, notre programme était simple : papoter, lire, dormir et prendre soin de nous. Des vraies vacances, en somme.

Dès notre arrivée, j'ai entrepris de prier cinq fois par jour. J'avais trouvé sur Internet les horaires de la prière à l'île Maurice. J'avais appris que les cinq prières quotidiennes en Islam étaient fixées dans le temps, qu'elles suivaient la course du soleil et ponctuaient ainsi la journée du croyant pour qu'il n'oublie pas Dieu ; la première à l'aube, la seconde quand le soleil est à son zénith, la troisième lorsqu'il est à mi-chemin entre le zénith et le crépuscule, la quatrième au coucher du soleil et enfin la dernière lorsque la nuit est totale.

Tandis que nous flânions, face à l'océan Indien, j'ai débuté le livre sur le jeûne du mois de Ramadan. Le texte était fréquemment agrémenté de « passages » du Saint Coran, pour appuyer ce que disait l'auteur. À cet instant, j'ai pris conscience de la clarté des écrits coraniques. Le langage me paraissait limpide mais, surtout, j'ai réalisé toute la beauté et la signification du jeûne.

Grâce à cette lecture, le jeûne ne m'est plus apparu comme une simple privation de nourriture mais comme le moyen pour celui qui le pratique de s'éloigner des préoccupations de ce bas monde. J'ai découvert aussi que Dieu ne demande pas seulement aux jeûneurs de s'abstenir de manger et de boire mais aussi de ne pas parler pour blesser ou médire, de ne pas commettre de péchés et de s'élever spirituellement. Cela a été une réelle découverte pour moi, qui n'avais du jeûne qu'une vision superficielle et réductrice ; il était en réalité un moyen de changer, de s'élever, de devenir meilleur.

Le reste du temps, Charlotte et moi papotions des heures durant, sous le soleil ou dans l'eau bleue du lagon ; nous ne cessions jamais de parler. Encore aujourd'hui, elle reste la personne avec qui je discute le plus.

Nous échangions sur tout et sans retenue, nos mères, nos pères, nos familles, nos angoisses, nos rêves, nos vies... J'ai toujours aimé partager cela avec elle. Charlotte savait que j'avais de grandes difficultés relationnelles avec ma mère. Tant pour communiquer que pour gérer mes émotions. Je ne lui témoignais mon amour qu'avec des présents, en somme du matériel, ou à travers quelques phrases qui lui étaient dédiées sur scène ; dans la vie, cependant, j'étais renfermée. Je n'osais rien lui dire et, en vérité, elle non plus. Charlotte me reprochait beaucoup cette façon d'agir. Elle me conseillait de lui accorder plus de temps, de l'impliquer davantage dans ma vie, ce à quoi je n'arrivais pas, comme si l'amour que l'on se portait, elle et moi, était tabou. Était-ce de la pudeur mal placée de sa part ? De la mienne ? Je ne le saurai jamais. De mon côté, je savais ce qui m'éloignait d'elle : la conscience qu'elle allait mourir un jour. Cela me paraît si insensé aujourd'hui, mais, à ce moment-là, j'étais obnubilée par la peur de l'abandon. Puisque je n'avais qu'elle et qu'elle était la personne la plus importante de mon existence, alors je m'interdisais de l'aimer à outrance de peur de perdre pied et de m'écrouler le jour où elle partirait. C'était une façon de me protéger d'un amour gigantesque. Car la chute le serait tout autant.

Du coup, je prenais mes distances. Je me contentais du minimum. On s'appelait de temps à autre, on échangeait l'essentiel puis on raccrochait. Rares étaient les moments que nous partagions à deux, car je supportais mal d'être auprès d'elle. J'avais envie de lui hurler des phrases du genre : « Tu crois que je peux vivre, moi, sans toi ? », « Tu crois que je peux continuer cette vie toute seule ? Je n'ai pas de frère, je n'ai pas de sœur et mon père, il ne me calcule pas ! », « Tu vas mourir, tu comprends, et moi, je préfère me protéger dès maintenant car il me faudra trouver la force après ton départ, donc moins je t'aime, moins l'on partage et moins je souffrirai ».

Je crois qu'aujourd'hui encore pour ma mère cette période de ma vie reste un mystère. Elle cherche tout un tas d'excuses pour expliquer mon détachement, et ne pas avoir à accepter la vraie raison. Je la laisse dire et je souris.

À Maurice, Charlotte et moi étions sur la même longueur d'onde. À première vue, on aurait pu imaginer que seule la musique nous liait, mais pas du tout. Au contraire, nous en parlions peu. Pour elle, la vie, la famille étaient plus importantes qu'écrire des chansons ou faire carrière. Elle s'était toujours tenue éloignée du show-biz. Tout ce petit monde hypocrite et nombriliste ne lui plaisait pas. Elle avait grandi à l'écart des strass et des soirées VIP sans saveur, dans une campagne loin de la ville.

L'univers des stars et des paillettes, ce n'était pas son truc. Et, quand je lui racontais les soucis que je rencontrais, ainsi que les cancans et les rumeurs qui circulaient sur mon compte, ou sur les uns et les autres, je la voyais hausser les sourcils avec dédain. Mais elle comprenait aussi que j'y avais passé quasiment toute ma vie et que ce monde faisait partie de mon quotidien. Depuis ma plus tendre enfance, je baignais dedans, j'avais grandi en faisant du rap et j'étais devenue star avant même de devenir femme !

Alors il est vrai qu'à ses côtés je sortais vite de mon petit monde. Ensemble, nous partagions « la vraie vie », nous nourrissions les mêmes envies pour la décoration de nos appartements, les mêmes rêves de mariage… Nous étions presque identiques, mais toujours un peu différentes. Nos amis, les médias, nos familles nous traitaient parfois de filles réac, « vieux jeu ». Cela nous faisait rire. N'en déplaise aux nouveaux penseurs, oui, nous voulions nous marier ! Elle, elle rêvait d'église, d'une grande cérémonie, d'un buffet et d'une longue robe blanche avec une traîne loin derrière elle. Moi, j'aspirais au contraire à me marier en catimini, dans le plus grand secret. On en rigolait, car parfois nous étions deux extrêmes, mais deux extrêmes avec les mêmes buts.

Bien sûr, nous parlions aussi de religion. Charlotte était croyante, chrétienne, mais reconnaissait ne pas être assidue dans ses adorations. Elle restait pourtant une des rares que je voyais prier de temps en temps. Elle se mettait à genoux au bout de son lit et récitait des prières à voix basse.

Grâce à son amie Sousou, Charlotte avait quelques notions de ce qu'est l'Islam. C'est ce qui nous a poussées, un soir, à en discuter. Je voyais bien qu'elle était plus calée que moi sur le christianisme, mais pour le reste nous étions toutes deux bien ignorantes.

Durant ces longues journées de bien-être, pendant que Charlotte lisait de son côté, je me plongeais dans le livre sur le pèlerinage acheté à Lille. J'en avais souvent entendu parler mais je n'y connaissais rien. Comme un guide du pèlerin, le texte était chargé de faits historiques et contenait des images pour illustrer son propos. Lorsque l'auteur parlait d'un lieu ou d'un monument important, je prenais plaisir à observer la photo qui accompagnait le passage en question. Ce livre m'a touchée pour ses histoires magnifiques, mais aussi pour la beauté de ses images. Je me souviens d'avoir dit à Charlotte : « Même si ce n'est pas pour le pèlerinage, j'aimerais tellement aller voir ces endroits… Ça a l'air trop beau. » Elle aussi en aurait eu envie, sensible à tout ce qui avait trait à la spiritualité et à la religion.

C'est également dans ce livre que, pour la première fois, j'ai lu des choses au sujet du Prophète Mouhammed – éloge et paix d'Allah sur lui. Il existait beaucoup d'écrits qui relataient ses paroles, mais également des récits au sujet d'Abraham, de sa femme et de leur fils Ismaël.

J'ai tu mon ignorance auprès de Charlotte, mais j'étais stupéfaite de retrouver ces noms. Ma grand-mère m'avait vaguement parlé d'Abraham durant mon enfance, et j'étais convaincue que tous ces illustres personnages avaient un lien avec le christianisme. Sauf Mouhammed. C'était un prénom très répandu chez les Arabes, mais je n'en savais pas plus. C'est dans ce livre que j'ai pris conscience de l'importance qu'il revêtait pour les musulmans et qu'il avait une place capitale en Islam, sans savoir encore à cette époque quel était son statut ni son rôle. Là aussi, je retrouvais au fil de mes lectures des passages tirés du Saint Coran. À chaque fois, l'auteur précisait : Coran, sourate numéro tant, verset numéro tant. Le Coran.

Ce fameux livre, que j'avais pris avec moi, m'intriguait considérablement. Tous les musulmans que je côtoyais le citaient comme étant une référence et moi, l'ignorante, je ne l'avais même pas lu !

Je me prétendais musulmane, mais l'étais-je vraiment ? Ce n'était pas dans mes habitudes de faire les choses sans raison. Et là, entre la prière et mes lectures un peu plus poussées sur le sujet, il fallait bien que je lise le « livre des musulmans ».

Le lendemain soir, alors que Charlotte vaquait à ses occupations, je l'ai ouvert pour la première fois. Sachant que les Arabes lisent de droite à gauche, c'est tout naturellement que j'ai commencé ma lecture dans ce sens. Sur la page de droite, les textes étaient écrits en arabe et, sur la page de gauche, il y avait une traduction du sens en français.

> Au nom d'Allah, le Tout Miséricordieux, le Très Miséricordieux.
> Louange à Allah, Seigneur de l'univers.
> Le Tout Miséricordieux, le Très Miséricordieux.
> Maître du jour de la rétribution.
> C'est Toi seul que nous adorons, et c'est de Toi seul dont nous implorons secours.
> Guide-nous dans le droit chemin, le chemin de ceux que Tu as comblés de faveurs, non pas de ceux qui ont encouru Ta colère, ni des égarés.
>
> (Sourate 1, « Al-Fatiha »)

J'ai continué. Dès les premières pages, j'ai été surprise d'y découvrir le récit de la création d'Adam et Ève, et encore plus en arrivant au passage sur les enfants d'Israël que Dieu avait préférés à tous les autres peuples puis à celui concernant Moïse et Pharaon.

Vraiment, j'étais stupéfaite.

Pour moi, les musulmans et les juifs n'avaient rien en commun, je ne comprenais pas pourquoi ce livre parlait de ce peuple en vantant les compagnons de Moïse ! De plus, ces références, je ne les avais jusqu'à présent entendues que dans la bouche des juifs de mon entourage.

Plus je lisais, plus j'étais intriguée : le texte était parfaitement clair mais, bizarrement, je ne savais pas qui l'avait écrit. Je pense que, le premier soir, j'ai bien dû lire soixante-dix pages. J'étais complètement captivée. J'y ai découvert des récits au sujet des miracles attribués à Moïse, et je me suis arrêtée sur ces phrases :

Certes, Nous avons donné le Livre à Moïse ; Nous avons envoyé après lui des Prophètes successifs. Et Nous avons donné des preuves à Jésus fils de Marie, et Nous l'avons renforcé du Saint-Esprit (…).

(Sourate « La vache », verset 87)

Moi qui voulais lire un livre sur les musulmans, pour le moment, on me parlait essentiellement de Moïse, tout en citant Jésus et Marie ! Que venaient-ils faire là ?

J'avais une vision si cloisonnée des religions actuelles que je ne m'expliquais pas comment un seul et même livre pouvait mentionner tous les Prophètes. J'étais stupéfaite.

Puis j'ai lu que l'ange Gabriel était cité ainsi que Salomon, Abraham, Ismaël, Isaac, David et Goliath. J'y lisais une avalanche de conseils et de bonnes conduites à suivre dans tout un tas de situations – par exemple la fraternité ou le commerce. J'ai découvert que, effectivement, alcool et jeux de hasard étaient interdits, tout comme la consommation de viande de porc et d'animaux non sacrifiés pour Dieu. Je lisais également que nous devions penser à Dieu, Le remercier et méditer sur la création qui nous entoure.

Ce soir-là, en refermant le livre, j'étais à la fois sonnée par ce que j'avais appris et chamboulée dans mes a priori sur beaucoup de sujets. Et puis, j'avais rencontré des mots qui ne m'étaient pas du tout familiers, tels que « miséricorde, prophètes, messagers, paradis, enfer ». Bien sûr, ces mots, je les avais déjà entendus, mais étais-je certaine de connaître leur réelle signification ? Celui qui revenait le plus souvent et qui était tout nouveau pour moi, c'était « Allah ».

« Allah guide, l'amour d'Allah, la satisfaction d'Allah, connaître Allah, l'engagement envers Allah. »

Je me disais que cela devait être ainsi que les Arabes nommaient Dieu, pour la simple et bonne raison que, dans les récits, Jésus, Moïse, Marie ou Abraham étaient tous soumis à Allah, le Seul et l'Unique. Je comprenais qu'ils étaient obéissants devant Dieu et que, dans le Saint Coran, Dieu était nommé Allah.

Avant d'aller me coucher, je suis allée faire ma prière du soir et j'ai le souvenir d'avoir beaucoup questionné Dieu au sujet de ce livre : « Ô mon Dieu, pourquoi sont-ils tous cités ? Ô mon Dieu, qu'est-ce que ce livre ? Ô mon Dieu, aide-moi à comprendre, je T'en supplie, c'est trop dur pour ma petite tête si Tu ne m'aides pas. »

Le lendemain, je reprenais mon petit train-train avec Charlotte. On menait la belle vie. Petit déjeuner copieux, chambre de luxe, balade en bateau, repos, manucure, etc. De vraies princesses. Nous papotions encore et encore, cependant quelque chose me tracassait : quel était le livre que je venais de commencer ? De qui provenait-il ? À qui s'adressait-il ? Aux musulmans ? Aux juifs ? Aux chrétiens ? À tout le monde ? Un passage m'avait marquée et, bien que j'en aie eu l'envie en pleine nuit, il m'avait été impossible de méditer dessus. Mais là, en pleine journée et devant un si beau paysage, je n'arrêtais pas d'y penser :

Certes, dans la création des cieux et de la terre, dans l'alternance de la nuit et du jour, dans le navire qui vogue en mer chargé de choses profitables aux gens, dans l'eau qu'Allah fait descendre du ciel, par laquelle Il rend la vie à la terre une fois morte et y répand des bêtes de toute espèce, dans la variation des vents, et dans les nuages soumis entre le ciel et la terre, en tout cela il y a des signes, pour un peuple qui raisonne.

(Sourate « La vache », verset 164)

Soudain la mer et les nuages m'apparaissaient sous un nouveau jour. Tout s'étalait devant moi. Après la nuit venait le jour. Et le soleil brillait, tout me semblait si beau. Par moments, je suivais du regard des bateaux qui voguaient au loin, le vent soufflait tout doucement. On aurait pu croire que j'avais le regard perdu à l'horizon alors que mes yeux étaient rivés sur la « création ». C'était la première fois que ces mots m'amenaient à réfléchir. C'est comme s'ils résonnaient en moi d'une toute nouvelle manière. Pour la première fois, je considérais les oiseaux, les petits crabes blancs, presque transparents, qui se fondaient dans le sable, les insectes, mais aussi la terre, comme des « créations ». L'eau qui tombe du ciel, la pluie, redonne effectivement vie à la terre sèche afin de nous permettre de nous nourrir de légumes et de fruits. Pour la première fois je voyais tout ceci comme des grâces, tout ce qui nous entourait était beau et bon, je m'éveillais à ces réflexions.

Que de soupirs j'ai poussés, que de détails j'ai observés, que de questions je me suis posées.

Combien de temps tout ce questionnement allait-il encore durer ? Vraiment, je savais qu'il me fallait lire encore et encore. Je devais aller au bout de ce livre pour en avoir le cœur net.

Et si, en surface, je ne laissais rien paraître devant Charlotte, dans le fond, je vivais un chamboulement intérieur total et tout à fait inattendu. La journée passait lentement, rythmée par mes prières et mon envie dévorante de lire et de comprendre.

Le soir même, je me suis replongée dans ma lecture. Charlotte s'endormait assez tôt et moi, je veillais, à la lumière de la lune et des petites lampes installées sous les parasols de la plage. Je m'allongeais confortablement sur un transat, j'étais seule au monde ; face à moi la lune projetait sa lumière sur la mer, et les étoiles brillaient par milliers. Le tableau était beau.

Ce soir-là, j'ai bien dû lire plus d'une centaine de pages. C'était passionnant.

De nouveau, je retrouvais des noms qui m'étaient familiers : Marie, Jésus, Moïse, mais aussi Noé, Isaac, Jacob, David, Salomon, Abraham, Job, Joseph, Ismaël, Élisée, Jonas, Lot, Élie, Jean-Baptiste, Zacharie. C'était comme si, par le biais du Coran, je découvrais en profondeur ce qu'étaient à l'origine les religions révélées. Je comprenais que c'était Dieu, mon Dieu, le Seul, l'Unique qui avait donné la Thora à Moïse, puis l'Évangile à Jésus. J'ai lu aussi tout un passage sur la vie de Jésus et de Marie. J'y ai appris que Jésus avait été un Prophète de Dieu, Lequel lui a permis d'accomplir des miracles pour appuyer Son message et le rendre véridique : c'est ainsi que Jésus était né sans père, avait parlé dans son berceau et plus tard qu'il avait guéri le lépreux ou encore redonné la vue à l'aveugle-né, tout ceci par la permission de Dieu. Toutes ces histoires au sujet des Prophètes ou Messagers me passionnaient, je comprenais qu'ils avaient tous livré le même message à leurs peuples : Adorez votre Seigneur le Seul, l'Unique Créateur des cieux et de la terre, le Possesseur de toutes choses, Celui-là même qui vous a créé d'une goutte d'eau et qui vous fera mourir. Vous n'êtes sur terre que pour une période donnée. Durant celle-ci, tâchez d'être croyants, bons, justes, ne vivez pas sans vous préoccuper du sens de votre vie, ne prenez pas le matériel et cette vie comme une fin en soi et cherchez en vous et autour de vous. Méditez sur l'eau, le ciel, l'aube, un enfant, la lumière : la création est en fait un chemin qui mène à la foi.

Bien sûr, je résume le propos, mais c'est ce que je saisissais au fil de mes lectures. J'étais sincèrement émue par les valeurs énumérées dans le livre, par celles aimées de mon Seigneur. Il nous fallait être bons, loyaux, reconnaissants, généreux envers les pauvres, préférer l'autre à soi, prendre soin des orphelins en leur accordant une attention particulière, ne pas être matérialiste, ne pas mentir, ne pas tricher, ne pas voler, ne pas trahir, ne pas tromper, partager ses richesses et ne pas médire ni calomnier, aussi bien en public qu'en privé, car Dieu sait tout, Dieu voit tout et chacun sera rétribué en fonction de ce qu'il aura commis, rien ne saurait Lui échapper, Il n'oublie pas, mais Il est miséricordieux et pardonne ceux qui se repentent.

J'ai compris aussi, et surtout, qu'il nous fallait être capables de méditer et de réfléchir aux signes de la création et à ce qui nous entoure : c'est tellement de fois répété dans le Saint Coran. Comme si tout autour de nous nous amenait à une réflexion incessante sur l'origine des choses, et à un retour vers Lui. Comme s'il fallait apprendre à lire dans le soleil, dans la lune, les étoiles, à déchiffrer un « message » qui serait là écrit sur toute chose.

Moi, trop préoccupée à ne regarder que moi-même, je me découvrais « analphabète ». Je n'avais jamais observé autour de moi. Et je ne savais pas déchiffrer les « messages ». Je voyais, certes, mais sans réfléchir, à la manière d'un automate. Et, en vérité, ne vivons-nous pas tous un peu comme des automates ? On se lève, on respire, on mange, on boit, et ce qui nous entoure, nous le considérons comme une évidence, plus rien ne nous interpelle ni ne nous émerveille encore.

Plus je lisais le Saint Coran, plus je sentais un nouveau regard naître en moi, une prise de conscience. Le livre traitait par ailleurs des bienséances en cas de conflits entre les personnes, des règles de l'héritage, mais aussi du mariage et de son caractère sacré – il était nommé « engagement solennel ». Ces deux mots résonnaient en moi d'une façon très particulière, puisque c'était là un de mes rêves les plus profonds : mon rêve de petite fille.

Les noms de Dieu me touchaient en plein cœur : Il était le « Miséricordieux, le Roi, le Seigneur, l'Éducateur, le Juste, le Sage, le Juge, le Premier, le Dernier, le Vivant, Celui qui ne meurt pas, le Consolateur, le Réparateur, le Pardonneur, le Reconnaissant, le Tout-Puissant, l'Ultime Refuge, le Créateur, Celui qui voit tout, qui entend tout, le Témoin, le Noble, le Plein d'amour... » Jamais je n'avais lu de telles choses. Auparavant, tout était si abstrait : alors que Dieu était un mystère pour certains, un tabou pour d'autres, je pouvais ressentir pleinement dans mon cœur tous Ses attributs et noms que je découvrais.

Mon cœur se mit alors à vivre et à ressentir des choses que j'étais incapable de décrire ou de nommer tant cela m'était nouveau. Je L'avais toujours aimé, mais aujourd'hui je savais pourquoi. Je me retrouvais dans toutes Ses valeurs, et me disais que si Mouhammed – éloge et paix d'Allah sur lui – était l'auteur de ce livre – j'ignore pourquoi mais c'est ce que je m'étais mis en tête –, alors j'étais en accord avec tous ses principes. Il était sans aucun doute un vrai Prophète et devenait à mes yeux l'être le plus juste de la terre.

J'avais lu deux cents pages en deux jours, si bien que je me couchais quasiment à l'aube, après la prière du matin. Je me souviens que je demandais à Dieu : « Ô mon Dieu, dis-moi qui est Mouhammed, ai-je le droit de l'aimer autant ? » ou « Ô mon Dieu, est-ce que l'enfer existe vraiment ? Et le paradis ? Et les anges ? »

« Ô Seigneur, montre-moi la vérité, Ta vérité. Et puisque Tu sais tout, sois témoin du mal que m'infligent tous ces gens qui m'accusent à tort d'être mauvaise, d'avoir changé, d'avoir pris "la grosse tête". Montre-moi qui sont mes amis, mes ennemis et les hypocrites autour de moi. Ô mon Dieu, fais de moi quelqu'un de bien, aide-moi à ne plus jamais mentir, trahir, aide-moi à trouver un mari aimant avec qui je pourrais vivre selon ce que Tu as prescrit. Surtout, dis-moi pourquoi je vis tout ça, pourquoi je suis si riche ? Si célèbre ? »

C'est fou comme je me sentais apaisée de devenir croyante. De devenir musulmane. Le lendemain, je confiais à Charlotte mes ressentis et mes découvertes. Je pense que je n'avais pas les mots justes, mais j'essayais de lui faire comprendre que je lisais un livre « spécial ». Que tout ce qui y était inscrit était beau, clair, juste, sensé. Nous échangions au sujet de Jésus et de Marie. Je crois qu'elle était heureuse que nous partagions ce même amour pour eux.

Si les journées se ressemblaient à Maurice, mon cœur lui se tranquillisait jour après jour. J'avais lu, dans le Saint Coran, le mot « quiétude » du cœur. Je pense que c'était ce que j'étais en train de trouver. J'avais arrêté de prendre des médicaments, je dormais peu mais bien, je me sentais apaisée et persuadée que Dieu était témoin de mon « bon cœur », qu'importe ce qu'en pensaient les autres. Car, malgré tout, je restais profondément blessée par tous ceux et celles qui prétendaient être mes amis lorsque j'étais au sommet du succès et de la reconnaissance, et qui m'avaient peu à peu évincée de leur vie quand j'avais commencé à sombrer dans la dépression. J'avais aussi appris que de « proches » connaissances déblatéraient tout un tas de bêtises sur moi, j'étais écœurée du peu de valeur que manifestaient certaines personnes. L'ingratitude est toujours difficile à accepter, mais je ne m'étais pas lancée dans le plus cool des milieux. D'ailleurs, il me décevait un peu plus chaque jour.

Nous étions le 31 décembre et je savais pertinemment que cette nuit je recevrais des centaines de messages de bonne année, provenant de gens qui se fichaient royalement de savoir si j'allais mieux ou si j'étais guérie. Dans ce petit milieu du show-biz, le commérage est monnaie courante et bon nombre me voyaient déjà fichue, ou bien folle, ou malade. Mon répertoire téléphonique devait contenir des centaines de contacts. Combien d'amis parmi eux ?

Les journées étaient agréables à Maurice, il faisait beau, nous mangions bien. Et je poursuivais ma lecture du petit guide du pèlerinage, tout en refaisant le monde avec ma copine. J'étais heureuse.

En ce soir de la Saint-Sylvestre, Charlotte et moi avons dîné en tête à tête, nous nous fichions totalement du Nouvel An. Notre repas achevé, nous nous sommes posées sur la plage, nous avons beaucoup ri et, aux douze coups de minuit, nous avons plongé dans l'eau tout habillées. Loin des fêtards, du champagne et des bises à gogo, nous flottions sereinement dans une mer tranquille, la plage était déserte, seulement éclairée par une lune pleine et magnifique. Nous nagions dans le bonheur.

Après ce moment de partage, j'ai rejoint mon petit transat, installé sous les étoiles, le Saint Coran entre les mains. De nouveau, ça a été un plaisir immense que de me plonger dans des récits qui m'étaient jusqu'alors méconnus : Jonas et la baleine, Noé et sa fameuse arche.

J'étais ébahie par les valeurs qui caractérisaient tous ces hommes. Leur douceur, leur humilité, leur justesse, leur patience face aux railleries de leur peuple et les épreuves qu'ils rencontraient au fil de leur « mission sur terre », à savoir transmettre le message de Dieu.

Puis j'ai lu beaucoup encore au sujet d'Abraham. Son histoire m'a profondément touchée, notamment le fait que son père soit de ceux qui divinisent les statues. On comprenait par son récit que ces fameuses statues qui sont adorées encore de nos jours ne sont que pure création humaine et n'ont aucun pouvoir. L'histoire d'Abraham me montrait qu'il était vain d'immensifier et d'adorer ce qui ne peut ni créer, ni te nuire, ni te profiter. Auparavant, lors de mes voyages en Thaïlande et à Bali ou devant des documentaires, cela m'avait déjà choquée de voir toutes ces offrandes à des morceaux de terre ou de marbre inertes, qui ne pouvaient pas manger et encore moins faire le bien ou le mal. Je me disais que, franchement, cette nourriture trouverait meilleur usage si elle était distribuée aux miséreux, qui eux au moins pourraient y trouver de quoi se nourrir.

Ces anciennes réflexions prenaient tout leur sens à la lumière des écrits coraniques.

J'ai aussi lu l'histoire merveilleuse de Jacob et de ses fils, dont Joseph et Benjamin. Jacob avait onze fils qui étaient si jaloux de Joseph, leur petit frère, qu'ils s'en prirent à lui. Ils ne le tuèrent pas mais l'abandonnèrent dans un puits, où il fut finalement sauvé par une caravane qui passait par là. Il vécut alors des années d'épreuves, seul, loin de son père bien aimé. Ses frères mentirent à Jacob en racontant qu'un loup avait dévoré Joseph. Impuissant face à leur complot, Jacob s'en remit alors à Dieu sans cesser jamais de croire au retour de son fils bien-aimé. Jusqu'à ce que, des années plus tard, dans Son immense bonté, Allah récompensât sa patience et sa foi en lui rendant Joseph.

Moi aussi, j'aurais voulu que mon père m'aime autant, qu'il se soucie de moi et cherche à me retrouver à tout prix. Et, en même temps, la piété de Joseph face aux injustices qu'il avait subies me renvoyait à ma propre impatience, à mon côté grognon, parfois capricieux. Je prenais conscience de mes défauts, moi qui jusqu'alors ne faisais que pointer ceux des autres.

J'apprenais ainsi à redescendre toute seule de cette estrade sur laquelle j'étais montée. Plus j'avançais dans ma lecture, plus je souhaitais changer. Je savais qu'en demandant Son aide à Dieu, tout serait possible, c'est ainsi que j'ai commencé pas à pas à mûrir. Je voulais devenir une femme au comportement exemplaire, et pas seulement quelqu'un de bien.

Outre ces fortes remises en question, je lisais de plus en plus de versets coraniques qui parlaient de la nature. Le livre mettait l'accent sur les « signes » qui nous entouraient, tels que les montagnes, les fleuves, le tonnerre et tout ce qui nous entoure.

> Allah, c'est Lui qui a créé les cieux et la terre et qui, du ciel, a fait descendre l'eau, grâce à laquelle Il a produit des fruits pour vous nourrir. Il a soumis à votre service les vaisseaux qui, par Son ordre, voguent sur la mer. Et Il a soumis à votre service les rivières.

Et pour vous, Il a assujetti le soleil et la lune à une perpétuelle révolution. Et Il vous a assujetti la nuit et le jour. Il vous a accordé de tout ce que vous Lui avez demandé. Et si vous comptiez les bienfaits d'Allah, vous ne sauriez les dénombrer. L'homme est vraiment très injuste, très ingrat.

(Sourate « Ibrahim », versets 32 à 34)

Que cela est vrai !

Je prenais conscience de l'ingratitude dont j'avais fait preuve jusqu'à présent. Avais-je déjà remercié Dieu pour tout ce que je mangeais, buvais, dégustais ? Pensais-je jusqu'ici que tout cela était un dû : boire à sa soif, manger, et combien de fois par gourmandise, dormir la nuit, vivre le jour éclairé par la lumière du soleil ? Les grâces de Dieu étaient finalement indénombrables.

Il a créé l'homme d'une goutte de sperme ; et voilà que l'homme devient un disputeur déclaré.
Et les bestiaux, Il les a créés pour vous ; vous en retirez des vêtements chauds ainsi que d'autres profits. Et vous en mangez aussi.
Ils vous paraissent beaux quand vous les ramenez, le soir, et aussi le matin quand vous les lâchez pour le pâturage. Et ils portent vos fardeaux vers un pays que vous n'atteindriez qu'avec peine. Vraiment, votre Seigneur est compatissant et miséricordieux.
Et les chevaux, les mulets et les ânes, pour que vous les montiez, et pour l'apparat. Et Il crée ce que vous ne savez pas.
Il appartient à Allah par Sa grâce de montrer le droit chemin car il en est qui s'en détachent. Or, s'Il voulait, Il vous guiderait tous.
C'est Lui qui, du ciel, a fait descendre de l'eau qui vous sert de boisson et grâce à laquelle poussent des plantes dont vous nourrissez vos troupeaux.

D'elle, Il fait pousser pour vous les cultures, les oliviers, les palmiers, les vignes et aussi toutes sortes de fruits. Voilà bien là une preuve pour des gens qui réfléchissent.
Pour vous, Il a assujetti la nuit et le jour ; le soleil et la lune. Et à Son ordre sont assujetties les étoiles. Voilà bien là des preuves pour des gens qui raisonnent.
Ce qu'Il a créé pour vous sur la terre a des couleurs diverses. Voilà bien là une preuve pour des gens qui se rappellent.
Et c'est Lui qui a assujetti la mer afin que vous en mangiez une chair fraîche, et que vous en retiriez des parures que vous portez. Et tu vois les bateaux fendre la mer avec bruit, pour que vous partiez en quête de Sa grâce et afin que vous soyez reconnaissants.
Et Il a implanté des montagnes immobiles dans la terre afin qu'elle ne branle pas en vous emportant avec elle, de même que des rivières et des sentiers, pour que vous vous guidiez,
Ainsi que des points de repère. Et au moyen des étoiles les gens se guident.
Celui qui crée est-il semblable à celui qui ne crée rien ? Ne vous souvenez-vous pas ?
Et si vous comptez les bienfaits d'Allah, vous ne saurez pas les dénombrer. Et Allah est pardonneur, et miséricordieux.
Et Allah sait ce que vous cachez et ce que vous divulguez.
Et ceux qu'ils invoquent en dehors d'Allah ne créent rien, et ils sont eux-mêmes créés.

(Sourate « Les abeilles », versets 4 à 20)

Il y a certes un enseignement pour vous dans les bestiaux : Nous vous abreuvons de ce qui est dans leurs ventres – un produit extrait du mélange des excréments intestinaux et du sang – un lait pur, délicieux pour les buveurs.

(Sourate « Les abeilles », verset 66)

Et voilà ce que ton Seigneur révéla aux abeilles : « Prenez des demeures dans les montagnes, les arbres, et les treillages que les hommes font.
Puis mangez de toute espèce de fruits, et suivez les sentiers de votre Seigneur, rendus faciles pour vous. De leur ventre sort une liqueur, aux couleurs variées, dans laquelle il y a une guérison pour les gens. Il y a vraiment là une preuve pour des gens qui réfléchissent.
Allah vous a créés ! Puis Il vous fera mourir. Tel parmi vous sera reconduit jusqu'à l'âge le plus vil, de sorte qu'après avoir su il arrive à ne plus rien savoir. Allah est, certes, omniscient et omnipotent.

(Sourate « les abeilles », versets 68 à 70)

Et Allah vous a fait sortir des ventres de vos mères, dénués de tout savoir, et vous a donné l'ouïe, les yeux et le cœur (l'intelligence), afin que vous soyez reconnaissants.
N'ont-ils pas vu les oiseaux assujettis au vol dans l'atmosphère du ciel sans que rien les retienne en dehors d'Allah ? Il y a vraiment là des preuves pour des gens qui croient.

(Sourate « Les abeilles », versets 78 et 79)

Pour ne rien vous cacher, après avoir lu ces textes, j'ai cessé de voir la vie de la même façon. Tous ces signes, ces vérités, ces révélations me laissaient bouche bée. Comme si le Coran était venu m'éclairer, après vingt-huit ans d'interrogations sans réponses, sur chaque parcelle d'ombre de ma vie. Je crois que c'est précisément après avoir lu ces mots que j'ai commencé à avoir la certitude que ce livre ne provenait pas d'un être humain. Aucun homme, aussi savant, érudit, intelligent ou illustre soit-il, ne pouvait tenir de telles affirmations.

C'était im-pos-sible !

J'avais rencontré bien des gens dans ma vie, et pas les plus bêtes croyez-moi, mais ce discours, cette science, ces détails ne faisaient plus aucun doute pour moi. Ce livre était la parole de Dieu, il ne pouvait pas en être autrement.

Je me suis empressée d'aller vérifier sur Internet les informations que je lisais, à savoir la création du lait, le développement embryonnaire, et j'ai trouvé dans les paroles des scientifiques ce que je lisais dans le Coran, j'étais émerveillée. Je m'informais aussi sur l'implantation des montagnes dans la terre. J'y découvrais que la théorie moderne de la tectonique des plaques considérait, je cite, que « les montagnes agissent en tant que stabilisateurs de la terre » et, dans le Coran, je lisais : « Il a implanté des montagnes immobiles dans la terre afin que celle-ci ne branle pas. » Je me disais : « Comment un être humain aurait-il pu découvrir il y a plus de mille quatre cents ans ce que des scientifiques ont mis à jour il y en a à peine cinquante ? » Comme un chercheur passionné, je surfais de page en page à la recherche d'informations. Plus je lisais, plus j'étais gagnée par une certitude : celle que Dieu Lui-même avait écrit ce livre et l'avait révélé aux humains.

Dieu le Tout-Puissant avait donné aux hommes un livre pour les guider et personne ne me l'avait dit ?

Était-ce possible ? Était-il acceptable que ce livre se trouve dans tant de foyers où je m'étais rendue et que personne ne m'en ait jamais parlé ? Une fraction de seconde, j'en ai voulu à la terre entière et à tous les Arabes que je connaissais. Mais je me suis aussitôt reprise : « C'est ta faute, Mélanie. Dix ans que ce livre était chez toi, dans ta bibliothèque, et tu ne l'as jamais ouvert. Tu n'as même pas daigné lui accorder cinq minutes de ton attention. Quand tu dévorais d'autres livres en moins de quelques heures, celui-ci prenait la poussière sur tes étagères. »

J'ai cessé de réfléchir une minute, puis...

J'ai pleuré. Pleuré. Pleuré.

Jamais je n'ai autant pleuré.

Durant des heures sûrement, j'ai pleuré ma vie, mes erreurs, mon ingratitude envers mon Seigneur qui m'avait tant donné et que je n'avais jamais remercié, mon ignorance, mes mois de déchéance, mais surtout j'ai pleuré mon aveuglement et toute cette vie sans saveur, toutes ces heures, ces années passées sous un ciel que je ne prenais pas le temps de regarder. Je détruisais mon corps en avalant des médocs et autres drogues, je détruisais mon cœur de noirceur et d'envies suicidaires. Je prenais conscience de la chance que j'avais d'avoir une famille, une maison, des amis, surtout d'être en vie, de ne pas être morte en ce soir d'avril sans avoir une seule fois regardé une fleur avec mon cœur et non pas seulement avec mes yeux.

Ce soir-là, j'ai compris que Dieu m'aimait. Lui, l'Immense, le Sublime, le Bon, le Généreux, le Tout-Puissant m'aimait car Il me ramenait jusqu'à Lui et me sortait des ténèbres pour me ramener à Sa lumière.

Et si Dieu m'aimait, alors cela me suffisait. Que pouvais-je encore réclamer ?

Tout à coup, j'ai ressenti comme un flot de bien-être et de sérénité se déverser en moi. L'apaisement était dans l'air que je respirais, dans les larmes que je versais, dans les sourires que j'esquissais. Je m'éveillais à ces mots : l'amour de Dieu. Et quel plus grand amour que celui du Créateur ?

Je me sentais libérée de mes chaînes, de mes démons, de mes angoisses, de mes craintes. Si Dieu m'aimait, alors je n'aurais plus peur de rien ni des autres. Non. Depuis ce soir-là, je n'ai plus jamais eu peur de personne. C'est comme si les humains reprenaient leur juste place dans ma vie.

Le plus méchant des gangsters, le plus influent des politiques, le plus fort des hommes était après tout mon semblable, pourvu d'un début et d'une fin, évoluant sous le même ciel que moi, sous la même lune que moi, avec un cœur comme le mien. Incapable tout comme moi d'éteindre le soleil ou de créer ne serait-ce qu'un moucheron. Aussi méchant soit-il, il mourrait tôt ou tard, comme moi.

C'est à ce moment-là que j'ai pris conscience que j'avais immensifié les hommes. J'avais donné à l'être humain une place bien trop importante dans ma vie. Par exemple, je demandais à Seb et à mes proches de m'aimer d'un amour qu'ils ne pouvaient pas me donner, limités qu'ils étaient, comme je le suis. Je vivais en fonction du regard de l'autre, de ce qu'il pensait de moi, de son jugement, ses codes, sa critique. Je m'interdisais tellement de choses, me privais de tellement de bonheur. Prisonnière de tous ces diktats, du culte de la beauté et de la réussite, je vivais selon les valeurs des hommes qui, aussi belles qu'elles puissent être parfois, connaissaient leurs limites. Des limites que j'avais franchies et qui m'avaient conduite à la chute.

Mes héros d'alors, c'était des artistes, des musiciens, des rappeurs. Mes modèles : des carriéristes, des millionnaires. Mes rêves étaient finalement étroits, le partage n'y avait pas sa place. Bref, je me rendais compte à présent que je m'étais trompée de vie, de voie, de modèles et de maître, et que mes statues intérieures étaient en train de se briser.

Ce matin-là, il devait être cinq heures quand je suis retournée dans notre chambre d'hôtel. J'ai réveillé Charlotte en pleurant toutes les larmes que j'avais.

« Cha, réveille-toi, tu dois savoir, c'est Dieu qui a révélé ce livre, ouiiiii, c'est Dieu, Cha, c'est Dieu ! On nous a menti, Cha ! C'est Dieu qui nous a créés ! » Et elle, somnolente : « Je suis contente pour toi, ma chérie, c'est bien, tu as trouvé la foi, allez, dors maintenant, j'ai sommeil ! »

Inutile de vous préciser que j'ai vite compris que Charlotte ne me prendrait pas au sérieux. Finalement, elle était comme moi quelques heures plus tôt : ignorante du miracle qui était sur la terre et à la portée de nous tous.

Et comme je me doutais que, somme toute, personne ne m'écouterait, j'ai préféré, les jours suivants, mettre l'accent sur la beauté de la création et des valeurs de l'Islam, plutôt que sur l'origine divine de cet écrit.

Certes, j'étais convaincue de la véracité de ce livre mais il me fallait le terminer avant de rentrer à Paris. C'était primordial pour moi car, si je devais prendre une décision pour ma vie, il valait mieux que je la prenne au calme, loin de l'influence des uns et des autres.

Je me suis réveillée le sourire aux lèvres, avec l'envie de croquer la vie à pleines dents. Charlotte se souvenait à peine de ma « révélation nocturne » et, comme je l'avais décidé, je ne me suis pas étendue sur ma découverte. Toute la journée, nous nous sommes délectées de la beauté de ce qui nous entourait : une plage magnifique, une mer bleu turquoise, des palmiers et des fruits délicieux, et ces couleurs, ces oiseaux tous différents les uns des autres.

J'ai allumé mon portable dans la matinée et constaté la centaine de vœux du Nouvel An. Certains provenaient de personnes dont je n'avais plus de nouvelles depuis des mois et des mois ! Il y avait quand même, parmi ces nombreux messages, des amis, des collègues que j'aimais bien et à qui j'ai pris le temps de répondre, tout en souriant de certains messages de médisants et de moqueurs.

J'étais en train d'ouvrir les yeux sur la vie en général, mais aussi sur ma vie en particulier. À quoi tenait-elle ? Qui était important pour moi, qui m'aimait sincèrement, qui aimais-je sincèrement ?

À cette période, je me sentais déçue par certaines amies, mais moi aussi j'étais sûrement devenue une mauvaise compagnie pour elles. Bouffée par mes soucis psychologiques, je n'étais plus là pour celles et ceux qui avaient besoin de mon écoute ou de ma présence.

Je ne savais plus trop où j'en étais. Je réalisais que j'avais quand même créée pas mal de dégâts et que je ne pouvais pas passer mon temps à accuser les autres. Il me fallait me reprendre en main. Accepter que je n'étais pas quelqu'un de parfait. Réparer mes erreurs et les torts que j'avais causés et, surtout, surtout, m'éloigner de ceux qui me faisaient du mal, même si je les aimais.

Ce jour-là, Charlotte et moi sommes parties en mer. Nous avons loué un bateau et vogué au grand large. En pleine mer, j'ai pris un plaisir immense à contempler de nouveau la terre. Les montagnes, la verdure, l'énorme rocher qui surplombait notre hôtel, mais aussi tous ces arbres flamboyants, ces dégradés de verts que même le plus talentueux des peintres ne pourrait reproduire à l'identique, avec autant de grâce. Dieu était Bon et Il aimait la beauté, c'était si évident à présent. Un banc de dauphins nous a escortées ; ensemble, ils se donnaient en spectacle. Les petits faisaient des sauts immenses, Charlotte et moi applaudissions comme des enfants. C'était merveilleux. Je scrutais longuement les fonds marins qui m'intriguaient tant, nous guettions les poissons volants et tous ces animaux qui vivent dans ces eaux parfois si sombres sans que nous nous souciions de leur subsistance. Ils avaient une vie. Leur vie. Eux aussi m'apparaissaient comme des signes de Dieu, encore et encore.

Selon le train-train que nous avions instauré, tandis que Charlotte menait ses petites affaires, le soir après notre dîner, je m'en retournais à mes lectures. Je m'étais promis de finir le Coran avant de repartir de l'île, car ce qu'il m'inspirait était en train de changer considérablement le cours de ma vie.

J'ai donc poursuivi ma lecture par une sourate appelée « Marie » – « Maryam », en arabe. Les versets en question rapportent l'existence de cette femme dont j'avais déjà entendu parler dans mon enfance. Ils m'ont d'autant plus interpellée que Marie est mon deuxième prénom. Tout au long de ce récit, je ne pouvais m'empêcher de penser à ma grand-mère. Je me disais : « Comme j'aimerais qu'elle lise ce livre. » De tous mes proches, je pensais que c'était celle qui en serait le plus touchée. Elle porte dans son cœur un amour immense à cette femme et à son fils Jésus.

C'est d'ailleurs grâce à cette sourate que j'ai pu définir la place de Jésus dans la religion. De fait, depuis que j'étais toute jeune, il y avait une confusion dans les explications religieuses que l'on me donnait. Certains m'avaient dit : Jésus est le fils de Dieu. D'autres, Jésus est l'incarnation de Dieu sur la terre. J'avais même entendu : Jésus et Dieu sont les mêmes. Aucune de ces affirmations n'avait trouvé de sens à mes yeux. Alors, plutôt que de m'attarder sur la place de Jésus, j'avais préféré me contenter de croire en Dieu. Dans le fond, c'était assez étrange pour moi : on me disait que Dieu était trois en un ou un en trois. Mais quand je demandais qui dirigeait le monde depuis la mort de Jésus sur la croix, certains disaient : c'est Dieu. D'accord, mais si Jésus est Dieu, comment cela est-ce possible ? Et le troisième, qui est-il ? Le Saint-Esprit ? Mais le Saint-Esprit n'est-il pas l'ange Gabriel ?

Je me souviens, un jour, avoir demandé qui était le Saint-Esprit à une amie chrétienne, laquelle m'avait répondu que c'était quelque chose d'indescriptible en nous ou autour de nous mais qui nous voulait du bien. Elle a bien vu que ses explications ne m'avaient pas convaincue. Je devais être trop logique pour elle.

Ainsi, c'est pourvue de ma propre expérience et de quelques bribes de souvenirs que je parcourais cette sourate qui ne laissait place, elle, à aucune ambiguïté : Jésus était un serviteur de Dieu né sans père pour que sa naissance soit une preuve de l'absolue capacité de Dieu. Ce dernier lui a donné l'Évangile et l'a désigné Prophète. Jésus recommandait la prière, la bonté, l'aumône, cependant il n'a jamais demandé aux hommes de l'adorer ni de le vénérer. Il était un Prophète et un Messager, tout comme l'étaient Moïse, Abraham et Mouhammed – éloge et paix d'Allah sur eux tous.

Je comprenais très simplement qu'il ne convenait pas d'attribuer à Dieu un enfant et cette clarté dans le dogme m'apaisait. C'était exactement ce que je pensais depuis toujours, sans jamais avoir pu le formuler clairement.

Certains récits des Prophètes étaient parfois plus détaillés encore, Moïse revenait souvent. Moi qui ne connaissais quasiment rien à son sujet avant d'ouvrir le livre, je ressentais désormais un profond amour pour lui qui avait subi tant de persécutions de la part du tyran Pharaon et qu'on avait ô combien combattu pour sa croyance.

À mes yeux, les Prophètes étaient les hommes les plus courageux et, surtout, les plus pieux que je n'avais jamais « connus ». Je comprenais peu à peu que « croire en Dieu », et « le croire sincèrement », induisait forcément une vie de lutte. Car, en lisant les parcours de tous ces hommes illustres, je voyais bien que les non-croyants et les polythéistes, à leur époque, avaient déjà déployé ruses et stratagèmes afin de les humilier ou de les éloigner de leur foi. Je prenais conscience que tout le monde ne croirait pas en Dieu, que beaucoup ne me prendraient pas au sérieux et qu'il me faudrait faire preuve de patience, de courage et de piété pour supporter tous celles et ceux qui verraient en ma conversion à l'Islam une « bêtise sans nom ».

Car je songeais de plus en plus à me convertir. Mais je savais que cela impliquerait de grands bouleversements dans ma vie et entraînerait par conséquent une incompréhension dans mon entourage proche et plus lointain.

Je lisais :

Ô hommes ! Si vous doutez au sujet de la résurrection, sachez que c'est Nous qui vous avons créés de terre, puis d'une goutte de sperme, puis d'une adhérence puis d'un embryon normalement formé aussi bien qu'informe pour vous montrer Notre omnipotence et Nous déposerons dans les matrices ce que Nous voulons jusqu'à un terme fixé. Puis Nous vous en sortirons à l'état de bébé, pour qu'ensuite vous atteigniez votre maturité. Il en est parmi vous qui meurent jeunes tandis que d'autres parviennent au plus vil de l'âge si bien qu'ils ne savent plus rien de ce qu'ils connaissaient auparavant. De même tu vois la terre desséchée : dès que Nous y faisons descendre de l'eau elle remue, se gonfle, et fait pousser toutes sortes de splendides couples de végétaux. Il en est ainsi parce qu'Allah est la vérité ; et c'est Lui qui rend la vie aux morts ; et c'est Lui qui est omnipotent.

(Sourate « Le pèlerinage », versets 5 et 6)

Pensez-vous que Nous vous avions créés sans but, et que vous ne seriez pas ramenés vers Nous ?

(Sourate « Les croyants », verset 115)

Ce genre de versets me laissait sans voix. C'est vrai ça, avais-je même réfléchi à ma propre création ? À la raison de mon existence et à mon rôle sur terre ? M'étais-je un jour demandé qui m'avait dotée de l'ouïe, de la vue, de l'odorat ? Qui m'avait donné la maîtrise de mes mouvements, la capacité de marcher, penser, raisonner, écrire, parler ? On regarde le nouveau-né en oubliant que nous-mêmes étions aussi petits, faibles, fragiles ; on devient ensuite adulte au corps et à l'esprit si complet, mais médite-t-on sur tout cela ?

Je m'endormais sereine, la tête bercée par ces réflexions. Je comprenais tellement de choses sur la vie. Tellement.

Le lendemain matin, je me sentais apaisée, je riais avec Charlotte ; elle ne savait pas ce que je fichais de mes nuits et, là-bas, c'était un peu comme si j'avais deux vies. Une, la journée, à ses côtés, comme si de rien n'était, et l'autre, la nuit, dans la méditation et la contemplation. Je ne voulais pas saouler Charlotte avec cela, mais certains mots revenaient tout de même dans nos conversations : Dieu, Coran, Prophètes, création.

Je n'oublierai jamais ce moment, alors que nous étions en train de discuter, quand est apparu devant nous un formidable arc-en-ciel. Il était si beau, si grand. Charlotte et moi en étions ébahies, et elle m'a dit : « Tu vois, Mel, bah moi, quand je vois une telle beauté, je me dis qu'ils sont fous les gens qui ne croient pas en Dieu. »

Depuis ce jour, chaque fois que je vois un arc-en-ciel, je pense à Charlotte. Et je me dis : « Tu vois, Mel, bah moi, quand je vois ça, etc. »

J'avais lu près de trois cent cinquante pages en quatre jours. Il me restait une bonne semaine devant moi. J'espérais terminer le livre avant notre retour à Paris, même si l'avancée dans la lecture engendrait davantage de méditation.

À la nuit tombée, j'ai bien dû lire encore cinquante pages. Les signes se succédaient, les sujets de méditation aussi. Je n'en revenais pas. C'était si fort, si parfait. Plus je lisais et plus j'étais émerveillée par ce que je découvrais et, en même temps, je ne pouvais m'empêcher de penser que la plupart des médias véhiculaient beaucoup de contre-vérités à propos de l'Islam, et donnaient de cette religion une idée souvent effrayante. Faire passer, par exemple, cette religion comme celle de groupes extrémistes lâchant des bombes aux quatre coins du monde me révoltait au plus haut point. Aussi loin que remonte ma mémoire, je ne me souviens pas avoir jamais entendu les médias de masse évoquer un vrai lien entre l'Islam et la foi en Dieu, évoquer cette religion comme une démarche spirituelle.

Pour ma part, j'avais l'impression d'avoir trouvé dans ce livre un trésor, dont il faudrait prendre soin toute ma vie. Jamais je ne voudrais m'en séparer tant il ne pouvait que m'éclairer sur le bien et le mal qui m'entouraient, mais surtout m'apprendre à connaître Dieu, et donc L'aimer.

Ce soir-là, la paix dans mon cœur, j'ai continué à lire. C'est ainsi que j'arrivais à un passage évoquant le voile.

> Dis aux croyants de baisser leurs regards et de garder leur chasteté. C'est plus pur pour eux. Allah est, certes, parfaitement connaisseur de ce qu'ils font.
> Et dis aux croyantes de baisser leurs regards, de garder leur chasteté, et de ne montrer de leurs atours que ce qui en paraît et qu'elles rabattent leur voile sur leurs poitrines.
>
> (Sourate « La lumière », versets 30 et 31)

Plus tard, je lirais aussi :

> Ô Prophète ! Dis à tes épouses, à tes filles, et aux femmes des croyants, de ramener sur elles leurs grands voiles : elles en seront plus vite reconnues et éviteront d'être offensées. Allah est pardonneur et miséricordieux.
>
> (Sourate « Les coalisés », verset 59)

Le voile.
À vrai dire, jusque-là, je n'y avais pas pensé et ne m'étais jamais interrogée sur sa place dans la religion. Je ne connaissais aucune femme voilée à part les sœurs chrétiennes et quelques dames au Maroc, où je me rendais fréquemment. Auparavant, le foulard ou le voile ne représentaient pour moi qu'une pratique culturelle dans la tradition musulmane mais aussi chrétienne.

Je me suis demandé : « Mais alors, moi aussi, il me faudra porter le voile si je me convertis à l'Islam ? » Cela m'est d'abord apparu comme un vrai casse-tête, non pas parce que mon image m'obsédait, loin de là, mais parce que cela allait être compliqué à gérer par rapport à Diam's.

Je me disais : comment continuer à être Diam's tout en me couvrant ? Sur le coup, j'en ai conclu que ce n'était pas faisable. Autant je pouvais m'emmitoufler dans une écharpe pour prier, autant je ne me voyais pas assurer toute la promotion de mon prochain album, photos, télés, concerts, revêtue d'un voile. Les médias, mon public, allaient forcément me poser des questions. Et loin de moi l'envie de m'expliquer publiquement sur ce qui m'arrivait, sur ma foi, qui me semblait personnelle et profondément intime.

Songeuse, je suis allée marcher le long de la plage. Je regardais la lune, ce tableau m'enchantait. Je contemplais le ciel, immense et clair, les étoiles, et je me souviens de m'être dit : « Sois honnête, Mélanie, tu reconnais que c'est Dieu qui t'a créée, que c'est Lui qui te nourrit, t'abreuve, te donne la santé, la force, l'amour. Il te demande un peu de pudeur et tu discutes ? »

Formulé ainsi, cela paraissait clair et simple à accomplir. J'ai donc décidé que je ferai l'effort de cacher mes cheveux et mon corps en signe de pudeur. On pourrait s'étonner de mon acceptation si immédiate, mais j'étais chrétienne depuis ma naissance, et dans mon inconscient j'avais sûrement comme « enregistré » que le voile était le symbole de la religieuse qui veut plaire et se soumettre à Dieu. Je pense que c'est pour cela qu'à aucun moment le voile ne m'est apparu étrange ou contre-nature : après tout, la Vierge Marie et les femmes pieuses étaient toujours représentées voilées. Comment alors le voile prescrit par Dieu à travers le Coran m'aurait-il choquée ? J'étais donc décidée à faire preuve de pudeur. Naturellement, j'ai opté pour un bandana ou une capuche et de longs tee-shirts qui couvriraient mes formes et me préserveraient du regard d'autrui ; je serais ainsi discrète et protégée.

Je me suis couchée et, à mon réveil, j'ai partagé cette décision avec Charlotte. Elle aussi ignorait que le voile était une prescription en Islam, en revanche elle savait qu'il l'avait été chez les chrétiens, mais cette pratique était aujourd'hui totalement délaissée, sauf par des sœurs engagées. C'est ainsi que nous avons toutes les deux abouti à la conclusion que « le voile existe depuis toujours, mais les gens ne connaissent plus leur propre religion ».

Les journées filaient et, en tant que nouvelle amoureuse de la nature, j'incitais Charlotte à sortir de l'hôtel de temps à autre pour découvrir la faune et la flore mauriciennes. Nous nous sommes rendues à Chamarel, pour contempler la terre aux sept couleurs – un lieu unique en son genre. Fait de dunes de sable, ce site protégé abrite un lopin de terre de couleurs très diverses : jaune, rouge, vert, noir, marron, et presque bleu parfois ; le spectacle est impressionnant. Juste à côté jaillit une immense cascade, en plein sur les hauteurs. Un pur bonheur pour nos yeux. Une autre fois, nous nous sommes inscrites à une balade en forêt pendant laquelle deux lions nous ont accompagnées. C'était improbable, une heure de marche avec ces deux fauves à nos côtés. Des bêtes si énormes, si impressionnantes.

Cela faisait plus d'une semaine que nous étions parties, et je dois dire que je passais les plus belles vacances de ma vie. À la manière d'un remède, la lecture du Saint Coran me libérait peu à peu du fardeau que je portais sur mon cœur depuis des années.

J'ai jeté tous mes médicaments à la poubelle, comprenant qu'ils ne m'étaient plus utiles. Je ne voulais plus fuir, désormais c'était même le contraire. Je souhaitais vivre, profiter, aimer, rire, découvrir, partager. J'avais enfin trouvé un sens à ma vie. Je n'avais plus peur de réfléchir, je n'étais plus livrée à moi-même. Je n'étais plus seule. Dieu me voyait, Dieu me protégeait, Dieu m'aimait. Et, désormais, c'est auprès de Sa parole que je vivrais.

J'avais hâte de raconter mon expérience présente à mes proches, eux qui m'avaient ramassée à la petite cuillère, qui m'avaient vue complètement assommée, droguée à la clinique, eux qui me pensaient fichue artistiquement, eux pour qui ma maladie ne faisait plus aucun doute et qui m'avaient vue sombrer dans une vie de débauche. Je pensais beaucoup à Seb, à ma mère, à Lucrèce ainsi qu'à tous ceux qui avaient été auprès de moi. Mais, avant de les contacter, je voulais d'abord achever ma lecture du Saint Coran.

Dieu plaçait sans cesse le lecteur face à sa propre réflexion. Je lisais : « Ne voient-ils pas ? Ne raisonnent-ils pas ? Ont-ils des yeux pour observer ? »

Je prenais conscience de ma richesse. Et de la valeur de l'aumône. Comme la plupart d'entre nous, je me contentais auparavant de faire des dons ici et là dans l'année, d'accomplir quelques bonnes actions, mais était-ce à la hauteur de ce que je possédais ? Étais-je assez généreuse ? Qu'est-ce que cent, ou même mille euros, quand tu es millionnaire ?

Dieu parlait tant des pauvres et des orphelins. Mais en connaissais-je ? Certes, je donnais aux associations pour les plus démunis, je chantais pour ramasser des fonds, mais qu'était-ce à côté de ce que je pouvais vraiment partager ? Je pensais à tous ces orphelins sans père, ni mère, ni famille, qui vivaient parfois sans affection, sans écoute, sans considération. C'était décidé, je partirais à leur rencontre, j'avais envie de les aimer, de les aider. J'avais pris cette résolution sur un coup de tête, c'est vrai, mais vouloir tendre la main ne nécessite pas de longues réflexions. En revanche, savoir comment, où et quand la tendre était bien plus complexe. Là où j'irais, une lourde tâche m'attendrait.

Puis, j'ai lu une sourate qui m'a fait pleurer sans retenue. Elle s'appelle « Luqman » et contient entre autres les exhortations de ce sage à son enfant, et le comportement à adopter envers ses parents.
Dieu dit :

Nous avons commandé à l'homme la bienfaisance envers ses père et mère ; sa mère l'a porté subissant pour lui peine sur peine : son sevrage a lieu à deux ans. « Sois reconnaissant envers Moi ainsi qu'envers tes parents. Vers Moi est la destination. »

(Sourate « Luqman », verset 14)

Suivent les exhortations de Luqman à son fils :

Ô mon enfant, accomplis la prière, commande le convenable, interdis le blâmable et endure ce qui t'arrive avec patience. Telle est la résolution à prendre dans toute entreprise ! Et ne détourne pas ton visage des hommes, et ne foule pas la terre avec arrogance : car Allah n'aime pas le présomptueux plein d'orgueil. Sois modeste dans ta démarche. (…)

(Sourate « Luqman », versets 17 à 19)

Cette sourate me renvoyait à ma mère, et à tous mes manquements à son égard, à la distance que je m'imposais, parfois à mon ingratitude envers celle qui m'avait portée neuf mois durant, qui m'avait nourrie, soignée, aimée pendant toute mon enfance et accompagnée dans mes choix, mes rêves, et mes caprices aussi. Je me rendais compte que je ne l'avais jamais aimée comme j'aurais dû. Combien d'appels avais-je délibérément esquivés ? Combien de silences plombants lui avais-je imposés ? Combien de soupirs avais-je dissimulés sitôt qu'elle avait le dos tourné ?

Tout au long de Son livre, Dieu accorde une place extrêmement importante aux parents, en particulier à la mère. Dieu impose même à l'enfant, dont les parents pourraient aller à l'encontre de ses croyances, de toujours faire preuve de respect, de gentillesse, de douceur et de bienfaisance envers eux.

J'avais l'impression d'être une fille indigne, j'avais une mère en or, une femme on ne peut plus honorable, dévouée, ouverte d'esprit et conciliante. Une mère « cool », comme aimaient le dire mes amis. Et moi, au lieu de prendre le temps de l'aimer, je passais ma vie à me détacher d'elle pour ne pas souffrir si elle venait à mourir avant moi. Or, je comprenais que la mort n'était pas une injustice puisqu'elle touchait tout le monde. Ce n'était donc plus sa faute. Ce ne serait pas elle qui m'abandonnerait, ce n'était pas ce qu'elle voulait. Mais elle était un être humain, comme moi, faible comme moi, mortelle comme moi. Et elle subissait les failles de son enfant, sa distance, ses secrets, ses souffrances et ses écorchures. J'aurais aimé la prendre dans mes bras, ce soir-là, et lui demander pardon. J'étais loin d'elle, il était tard et puis, de toute façon, elle n'aurait sûrement rien compris. Alors j'ai préféré lui écrire un mail. Un long mail. Quitte à mettre plusieurs jours à l'écrire.

J'ai ensuite pensé à mon père. Il allait falloir que je prenne mon courage à deux mains pour dépasser ma tristesse et ma colère envers lui. Mais si Dieu le voulait, alors il en serait ainsi et je me promettais de faire l'effort. Cependant, pour le moment, ma priorité, c'était ma maman.

Tous les matins, selon le même rituel, on petit-déjeunait sous les cocotiers ! Je confiais à Charlotte mes ressentis et mes bouleversements. Je reconnaissais que j'avais eu tort et qu'elle avait raison : la mère, c'est ce qu'il y a de plus important sur la terre. Je lui promettais qu'à partir de cet instant, je passerais le reste de ma vie à essayer de me racheter. Dans le fond, je me disais aussi que ma mère m'aimait tellement qu'elle ne pourrait que s'intéresser à ce qui m'avait guérie.

Je ne savais pas pourquoi, mais je me voyais déjà lire le Coran avec elle, m'émerveiller sur certains passages avec elle, contempler la nature avec elle. Et, comme j'étais sûre qu'elle serait touchée par cette lecture, je m'imaginais prier à ses côtés. Et, pourquoi pas, faire le pèlerinage ensemble.

Je ne savais pas pourquoi, mais j'en étais persuadée : ma maman et moi serions désormais heureuses, toutes les deux, sous la protection de Dieu.

Ce jour-là, je n'ai rien fait d'autre que lire. Je suis restée sur la terrasse de la chambre et j'ai lu, lu, lu. Je ressentais que je passais de la simple foi à une certitude. Et cela n'était plus pareil pour moi. Plus j'étais certaine, plus je souhaitais finir le livre, le finir pour prendre les bonnes décisions et, surtout, me convertir.

Dans le dernier quart de l'ouvrage, j'ai lu ceci :

> Celui qui a créé sept cieux superposés sans que tu ne voies de défaut en la création du Tout Miséricordieux. Ramène sur elle le regard. Y vois-tu une brèche quelconque ?
>
> (Sourate « La royauté », verset 3)

C'est ainsi que, pour la première fois, face à l'horizon totalement dégagé, j'ai regardé le ciel. Effectivement, j'avais beau chercher, je ne trouvais rien. Pas une fissure, pas une brèche. Rien.

J'ai baissé les yeux pour continuer à lire, mais une envie presque irrépressible de mettre le doigt sur la faille m'a fait relever la tête pour y regarder une seconde fois. Je scrutais la moindre parcelle de ciel, cherchais partout, en vain. Le ciel était parfaitement uni, sans aucune brèche. Après cette deuxième tentative, je me suis remise à lire. Dieu dit :

> Puis, retourne ton regard par deux fois : le regard te reviendra humilié et frustré.
>
> (Sourate « La royauté », verset 4)

Oh ! C'est ce que je venais de faire ! Retourner mon regard une seconde fois ! Je n'en revenais pas, je souriais et pleurais à la fois. Dieu était le Connaisseur de toutes choses, Il savait que mon esprit, « dans un ultime essai de rébellion », s'efforçait de trouver une faille. C'est vrai que, comme j'avais pu le lire, l'être humain est parfois un incorrigible disputeur. Cette sourate est venue asseoir ma conviction. Cet instant de méditation intense m'a guidée un peu plus encore vers la croyance que je n'étais pas sur terre pour rien et qu'il me faudrait me remettre en cause et revoir ma façon de vivre, et de penser.

Je terminais le livre en fin de journée. Les toutes dernières pages contenaient cette sourate :

N'avons-Nous pas ouvert pour toi ta poitrine ? Et ne t'avons-Nous pas déchargé du fardeau qui accablait ton dos ?
Et exalté pour toi ta renommée ?
À côté de la difficulté est, certes, une facilité ! À côté de la difficulté est, certes, une facilité !
Quand tu te libères, donc, lève-toi, et à ton Seigneur aspire.

(Sourate « L'ouverture »)

Cette sourate m'a touchée en plein cœur ; elle m'a émue au-delà des mots : elle était comme la synthèse de mes lectures, de ce qu'avait opéré sur moi le livre. Je me sentais revivre. Mon cœur battait plus doucement, s'ouvrait à cette lumière, tout le poids de souffrance qui m'étreignait, au point d'avoir souhaité en finir, disparaissait, et après la difficulté venait la facilité. Je me libérais et n'aspirais plus qu'à me rapprocher de mon Seigneur.

J'étais décidée. J'ai achevé de lire les quelques lignes qui me restaient, et ma décision était ferme : j'allais me convertir à l'Islam.

Je connaissais la façon dont cela devait se passer. Il me faudrait réciter le témoignage de foi que j'avais déjà appris par cœur et ce, devant témoin, puis me laver entièrement le corps, comme une purification. Ce n'était pas plus compliqué, puisqu'on entre en Islam avec son cœur. Sauf que je n'avais pas de témoin ! Je me disais alors que Dieu me suffirait.

Alors, comme une évidence, je me souviens m'être mise au milieu de la plage, j'ai levé la tête vers le ciel et pris Dieu à témoin : « Ô, mon Dieu, soit témoin que je veux me convertir à l'Islam. J'ai lu Ton livre et je suis prête à tout suivre et tout pratiquer, pardonne-moi pour mon passé car je ne savais pas. Sois témoin que je dis du plus profond de mon cœur : *Ach-hadou an La illaha illa LLAH, Wa ach-hadou ana Mouhammad Rassoul Allah.* »

Et, comme j'avais pu lire la traduction dans le petit livre sur la prière, j'ai récité aussi en français : « Je témoigne que rien n'est digne d'être adoré à part Allah et je témoigne que Mouhammed est le Messager d'Allah. »

J'ai alors vécu un moment de ferveur et de sincérité qui m'a transportée au-delà des mots. Après cela, je me sentais musulmane, j'étais musulmane.

Il me restait encore quelques jours à Maurice et, telle une entrepreneuse, j'ai élaboré un plan de travail pour reprendre ma vie en main dès mon retour. Si j'avais pu, j'aurais dressé un tableau Excel ! Je me suis contentée d'une liste de ce qu'on appelle parfois des « bonnes résolutions » :

1. Écrire à ma mère,
2. Changer de numéro de téléphone,
3. Appeler mes proches un à un,
4. Écrire mon nouvel album,
5. Ouvrir une fondation pour venir en aide aux orphelins.

J'avais encore mille et une choses à prévoir, mais ces cinq points m'apparaissaient primordiaux. C'est ainsi que j'ai entrepris de rédiger ce long mail à ma maman. Pendant des heures et des heures, je lui ai écrit.

Je lui expliquais que j'avais lu un livre qui m'avait bouleversée, qu'il était le Saint Coran et qu'il m'avait fait prendre conscience de mes erreurs et de mes égarements. Que jusqu'alors je ne voulais pas admettre que ma mère était ce que j'avais de plus cher au monde et que je lui demandais pardon. Je lui promettais de passer le restant de ma vie à l'aimer, la bichonner, la chouchouter. Je lui disais que je priais pour elle, pour que Dieu la protège et fasse de moi une enfant aimante et dévouée.

Je lui expliquais en détail comment, par le passé, je lui en avais voulu de ne pas être immortelle. Que c'était la raison pour laquelle je m'étais détachée d'elle. J'ai achevé ma lettre par des mots d'amour et de pardon comme jamais je ne lui en avais adressé et lui ai donné rendez-vous à mon retour pour de longues étreintes.

Puis, comme prévu, j'ai pris mon téléphone pour faire un envoi groupé à toutes les personnes qui m'avaient écrit pour la nouvelle année. Par politesse avant tout, je leur souhaitais à mon tour le bonheur. J'ai attendu d'être sûre que toutes avaient reçu mon SMS pour appeler mon opérateur téléphonique. J'ai demandé à changer de numéro, ce qui a été effectif dans l'heure.

Ainsi a débuté cette longue journée au téléphone.

En premier lieu, j'ai appelé Seb, puis mes plus proches collaborateurs : manager, tourneur, équipe artistique… avec lesquels je n'avais plus trop de contacts ces derniers mois. Tous ont dû être surpris.

Grosso modo, je leur disais la même chose : « C'est difficile de t'expliquer mais en fait, ici, je me suis retrouvée avec moi-même, j'ai lu de nouvelles choses, j'ai vécu un bouleversement spirituel et je me suis convertie à l'Islam. Je me sens bien à présent, j'ai retrouvé la joie de vivre, j'ai retrouvé l'inspiration, je veux enregistrer mon nouvel album, aider les orphelins en ouvrant une fondation et prendre du temps pour moi. » Je leur demandais pardon pour tout le mal que j'avais pu leur faire subir et leur laissais le choix de me suivre dans mes projets, ou pas.

Les uns après les autres, tous m'ont répondu par l'affirmative, bien qu'ils aient été, je pense, totalement assommés face à cette avalanche de nouvelles : Mélanie heureuse, la foi, un nouvel album, une fondation. Cela faisait beaucoup d'informations d'un coup.

Je leur ai donné rendez-vous à mon retour.

Durant ces quelques jours, je réfléchissais à ma vie et je priais. Je demandais à Dieu de m'aider à prendre les bonnes décisions. Je sentais bien, dans les discussions avec mes proches, que mon cheminement relevait pour eux de l'impensable. Et puis, il faut le dire, je n'avais pas encore les mots, ni même assez de temps, pour leur expliquer précisément ce que j'étais en train de vivre. Je sentais bien qu'il m'était très difficile de parler de religion à des gens qui, pour la plupart, n'étaient même pas croyants. C'est vrai ça, comment expliquer la foi à celui qui ne l'a pas ? Si mes proches ne me comprenaient pas, qu'en serait-il des autres, et des médias par exemple ? C'est ainsi que, ce jour-là, à la tombée de la nuit, sur une plage de l'île Maurice, j'ai pris une folle décision : j'allais sortir un album sans parler à la presse, ni aux radios, ni aux télés. Tout ce que je voulais dire serait contenu dans mon disque. Le reste, je le garderais pour moi, comme un jardin secret, mon beau jardin secret.

J'étais assez connue pour me permettre de prendre un tel risque. La moindre vidéo de moi, le moindre morceau se propageait à une vitesse phénoménale. Et puis, en vérité, je me disais que, même si je vendais un peu moins et perdais en notoriété, cela n'était plus très grave, tant que j'étais heureuse.

Ensuite, j'ai songé à ma fondation et j'ai eu une idée soudaine.

Moi qui avais tant aimé être au contact du peuple africain et qui m'étais sentie si mal de ne rien pouvoir faire pour tous ces enfants que j'avais vus mendier, j'allais aider des orphelinats en Afrique !

Depuis ma tournée mondiale, j'avais mis des sous de côté, « en cas de coup dur ».

Eh bien, ce jour-là, j'ai décidé de sortir de mes poches tout cet argent, dont une grande partie venait d'Afrique, pour le « rendre » aux Africains.

Outre cette grande initiative, j'avais surtout pris le parti de ne pas évoquer ma conversion à l'Islam qui, finalement, ne regardait personne. Et puis, à part mon nouveau look un peu plus mystérieux, rien ne changeait pour les autres. Enfin si, mes propos allaient peut-être prendre une tournure beaucoup plus mature et profonde.

Le lendemain, à l'aube, je me suis mise à écrire. En quelques heures, j'avais composé « I Am Somebody », titre dans lequel je livre sans retenue le fond de ma pensée.

À mi-chemin de l'*ego trip* et du coup de gueule, ce titre me permettait à la fois d'avouer qui j'avais été et d'affirmer qui j'étais devenue. Quelqu'un de clair dans sa tête, de raisonné. Qui ne voyait en la gloire, les paparazzis et le monde des paillettes que des pacotilles à côté du rôle important qu'on a tous à jouer sur terre, mais que les hommes ont oublié, obnubilés par la course à l'argent, bouffés par un pessimisme outrancier et la peur de se battre pour les choses qui comptent vraiment.

J'en profitais aussi, pour la première fois, pour lever le voile sur les folles rumeurs qui avaient couru lors de mon passage en clinique. Je ne m'en cachais pas :

Nous voici fin 2007, j'me retrouve seule dans mon appart,
Dans ma tête, c'est le casse-tête, je suis millionnaire en dollars,
J'me sens coupable, c'est beaucoup trop pour mes petites épaules,
Dieu est-il si bon que ça ? Ai-je vraiment rempli mon rôle ?
Alors je cherche des réponses, à mes doutes, mes cicatrices,
Petite star, je suis finie, vue de la clinique psychiatrique.
J'en sors en vrac, les médocs me montent au crâne,
Aux Victoires de la musique, ma gloire me monte aux larmes.
Alors je fuis, je voyage, île Maurice et Bali,
Je rêve autant des Maldives que de marcher au Mali.
Mes amis me soutiennent, me motivent et me guettent,
Et ma mère cache sa peine sous des milliards de « je t'aime ».
J'suis à court de force quand dans la rue on me désigne,
J'aime l'amour que l'on me porte, mais pas que l'on me surestime,
Ça me gêne, tous ces regards, ces filles en larmes quand elles me croisent,
La gloire des médias me dépasse donc désormais je la toise.

J'enchaînais avec un discours bref et direct, sans équivoque : j'avais changé, et il faudrait faire avec. Oui, je m'affirmais et osais dire ce que je pensais : aux médias, aux rappeurs, à ceux qui m'avaient blessée mais aussi à ceux qui m'aimaient et, donc, à mon public.

Les derniers jours que j'ai passés à l'île Maurice ont été très importants dans l'écriture de ce disque. Je trouvais quasiment tous les titres, les concepts, coup sur coup, l'inspiration et les idées me venaient facilement. Et puis j'étais prise d'un sentiment très fort. Je le pressentais déjà au plus profond de moi :

l'album que j'étais en train d'écrire serait peut-être le dernier.

Comme si, après celui-ci, je n'aurais plus grand-chose à ajouter. Comme si le seul combat que j'allais mener après serait de vivre sereinement, de vivre dans le souci de l'autre et de fonder une famille.

Je me disais que l'ultime but serait d'atteindre dans l'humanitaire ce que j'avais atteint dans la musique. S'il m'était possible d'agir pour autant d'orphelins que j'avais vendu de disques, alors j'aurais le sentiment d'avoir réussi à m'accomplir.

Et puis, je savais déjà que mon secret aurait ses limites et qu'il me serait difficile de faire accepter ma nouvelle vie à tout le monde.

Prier cinq fois par jour, manger halal, me marier, être pudique, ne plus mentir et ne plus être témoin du mensonge, ne plus être vulgaire, ne plus me mettre en colère, ne plus perdre de temps, ne plus gaspiller, ne plus être envieuse et ne plus le supporter des autres. Avoir une vie saine, loin de la médisance, des commérages, de l'alcool, des excès, de la superficialité.

Je sentais que la tâche serait grande et qu'elle me vaudrait beaucoup de railleries : moi qui avais parfois été un chef de file dans la bêtise, je savais que l'on me reprocherait d'être devenue un peu trop « sérieuse ». Non pas que je voulais arrêter de m'éclater, mais comment allais-je faire la fête en refusant l'alcool qu'on y servait ? Comment prierais-je à l'aube dans un tour-bus au milieu d'une vingtaine d'autres personnes ?

Je préférais ne pas trop y réfléchir et accomplir les choses les unes après les autres. Je cherchais un nom pour ma fondation. Je trouvais qu'« Enfants du désert » sonnait bien. Ce serait plus tard le titre du premier single de mon prochain album.

Ma sœur, mon frère,
Je préfère que ça parte aux enfants du désert
Car je n'emporterai rien sous terre.

C'est à Maurice, au milieu de cette avalanche de décisions, que j'ai décidé d'écrire une chanson pour ma maman et un morceau sur le voile. Quand j'y pense, en quelques jours, je tenais le plus gros de mon disque. J'appelais régulièrement l'un de mes réalisateurs d'album, Masta, pour lui faire part de mes idées et lui demander d'aller à la recherche de musiques pour accompagner mes écrits.

Je sentais que j'allais très vite écrire ce disque et que son enregistrement suivrait le même rythme.

Le mois de Ramadan débutait fin août, et je me suis fixé cette date pour tout finir, car je ne voulais pas passer mes journées à jeûner dans un studio.

Alors que nous étions sur le point de rentrer à Paris, j'ai reçu un mail de ma maman qui m'a beaucoup fait pleurer. Elle était heureuse que je reconnaisse enfin ne pas toujours avoir été facile et m'assurait de son amour et de son besoin de me retrouver. Elle aussi se livrait au jeu des confidences en admettant ne pas avoir été une mère parfaite. Elle aussi n'avait qu'une envie : être heureuse à mes côtés.

J'avais hâte de revenir en France et de la serrer dans mes bras.

C'est ainsi que Charlotte et moi avons quitté cette île que j'aime tant.

Jamais elle ne m'a reproché ces longues heures de solitude et mon éloignement par moment. Trois ans plus tard, elle est toujours ma meilleure amie, et la personne avec qui je parle le plus.

À mon retour à Paris, la première personne que je me suis empressée de voir a été ma maman. Je me souviens que, au moment où elle a sonné à ma porte, je lui ai annoncé gaiement : « Tu penses que tu as rêvé, hein ! Et que je ne te prendrais pas dans mes bras, c'est ça ? Prépare-toi car, dès que j'ouvre, c'est parti ! »

Alors j'ai ouvert la porte en grand et je l'ai serrée très fort contre moi. Je sentais qu'elle était un peu décontenancée, elle ne comprenait pas bien ce qui se passait soudain, mais je n'ai pas cessé mon étreinte pour autant. Il fallait se mettre à sa place, pendant vingt-huit ans, c'était à peine si je l'avais regardée dans les yeux quand je m'adressais à elle et, en l'espace de quinze petits jours, j'étais devenue quelqu'un d'autre !

Nous avons passé un très bon moment toutes les deux. J'essayais de lui raconter mes vacances, ce que j'avais découvert là-bas, mais mes propos étaient décousus, je ne suis pas sûre qu'elle ait tout compris. Alors j'ai conclu simplement en lui offrant le Saint Coran : « *Mummy*, ce livre est la plus belle chose qui me soit arrivé de lire et, surtout, la clef de ma guérison. Il me concerne, il nous concerne. S'il te plaît, prends un moment pour le lire, ainsi tu comprendras mieux ton enfant. Je t'aime ! »

Puis ça a été le tour de Seb et de mon équipe de management et de tournée de venir les uns après les autres dans mon appart que j'avais transformé en bureau. Les pièces n'étaient plus qu'un amas de feuilles volantes noircies ou raturées, de carnets où se dessinaient des projets. Je dormais peu, j'enregistrais des titres à tout va mais, surtout, je me recueillais dans ma prière.

Au début, tous ont acquiescé à mes idées : on composait et enregistrait l'album, je ne parlais plus aux médias que par le biais de vidéos sur Internet, je ne faisais pas de promo. On lançait la tournée très vite, on réalisait clips sur clips et le tour était joué. Parallèlement à ce travail sur l'album, je créerais et inaugurerais ma fondation à but humanitaire, que je comptais promouvoir par le biais de mon site Web. Nous reverserions une partie des ventes du disque et des concerts, nous organiserions des opérations de collectes de vêtements, etc. Je les revois tout sourire et un peu moqueurs devant mes grandes résolutions, mais quand même tous partants pour se lancer dans cette folle aventure.

J'ai retrouvé pas mal de mails que j'avais envoyés à mon entourage à cette période. Il faut admettre parfois qu'on ne peut pas tout maîtriser. Je nourrissais tant d'espoir en chacun d'eux. J'étais convaincue qu'ils m'aideraient, que tous s'acharneraient pour que ce projet voie le jour, que mon équipe serait sensible à cette noble cause. Je mettais toute mon énergie à motiver les troupes, reconnaissais mes erreurs passées, et réclamais leur soutien.

Hélas, assez vite, j'ai compris qu'on ne peut forcer personne à faire de l'humanitaire. Et que, malheureusement, nombreux sont ceux qui portent en eux les germes de grands combats ou de grands rêves mais qui, finalement, n'agissent pas, même quand l'opportunité se présente. J'en ai bien sûr été déçue, mais j'ai appris sur les autres, et aussi sur moi-même.

Par chance, j'avais tout de même trouvé une alliée de taille en la personne de Grace, la compagne de Seb, qui avait fait des études de droit. En plus d'être juriste, elle s'apprêtait à devenir avocate. Elle avait une réelle envie de travailler dans l'humanitaire et s'est, des mois durant, extrêmement impliquée dans notre projet. Elle m'aidait bénévolement, gérait les informations que je lui rapportais, à savoir tous les contacts que j'arrivais à trouver, les besoins que je recensais, les chantiers à développer. Ensemble, nous avons commencé à rechercher des interlocuteurs un peu partout en Afrique ; c'est aussi avec Grace que j'ai fait mes tout premiers rendez-vous chez mon avocat, dans l'objectif de monter ce qui deviendrait plus tard le Big Up Project. J'ai reçu également un précieux soutien de Lalou. Lalou, c'était mon tourneur à l'étranger. Il connaissait beaucoup de personnes influentes en Afrique et il m'a notamment aidée à obtenir les visas nécessaires et à gérer les déplacements une fois sur place. C'est drôle car, au fil du temps, ce n'était pas forcément celles et ceux à qui j'avais pensé qui allaient le plus m'épauler pour monter ma fondation. Je m'apercevais ainsi que, dans le passé, trop portée sur ma personne, je n'avais pas pris le temps d'apprendre à connaître les femmes et les hommes qui m'entouraient. Je les entendais, mais je ne les écoutais pas.

Une des rares choses que le temps de la dépression m'aura enseignée, c'est bien ça : être à l'écoute des autres, me soucier d'eux, et pour de vrai. Alors que par le passé je monopolisais souvent la parole, le vide qui m'avait gagnée lors de ma dépression avait eu raison de tout mon bavardage. Durant ces longs mois, vu que je n'avais aucun projet et que je ne vivais rien, je n'avais plus rien à raconter, j'avais bien été obligée de laisser la parole aux autres et je m'étais rendu compte que tendre l'oreille pouvait être d'un grand réconfort pour celui qui se confie mais aussi pour celui qui écoute. Dans la lignée de gens que je devais informer de mes intentions, il y avait aussi Lucrèce ; lui et Michel étaient devenus, avec le temps, comme des membres de ma famille. D'origine camerounaise, Lucrèce ne pouvait être que touché par mon projet de fondation humanitaire. Je me souviens, j'étais sur la terrasse de mon appartement, je l'ai appelé pour lui raconter le nouveau chemin que je souhaitais prendre ainsi que les projets que j'avais en Afrique. Tel un grand frère très protecteur, il m'a écoutée attentivement avant de me dire : « OK, Mélanie, c'est bien, tu veux aider l'Afrique, mais franchement, qu'est-ce que tu connais, toi, de ce continent ? Tu ne t'es jamais rendue là-bas que dans le cadre de la musique. Si tu savais vraiment ce qui se passe là-bas, je pense que tu comprendrais beaucoup de choses et peut-être que tu pourrais espérer mieux agir. Car, là, tu ne sais même pas qui tu vas aider ni comment tu vas faire. »

Ses propos m'ont cloué le bec. J'étais heurtée, mais à la fois je ne pouvais qu'admettre qu'il avait raison : je n'y connaissais strictement rien et j'abordais le sujet avec une grande naïveté. C'était bien beau de vouloir aider les plus démunis, mais l'humanitaire n'est pas un jeu ni une question d'argent au sens strict du terme. Nous savons bien que des millions d'euros ou de dollars sont parfois détournés et qu'il vaut mieux un bon gérant d'une petite somme qu'un gros pactole dans les mains d'un voleur ! C'est vrai, je ne connaissais pas l'Afrique mais j'entretenais des contacts là-bas et Grace me prêtait main-forte. J'ai donc décidé, dans un premier temps, de me rendre dans les pays où j'étais connue pour mon rap, et que je connaissais aussi. Des pays francophones pour la plupart où je pouvais trouver des gens pour faciliter mes démarches.

Ni une ni deux, j'ai appelé l'agence de voyages avec qui je traitais depuis des années. J'ai déplié une carte de l'Afrique devant moi et leur ai demandé de m'organiser un voyage dans les plus brefs délais, en prévoyant deux ou trois jours dans chacun des pays suivants : Algérie, Maroc, Tunisie, Gabon, Cameroun, Côte d'Ivoire, Sénégal et Mali.

Rêver. Avoir seulement le droit de rêver et d'y croire, je sais à présent que c'est possible.

Le lendemain, mon planning était fin prêt : départ le 27 janvier pour le Cameroun puis le Gabon. Ensuite, retour en France pour partir le 6 février en direction de l'Algérie, du Maroc et de la Tunisie, pays que nous devions rejoindre par des vols internes pour ne pas avoir à repasser par la France à chaque fois. Pour finir, un nouveau départ le 13 février pour le Sénégal, le Mali et la Côte d'Ivoire avec un retour prévu le 20 février. Ça allait être intense, mais j'avais la foi. Et j'étais convaincue que Dieu ne me laisserait pas livrée à moi-même dans ce long voyage. Je partais avec l'envie de tendre la main, d'apporter une aide concrète à des orphelins. Avec ces bonnes intentions, il ne pouvait rien m'arriver de mauvais.

Alors, bien sûr, partir sur un coup de tête, essayer d'aider pour quelques jours paraît complètement fou, une goutte d'eau dans l'océan. Simplement, cette fois, je ne me rendais pas en Afrique pour me donner bonne conscience. Non. J'étais animée d'un sentiment très fort et d'une envie réelle d'être utile aux autres.

J'avais contacté mon entourage proche, ceux qui comptaient pour moi. Certains étaient heureux, d'autres se montraient plus sceptiques. Je leur parlais de l'Afrique mais, lorsque je leur expliquais que c'était l'Islam qui m'avait transformée, je sentais bien que cela ne leur plaisait pas toujours. Je comprenais peu à peu et tristement que la plupart d'entre eux ne connaissaient pas cette religion et qu'ils s'en étaient forgé une idée clairement déformée, par les préjugés, les raccourcis et la mauvaise image que pouvaient donner certains malheureusement. Mais, même si quelques personnes de mon entourage avaient la prétention de tout savoir et pensaient pourvoir formuler un avis sur tout, je ne leur en voulais pas.

Mon projet africain les laissait tout autant perplexes. Je me souviens d'avoir entendu des phrases du genre : « Pourquoi tu t'obstines à vouloir aider des milliers d'orphelins ? Déjà, si t'essaies d'en sauver un, c'est bien non ? » ou : « Mélanie, la religion, c'est à l'ancienne. » Mais comment croiser ou poser ses yeux sur un homme dans le besoin sans éprouver l'envie de contribuer, à sa mesure, à améliorer sa condition ? Est-ce que ça, c'est vivre à l'ancienne ? Franchement, c'était violent. Moi qui, jusque-là, avais été aussi susceptible que sanguine, je prenais sur moi en souriant. Et je priais pour que Dieu les guide. Ce n'était pas toujours facile mais je n'oubliais rien, ni la lune, ni les étoiles, ni les fleurs, ni tous ces signes immuables de l'existence de Dieu. Nos manières de vivre changeaient, y compris les plus immédiates, avec les téléphones, les ordinateurs, les télévisions, les voitures... Mais pas le monde, non. Pas l'alternance de la nuit et du jour. Pas l'univers. Tout était parfaitement réglé au millimètre. N'en déplaise à certains, je croyais en Dieu et étais entourée de signes à l'horizon et en moi-même.

Une fois rentrée à Paris, je relisais le Saint Coran. J'avais beaucoup moins de temps, c'est vrai, mais je ne m'en lassais pas. J'avais découvert qu'il existait des librairies spécialisées dans les livres religieux. Aussi, sachant que j'allais passer de nombreuses heures dans les airs, j'ai décidé de me procurer plein de livres. Je voulais profiter de tout ce temps passé dans les avions pour apprendre au sujet de l'Islam. J'ai trouvé une mine d'or. Ces librairies possédaient tout ce que je cherchais et bien plus encore ! Valeur de la prière, du mariage, de l'aumône, du pèlerinage, de la bienséance envers les parents, de l'histoire des Prophètes... Mais aussi et surtout des livres qui parlaient du Prophète Mouhammed – éloge et paix d'Allah sur lui –, relataient sa vie ou rapportaient ses propos – car, dans la foulée de ma conversion, j'en savais plus sur les autres Prophètes que sur ce dernier. J'étais heureuse que toute cette littérature existe.

Puis est venu le moment d'annoncer à Lucrèce que j'avais mis en application ses conseils. Je l'ai appelé :

« Allô Lulu ? Tu fais quoi entre le 27 janvier et le 20 février ?

– Qu'est-ce que tu me racontes, Mel ?

– Nan, mais tu avais raison, je n'y connais rien à l'Afrique. J'ai donc décidé que nous devions nous y rendre. Je te propose d'aller dans huit pays et d'essayer de comprendre comment et par quel biais nous pouvons organiser une aide. D'accord ? »

Silence.

« Qu'est-ce que tu me racontes encore, toi ? Ne bouge pas, j'arrive ! »

En moins de trente minutes, il était là.

Lui qui avait été un des rares témoins de mon mal-être et à m'avoir rendu visite à la clinique se trouvait maintenant face à une femme déterminée, la tête sur les épaules, en pleine forme, que rien ne semblait pouvoir arrêter. Il a vite compris que, s'il ne me suivait pas, j'irais quand même, si bien qu'au bout d'une demi-heure de discussion, il m'a dit oui !

Une semaine plus tard, nous étions dans l'avion, en vol pour le Cameroun. Avant de partir j'avais contacté tous les gens que j'avais rencontrés sur place lors de mes concerts et qui auraient pu me donner un coup de main. Parfois je joignais des organisateurs de spectacle, d'autres fois des artistes locaux ou encore des joueurs de foot originaires d'Afrique.

Au cours de mes voyages, je n'ai jamais cessé de lire. Je profitais de ce « temps libre » pour m'instruire. J'allais de découverte en découverte et réalisais que toutes les valeurs de l'Islam étaient miennes depuis vingt-huit ans, mais que je l'ignorais.

Une fois arrivés au Cameroun, avec l'aide de Patou, notre contact sur place, nous avons pu visiter au moins cinq centres d'accueil pour enfants. Patou, qui avait organisé mon concert à Douala, m'a alors présenté les dirigeants de la fondation de Samuel Eto'o ; plus tard, je rencontrerais Samuel lui-même. Avec leur aide, pour la première fois de ma vie, j'ai visité des orphelinats et ai pu échanger avec des orphelins. Ces jeunes enfants, parfois moins jeunes, y grandissaient, sans aucune famille pour certains, manquant d'attention et de tendresse. Et dire que, moi, j'avais passé vingt-huit ans à négliger ma famille. J'avais fait passer ma carrière avant elle. Ce voyage était pour moi une grande leçon de vie, d'humilité et de partage.

Chaque orphelinat avait ses particularités. Parfois, ils n'accueillaient que des tout petits, du nourrisson à la petite princesse de dix ans ; d'autres au contraire n'abritaient que des adolescents, jusqu'à leurs dix-huit ans. Les pensionnaires vivaient dans des conditions très différentes d'un centre à l'autre. Certains étaient très organisés, d'autres tellement dépourvus de moyens que les conditions de vie s'avéraient plus que précaires.

Toutefois, deux choses m'ont le plus frappée lors de ces premières rencontres : tous les enfants avaient le sourire et tous les adultes avaient des besoins. Je comprenais que je n'avais pas voyagé en vain et qu'il y avait vraiment beaucoup à faire ici. De New Bell à Bépanda, nous avons toujours été accueillis très chaleureusement. À mesure que j'observais ces enfants, ces femmes et ces hommes privés des ressources fondamentales, je prenais conscience de ma richesse. Si Dieu m'avait permis de gagner autant d'argent, alors je ne pouvais le garder pour moi seule, il me fallait le partager avec d'autres, cela me paraissait évident.

C'est au Cameroun que, pour la première fois, j'ai pris conscience des moyens nécessaires au bon fonctionnement d'un orphelinat. Des moyens que je consignerais à l'identique dans chaque pays que nous avons été amenés à visiter les jours suivants. C'est au Cameroun que j'ai aussi cerné les limites qu'aurait forcément ma future fondation. Le matériel médical, par exemple, représentait des sommes colossales qu'il m'était pour l'heure impossible de réunir. J'ai dû me rendre à l'évidence : je ne pourrai pas combler tous les besoins. Mais je tenais quand même à agir et tenter d'améliorer le quotidien de quelques enfants.

Ainsi, au fil de mes rencontres avec les directeurs de centres, j'ai pu dresser une liste de produits de première nécessité qui manquaient tout au long de l'année car il s'agissait de denrées essentielles. Cette liste contenait en grande partie des produits alimentaires et d'hygiène : dentifrice, brosses à dents, savon, lait, riz, farine, pâtes, huile, produits en conserve et, occasionnellement, de la viande ou du poisson. Je dis occasionnellement car de nombreux directeurs d'orphelinat recommandaient de ne pas habituer les jeunes à des denrées, souvent très chères dans ces pays, qu'ils ne pourraient plus par la suite se permettre.

Les enfants avaient aussi besoin de vêtements, de chaussures et d'argent pour payer leurs frais de scolarité. L'éducation n'est pas gratuite partout et, en Afrique, j'ai rarement croisé des jeunes qui renonçaient volontairement à faire des études. Au contraire, pour la plupart d'entre eux, apprendre était une réelle joie et beaucoup nourrissaient de grands projets : devenir médecin, avocat, chef d'entreprise, infirmier. Tous en parlaient avec la ferme intention d'atteindre leur but.

Alors qu'avec mon équipe (Patou et Lucrèce) nous faisions des courses dans les grands magasins, j'achetais toujours des sucettes histoire de faire plaisir aux enfants. Je pensais surtout aux tout petits mais, à ma grande surprise, lors de ma première distribution, tout le monde sans distinction est venu se servir ! Petits et grands avaient tous un bonbon dans la bouche. C'est pourquoi, au final, la sucette est devenue en quelque sorte l'emblème du Big Up Project. Où que j'aille et quels que soient les âges, nous en distribuions à tour de bras ! Et tout le monde avait le sourire aux lèvres. Sourire à cause d'un bonbon… Nous autres Occidentaux sommes parfois tellement comblés matériellement qu'on en devient blasés, le cœur indifférent à toutes ces grâces dans lesquelles nous baignons : nous avons la paix, un toit, de la nourriture à foison, des médicaments, des vêtements. Comment se fait-il que certains d'entre nous soient totalement inconscients de leur chance, se montrent ingrats, toujours en manque de quelque chose ? Toujours plus, toujours plus… La plainte dans le cœur a pris la place du contentement. Et là, devant moi, des enfants et des grands souriaient à cause d'un bonbon. Le contraste était si déstabilisant.

Ce pays, qui m'avait autrefois accueillie pour ma musique, m'accueillait avec plus d'amour encore ce jour-là. Cela me touchait énormément.

Près de cent mille personnes s'étaient déplacées pour assister à mon concert à Douala, le 26 avril 2008, où j'étais venue jouer mon album *Dans ma bulle*. Les Camerounais me connaissaient bien, surtout les adolescents. Nombreux étaient heureux de pouvoir discuter avec moi. Je sentais doucement venir ma mutation et espérais que mon passé de star m'aiderait dans ma nouvelle mission. Cela peut paraître un peu gros, dit comme ça, mais sincèrement j'aimais le contact avec les gens, j'aimais notre partage et je savais que, si demain j'arrêtais la musique, je continuerais, mais dans un autre cadre, à vivre des moments intenses avec des femmes et des hommes. Notre séjour au Cameroun touchait à sa fin. J'étais triste de partir et, en même temps, j'avais hâte de poursuivre notre mission. Nous nous sommes donc envolés pour le Gabon.

Sur place, nous avons rejoint les contacts que Lalou nous avait donnés, et qui nous ont permis de visiter plusieurs infrastructures. Selon leur caractère public ou non, les centres étaient plus ou moins riches, leurs locaux flambant neufs ou à la limite de l'insalubre… Dans une même journée, il nous arrivait de visiter un centre d'accueil avec des moyens suffisants et un autre où les pensionnaires n'avaient que la rivière pour se laver, nettoyer leur linge et leur vaisselle. Les ressources étaient très variables d'un endroit à l'autre.

Au Gabon comme précédemment au Cameroun, nous avons vécu des moments très intenses, fait des rencontres fortes en émotions. Je me souviens encore de ce slogan que diffusait une des associations que nous étions allés rencontrer : « Jeunes mères, ne jetez plus vos enfants dans des sachets, ramenez-les nous. » Le message était si dur mais il était motivé par l'amour pour les enfants. Les moyens de certains étaient parfois si faibles que des mères, dans la plus grande détresse, se voyaient contraintes d'abandonner leurs enfants dans la nature. C'était d'une telle violence.

Et pourtant, l'amour était partout. Moi qui pensais avoir à faire à des gens sévères envers la petite blanche qui surgissait de nulle part, en réalité, j'étais accueillie comme je ne l'avais jamais été. Nous ne faisions de fausses promesses à personne, nous étions là en repérages et espérions, avec le temps et des moyens à conquérir, revenir aider, à notre mesure, celles et ceux qui manquaient de l'essentiel. Le temps de notre séjour, nous donnions ce que nous pouvions ; la suite, seul Dieu la connaissait.

Puis nous sommes partis pour le Maghreb. En Algérie, dans un petit orphelinat, j'ai découvert une femme remarquable tant pour sa sagesse que pour son dévouement. Tout chez elle respirait la douceur. Elle m'a raconté une histoire très touchante. Elle ne pouvait avoir d'enfants et avait décidé, au bout d'un certain temps, d'adopter un petit garçon. Alors qu'il n'était encore qu'un nourrisson, Dieu lui avait fait enfin la grâce d'être enceinte. Cette femme qui n'espérait plus enfanter se retrouvait maman de deux petits bouts. Son fils adoptif grandissant, elle lui avait expliqué l'histoire de sa naissance, qu'il était un enfant orphelin avant que sa maman ne l'accueille comme le sien. Plus tard, alors qu'il allait atteindre ses dix ans, il lui avait dit : « D'façon, j'suis pas ton vrai fils, tu m'aimes pas comme ma petite sœur. » Alors elle avait regardé son fils tendrement et lui avait dit : « Mon fils, je vais te confier un secret. Quand ta petite sœur est née, maman a eu quelques complications. Les médecins ont dû m'endormir pour sortir le bébé de mon ventre. Quand je me suis réveillée, je n'avais aucun souvenir de ce qui s'était passé. Et, tu vois, mon fils : qui me dit que la petite fille que j'ai découverte à mon réveil était vraiment la mienne ? Je n'étais pas là pour voir. Pourtant, je l'aime. Je l'aime parce que c'est ma fille. Et toi, si je n'étais pas là quand tu es né, je t'aime parce que tu es mon fils. Au nom de Dieu, je vous aime. » Cette femme m'a émue aux larmes. Le courage de cette mère qui se livrait à l'exercice difficile de s'occuper d'enfants dans le besoin qui n'étaient pas les siens me touchait droit au cœur.

Grâce à tous ces gens que je croisais, je m'abreuvais de leçons de vie. Leur patience, leur sagesse, leur gentillesse, leur générosité mais aussi leur foi étaient exemplaires. Tous croyaient en Dieu et tous donnaient pour Lui. Cette femme avait besoin d'aide, bien sûr. Mais elle ne demandait rien. En revanche, si on lui apportait quelque chose, elle le prenait. À ce moment-là, j'ai pensé à tous ceux et celles qui avaient tenté de me décourager dans mon élan. Je ne leur en voulais pas. Ils m'apparaissaient alors comme des êtres incapables de rêver. J'avais moi-même perdu mes rêves de vue, et cela quelques mois seulement auparavant.

Au cours de notre périple, il y a aussi eu de belles surprises, comme dans cet orphelinat d'Alger où l'on me disait avoir plus de demandes d'adoptions que d'enfants à adopter ! Plus nous rencontrions les responsables, les bénévoles et les éducateurs, plus nous prenions conscience que, dans certains pays, le souci n'était pas un manque de volonté – les orphelins étaient pris en charge et considérés comme des « priorités » – mais le manque de moyens, notamment pour les « orphelins handicapés ». Il était quasiment impossible de leur trouver une famille, malheureusement. À tel point que quelques pays rémunéraient les familles d'accueil pour permettre à ces enfants de vivre enfin entourés d'amour. Tous ces besoins fondamentaux me dépassaient un peu et je savais que ma fondation ne pourrait pas exister sans cadre, sans limite. Quitte à revoir à la baisse mes espérances. À mon grand étonnement, je n'étais ni déçue ni frustrée : au contraire, je sentais que je gagnais, avec toutes ces expériences, en maturité et en lucidité. Avoir des rêves d'accord, mais rêver les yeux grands ouverts.

Au Maroc, à Casablanca, j'ai rencontré Najat, une femme très impliquée dans l'humanitaire et qui, en plus d'être médecin et d'aider à la construction de foyers, était conseillère dans le domaine de l'enfance. Au fil de nos nombreuses discussions, Najat m'a beaucoup appris. C'est elle qui m'a notamment sensibilisée sur les limites que devait poser la fondation, ainsi que sur le message qui allait l'accompagner. À la suite d'un rendez-vous avec elle, je me suis mise à réfléchir à un autre nom. Je souhaitais qu'il exprime un message positif, j'avais envie de mobiliser les gens avec le sourire. Dans mes chansons, dans les concerts, dans la vie, j'employais beaucoup l'expression « Big up ! », comme une façon de dire « Respect ! » ou comme un encouragement. Mais « Big up », ce sont aussi deux mots que j'aimais attribuer à tout ce que j'avais vu au cours de notre voyage. Je portais un grand projet, l'espoir de voir un jour tous ces petits devenir grands ! Et, puisque je n'étais pas sûre d'obtenir le statut de « fondation » – parce qu'en France ces dossiers sont étudiés minutieusement et que cela peut prendre quelques années –, je me disais que, dans l'immédiat, je monterais au moins une association et que je l'appellerais tout simplement le Big Up Project.

Notre périple a pris fin après nos visites au Sénégal et au Mali.

Ces deux derniers voyages m'ont à leur tour profondément marquée, tant à cause des réalités sociales et humaines que je découvrais que grâce aux personnes que je rencontrais, des femmes pour la plupart, exceptionnelles, fortes et rayonnantes. Elles étaient toutes portées par une foi, des projets et des responsabilités énormes. Il nous est arrivé d'être confrontés à des scènes insoutenables, comme ces enfants handicapés qui dormaient à même le sol, faute de lit, et qui n'étaient pas pris en charge, par manque de personnes qualifiées. Ils passaient leurs journées et leurs nuits coincés au même endroit, sans pouvoir sortir, faute de chaises roulantes. Qu'a oublié l'être humain sur son chemin pour faire de ce monde un tel champ d'injustices ? Un rapporteur de l'Onu a pourtant déclaré un jour que l'homme produisait de quoi nourrir douze milliards d'individus. Preuve que l'être humain est responsable de tout cela et qu'il est capable du meilleur comme du pire. Dieu nous a donné tant de belles choses et de richesses, qu'en avons-nous fait ?

Au Sénégal, sur les conseils d'un ami, j'ai rencontré une femme formidable prénommée Anta et j'en ai aussi profité pour faire un tour dans un endroit plus reculé, appelé Pikine. Là-bas, j'ai découvert que les jeunes gens étaient très organisés et favorisaient efficacement l'entraide au sein de leur peuple. Par exemple, c'était les jeunes de l'association du quartier qui avaient rénové les maisons détruites par les inondations avec très peu de moyens et de connaissances en la matière, ou encore les grands qui donnaient les cours du soir aux plus petits et faisaient leurs devoirs avec eux. Je me suis ainsi aperçue que le manque n'était pas forcément financier mais aussi humain : ils avaient besoin d'hommes et de femmes pour leur apporter leurs connaissances et leur expérience, les former à des métiers, comme dans le domaine de l'informatique. Sur la question des ressources humaines, j'étais persuadée de pouvoir faire quelque chose. Il y avait tellement de gens autour de moi, tellement de volontaires au sein de mon public. J'espérais de tout cœur faire le pont entre eux et cette jeunesse sénégalaise. Je m'imaginais récolter des milliers d'euros et lancer des chantiers humanitaires, je pensais même organiser des concours dans les écoles et financer le meilleur projet proposé par un élève.

Puis il y a eu le Mali. Je dois avouer que c'est dans ce pays que mon cœur a le plus été mis à l'épreuve. Tout d'abord par la joie et l'espoir que j'y ai ressentis. Mais aussi parce que c'est au Mali que j'ai vu les faits les plus marquants et entendu les histoires les plus choquantes. Pour la plupart d'entre eux, les gens ignoraient qui j'étais. Ma musique n'avait pas connu le même succès que dans les pays voisins et le français n'est pas une langue parlée de tous. C'est donc en toute simplicité que j'ai rencontré Bibi et Fatoumata, deux femmes de la région de Bamako. Toutes deux directrices d'un orphelinat, elles étaient pourtant très différentes. Encore aujourd'hui, elles ont chacune une place aussi grande dans mon cœur que les membres de ma famille. Ce sont des femmes si courageuses et pleines de vie qu'elles vous feraient même oublier le quotidien si difficile qu'elles traversent afin de trouver des vivres.

Au sein de structures différentes, chacune accueille plus de vingt enfants. Je dis vingt, mais cela peut être parfois trente, quarante, cinquante…, quasiment tous orphelins. Je me rappelle entre autres l'histoire aussi tragique que poignante de cet enfant d'un kilo né prématurément et laissé à l'abandon sous un pont, ou celle de ce petit retrouvé au fin fond d'une benne à ordures… Je n'en croyais pas mes oreilles ni mes yeux. Le premier, récupéré par le centre après que deux jeunes gens avaient entendu ses pleurs étouffés en passant à côté de lui, était si frêle, si fragile ; chez nous, il aurait eu la chance d'être mis en couveuse et sous perfusion mais, chez Bibi, le nourrisson ne pouvait compter que sur la chaleur humaine. Le centre d'accueil lui avait trouvé une mère couveuse assez rapidement. Depuis, le petit ne quittait plus cette femme ni sa chaleur qui lui permettait de continuer à vivre et à grandir. Tant de générosité et d'attention, c'était époustouflant. Être mère n'était pas un dû. Être en bonne santé non plus. J'en prenais conscience.

Le deuxième enfant avait une histoire tout aussi touchante. Tandis qu'un homme se rendait à la mosquée pour la prière du matin, il avait entendu des bruits qui venaient d'une benne à ordures. Persuadé qu'il s'agissait d'un animal en détresse, il était rentré prendre une lampe torche pour vérifier. Quand il avait expliqué tout cela à sa femme, elle lui avait reproché son obstination à vouloir sauver ce qui ne devait être qu'un vulgaire rongeur. L'homme, malgré tout, était retourné fouiller, jusqu'à tomber, sous un amas d'ordures, sur un tout petit bébé recouvert de saletés. À l'orphelinat, Fatoumata m'a assuré que, n'eût-ce été la volonté de Dieu de lui avoir laissé ses deux narines pour respirer, jamais l'enfant n'aurait survécu tant il était couvert d'ordures. Aujourd'hui, c'est un beau et grand garçon de bientôt dix ans et en pleine santé !

Auprès de ces femmes, je me sentais bien. Elles n'attendaient rien de moi, elles attendaient tout de Dieu. Fatoumata m'a dit un jour : « Tu sais, Mélanie, il y a des soirs, je me demande vraiment comment je vais pouvoir nourrir tous les enfants le lendemain, car le frigo est vide, les placards aussi. Alors je me lève et je prie. Je demande au Seigneur de ne pas nous laisser. Eh bien, pas un de ces lendemains de prière ne s'est écoulé sans qu'un donateur, un touriste, ou un local ne vienne pour nous apporter de quoi nous nourrir ce jour. Je sais que tu veux nous aider, je sais que tu feras sûrement tout, mais tu n'auras et ne pourras faire que ce que Dieu voudra. » Je dois avouer que la foi et le dévouement de ces femmes m'ont fait pleurer à chaudes larmes. Je voulais les aider, c'est vrai, mais je ressentais un tel amour pour elles que je souhaitais avant tout les revoir. J'aimais être auprès d'elles.

Au Mali, plus que dans n'importe quel autre pays, j'ai compris l'urgence d'obtenir des aides alimentaires et hygiéniques ainsi que du matériel d'accueil. Trois ans plus tard, c'est avec ces deux femmes que j'ai accompli le plus de choses. Avec Bibi, nous avons essayé de prendre la relève d'un projet qui existait déjà, à savoir nourrir cent enfants par jour pour la somme de cent euros. Avec l'aide de généreux donateurs en France et ce, dans le plus grand anonymat, nous y sommes presque arrivés. Je souhaite de tout mon cœur que ce projet continue encore des années. Nous avons aussi pu financer le forage d'un puits dans un village retiré, où Bibi allait construire un nouvel orphelinat, qui ne sert pas seulement aux enfants mais bien sûr à tous les habitants des environs. Avec Fatoumata, nous avons pu acheter un terrain sur lequel il ne lui a fallu qu'un an pour construire une école et un orphelinat grâce à un chantier humanitaire.

Malgré toutes les embûches que j'ai rencontrées par la suite dans mon propre pays, j'ai tout de même reçu de l'aide financière sans que je ne demande rien ; cela m'a beaucoup touchée et vraiment confortée dans ma démarche. J'espère que ce livre donnera l'envie à de nombreuses personnes de nous soutenir, et pour longtemps !

Ma tournée s'est achevée avec la Côte d'Ivoire. C'est fou comme d'un pays à un autre nous étions confrontés à des situations totalement différentes. N'oublions pas que je n'avais pour seuls contacts que ceux dans la musique et le sport, mais j'espérais que ma notoriété m'ouvrirait d'autres portes par la suite. Pour l'heure, je ne me rendais que dans les lieux où mes proches avaient des connaissances – ce qui signifie que je suis passée à côté de nombreux orphelinats, donc de nombreux orphelins. Mais, si je n'ai pas pu visiter assez de centres, j'ai tout de même passé de merveilleux moments avec les enfants.

À Abidjan, j'avais été mise en contact avec un proche du footballeur ivoirien Didier Drogba. Didier avait créé une fondation là-bas et son ami se proposait de nous accompagner dans nos démarches. Sans parler des besoins matériels de certains centres, notamment en matelas, je dois admettre que cela n'a pas été simple d'agir là-bas, pour de multiples raisons.

Notre interlocuteur sur place cherchait des projets à hauteur de notre budget. Un soir, il est venu nous annoncer : « Je n'ai malheureusement pu contacter beaucoup de monde. On m'a parlé d'un enfant malade dans un hôpital, pas loin, il a besoin de soins en urgence. » Je me souviens de m'être dit qu'il ne fallait pas perdre de vue nos objectifs. Je savais que le domaine de la santé était trop onéreux pour nous, mais je ne me voyais pas repartir de Côte d'Ivoire sans avoir au moins fait quelque chose. Au beau milieu de la nuit, nous nous sommes rendus au chevet de l'enfant qui était accompagné de ses parents. Tandis que nous discutions de son état, nous avons décidé de donner ce que nous avions pour les aider à financer les soins et le traitement dont il avait besoin. Son père, circonspect, m'a regardé en demandant : « Mais pourquoi nous ? Que vous doit-on en retour ? »

J'ai seulement répondu :
« Vous croyez en Dieu, Monsieur ?
– Oui.
– Vous lui avez demandé de l'aide ?
– Oui.
– Eh bien, moi aussi, Monsieur, je crois en Dieu, et je lui ai demandé qui je pouvais aider. C'est Lui qui m'a guidée ici. C'est donc Lui qu'il faut remercier. »

Nous étions tous émus et à la fois dépassés par ce que nous voyions : cet hôpital rempli d'enfants et de familles éprouvés par la maladie et le manque de moyens pour les soigner correctement. Nous aurions tant aimé pouvoir aider tout le monde, mais c'était impossible, nous nous sentions tellement limités.

J'ai avoué mon impuissance tant de fois, mais cela n'était pas un obstacle pour les femmes et les hommes que nous croisions ni pour moi-même, car je n'étais pas là pour admirer mes bonnes actions ni me donner bonne conscience.

Alors, à celui qui, avec un sourire moqueur, pense : « Ah ! La naïve, elle croit qu'elle va effacer les malheurs du monde avec ses petits bras. Toutes ces histoires, ces aumônes, ce n'est qu'une goutte d'eau alors que le torrent du malheur se déverse chaque jour. Diam's, remballe ton enthousiasme et redescends sur terre », à celui-là, je répondrais en toute simplicité qu'il n'a sûrement jamais vu les yeux qui brillent de l'enfant à qui on a apporté de la nourriture pour soulager sa faim, qu'il n'a jamais entendu les cris de joie d'un village qui a enfin accès à l'eau potable. Je lui répondrais aussi qu'en faisant mine d'être terre à terre, ou « réaliste » comme on dit, il justifie peut-être son égoïsme et son indifférence à l'autre. Je ne me vante pas de vouloir agir en faveur de mon prochain, nos actions étant certes dérisoires devant l'ampleur de la tâche, mais j'assume vouloir être une goutte d'eau. C'est pourquoi je n'ai jamais baissé les bras.

Dans ce grand et vétuste centre hospitalier ivoirien, l'ami de Didier Drogba a visité les lieux et consigné toutes les informations qui pourraient s'avérer utiles. J'ai appris plus tard que, à la suite de cette visite, Didier a entrepris de construire un autre hôpital. La nouvelle m'a rendue très heureuse. Il a également permis, avec l'aide d'autres associations, que le petit que nous avions aidé puisse être transféré dans un hôpital en Suisse.

De retour en France, j'irais d'ailleurs lui rendre visite là-bas, à Genève, où sa maman l'avait suivi. Malheureusement, quelque temps plus tard, nous avons appris avec tristesse que malgré les longs et douloureux traitements qu'il avait reçus le petit garçon n'avait pas survécu à sa maladie. Je reste profondément marquée par tous ces moments si forts, si intenses, et par toutes ces rencontres au cours de mes voyages en Afrique.

Je sais depuis ô combien j'avais vécu dans ma bulle jusque-là. Je me suis rendu compte que la santé n'était pas un acquis de droit, tout comme l'argent. Là-bas, j'ai pris conscience plus qu'ailleurs de la fragilité de la vie, et qu'au final on ne prendra rien avec nous. On peut bien continuer à vivre en faisant semblant d'ignorer qu'on mourra tous, en laissant tout derrière nous. On n'emportera rien sous terre. J'ai compris que l'heure de notre fin avance inéluctablement, et que loin d'être paralysante cette vérité doit au contraire nous encourager à aller à l'essentiel et à ne pas gâcher notre vie. Tout le monde peut prendre soin de son prochain. Tout le monde.

Ces voyages en Afrique m'ont aussi inspiré « Enfants du désert ». Dès mon retour à Paris j'ai écrit ces phrases :

La vie n'est qu'une course et moi j'étais première dans les starters,
Qu'est-ce que t'as à faire quand t'as pas de père, hein ?
Dis-moi, qu'est-ce t'as à perdre ? Rien !
Alors tu cours après le flouze, tu coules, sous les coups tu l'ouvres,
Tu cours, tu cours, tu souffres et puis tu prouves,
Bah, ouais, mec ! Faut être honnête ! Mes troubles m'ont rendue poète
Au point qu'on mette à ma dispo de quoi me doucher au Moët,
Hélicoptère, taxi et jet, je suis montée sans mes tickets,
Du terre-terre t'accèdes au ciel, mais tout à coup tu fais pitié,
Quand t'as de l'oseille, ouais, trop peuvent crèv', trop veulent test, mec.
Ton père revient te check, ton pire ennemi devient ton ex, ouais !
Petite princesse, je n'ai fait que fuir pour mieux reluire,
Première ou business au pire, tant qu'j'avais des sièges en cuir,
Dans cette course aux billets roses j'ai vu mourir mes héros,

Dans les coulisses, ça sent la coke et chez les stars c'est l'héro(ïne),
Moi comme une tache, j'ai couru après le commerce et les dollars,
Au point d'avoir au poignet la même Rolex que Nicolas. Alors j'suis

Sortie de ma bulle,
J'ai pris le temps de regarder l'Afrique et de contempler la lune,
Cette société n'est qu'une enclume,
J'ai couru après le fric, quitte à y laisser ma plume,
Dans cette course au succès, j'crois que j'ai connu l'enfer,
Ma sœur, mon frère, je préfère que ça parte aux enfants du désert,
Car je n'emporterai rien sous terre.

[...]

Petite banlieusarde issue du 9-1, fière de mon Essonne,
Fière de mon essor, je voulais qu'ma voix résonne dans tous les *stores*,
Et puis, si Dieu teste les hommes, je veux être digne d'aimer,
Et à tous ceux qui triment, sachez qu'je veux être digne de vous aider,
Parce qu'aujourd'hui j'ai tout connu, l'opulence et la thune,
La déprime, les écus, les ambulances et la rue,
Je sais de quoi je suis capable, je sais de quoi l'État est coupable,
Lui qui débloque des milliards, mais jamais pour le contribuable, non !
Moi la boulette, je suis patronne et millionnaire,
C'était soit l'humanitaire, soit tenter d'être billionnaire,
J'ai fait mon choix et je t'emm****, désormais qui m'aime me suive,

Désormais qui m'aime me traîne, beaucoup plus haut que je ne vise,
J'ai besoin d'aide dans ma révolte, besoin de vivres dans ma récolte,
Besoin des cris de mon public, car j'ai besoin de bénévoles,
À ce qui paraît, on est des nazes, à ce qui paraît, faudrait qu'on s'casse,
Venez, on sort de nos cases, venez, on se sert de Marianne pour
Sortir de nos bulles.
Et prendre le temps de regarder l'Afrique et de contempler la lune.
Cette société n'est qu'une enclume,
Elle nous fait courir après le fric, quitte à y laisser des plumes.
Dans cette course au succès, je crois que l'on côtoie l'enfer,
Ma sœur, mon frère, on est aussi des enfants du désert
Et on a tous un rôle à jouer sur terre.

Jamais je n'avais écrit un texte de chanson aussi rapidement. Portée par tant de partage et d'espoir, nos voyages ne cessaient de m'inspirer. Il faut savoir qu'en Afrique, chaque fois que nous allions visiter un orphelinat, nous assistions à de vrais spectacles ! Pour nous remercier de notre venue, les enfants chantaient leur hymne ou nous offraient des cadeaux qu'ils avaient confectionnés. Chaque fois, nos rencontres s'achevaient dans une immense joie et des fous rires collectifs. Là-bas, loin de ma vie en France, j'avais le sentiment de revivre. Ma conversion à l'Islam changeait ma vie, tout comme les enseignements que je trouvais dans mes lectures : aimer, donner, partager, être bon, juste, loyal, préférer l'autre à soi, ne pas être matérialiste, garder la foi dans l'aisance comme dans la difficulté. Plus je lisais et plus j'aimais ma religion et, surtout, plus je me sentais proche de Dieu. Et plus les jours passaient dans cette nouvelle vie, et moins je souhaitais retourner à ma vie passée. Je ne fréquentais déjà plus grand monde, mes proches me suffisaient. La musique commençait à me lasser, fait étrange que je n'aurais jamais pu imaginer. Disons que je me sentais plus utile auprès des nécessiteux ou avec ma famille que dans un studio d'enregistrement.

La seule chose qui me perturbait, c'était de penser à mon public. Je ne voulais pas le perdre. Je l'aimais tellement. C'est comme ça que m'est venue cette envie de le sensibiliser au Big Up Project, de sorte que, si un jour je quittais la scène, eh bien je pourrais quand même le retrouver dans l'humanitaire. Je ne saurais expliquer pourquoi cela sonnait comme une évidence pour moi, tous ces gens qui me soutenaient depuis des années n'étaient pas une simple foule mais bel et bien des individus à part entière avec qui j'entretenais de si beaux rapports. En général, je discutais avec mon public, pour beaucoup d'entre eux nous aurions pu être amis. Je le pense sincèrement, car nous vivions les mêmes choses, les mêmes interrogations. Je les considérais pour certains comme des petits frères et sœurs en manque de repères, de but à atteindre, tout comme moi finalement. On me manifestait tant de bonne volonté, j'étais sûrement naïve aussi, mais tout rêve n'implique-t-il pas qu'on lève la tête haut vers les étoiles ? Je faisais des plans, envisageais de donner une conférence de presse devant tous les journalistes et de demander à ma maison de disques de m'aider à récolter des fonds.

En fin de compte, rien ne s'est passé comme prévu. J'ai dû me rendre à l'évidence : la bonne volonté seule ne suffisait pas, il fallait s'armer de patience et savoir faire des compromis, voire des marches arrière.

Toujours est-il qu'à ce moment-là mon retour en France prenait des allures de chantier. Un à un, je gérais mes projets, et composais avec mon planning. J'avais décidé que tout devait aller très vite : enregistrement de nouveaux titres en studio, mise en place d'actions au sein de ma fondation, préparation de la prochaine tournée, tournage des clips, etc. Nous étions déjà fin février et il ne me restait que peu de temps.

À côté de ces activités-là, je ne décrochais plus de mes lectures. J'aimais les mots que je lisais, le sens profond que je leur découvrais. Je m'intéressais particulièrement à la vie du Prophète Mouhammed – éloge et paix d'Allah sur lui.

Sa vie montrait qu'il avait un cœur si bon et loyal que tous l'aimaient, le respectaient, et ce, avant même que Dieu ne le désigne Prophète à l'âge de quarante ans. Même ceux qui allaient être ses ennemis par la suite le considéraient ainsi. Il était simple, généreux, modeste et accessible, pieux, véridique, patient, pardonneur et doux avec tous, femmes et enfants notamment. Dans sa dernière recommandation avant de mourir, il incitait à être bon avec les femmes et avait même dit une fois : « Je commence quelquefois la prière (en groupe) avec l'intention de la prolonger mais, entendant les pleurs d'un petit enfant, je l'allège, car je sais que ses cris tourmentent la mère. » Il montrait aussi l'importance des liens familiaux et notamment de la place des parents, et surtout de la mère, et ses compagnons avaient compris de lui qu'aucune œuvre ne rapproche plus de Dieu que la bienfaisance envers elle. Il enjoignait aussi au bon voisinage. En fait, je n'aurais jamais imaginé tant de sagesse chez un seul homme. Il disait même que fait partie de la foi d'ôter ce qui gêne le passage sur une route. Oui, je sentais que la piété allait me changer en bien si je m'attachais à un tel homme, à un tel exemple. D'autant que Mouhammed – éloge et paix d'Allah sur lui – refusait de courir derrière la vie douce et luxueuse, le pouvoir et la renommée, il n'avait ni palais ni richesse, seulement la richesse intérieure. Il disait : « La richesse n'est pas l'amas des biens, la richesse, c'est celle de l'âme. » Peu après, je lirais que des gens apparemment loin de son message tels que Gandhi admiraient Mouhammed. Il disait de lui lorsqu'il s'interrogeait sur la place de l'Islam dans le cœur de millions d'êtres humains que cela était possible « par sa grande humilité, son altruisme, l'égard scrupuleux envers ses engagements, sa dévotion intense à ses amis et adeptes, son intrépidité, son courage, sa confiance absolue en Dieu et en sa propre mission. » (Extrait du journal *Young India*, cité dans *The Light*, Lahore, 16 septembre 1924).

J'étais totalement bouleversée par mes lectures, mon envie de comprendre et de savoir grandissait jour après jour. Le soleil, enfin entré dans ma vie, illuminait tout mon être et me donnait un réel enthousiasme à me lever, à agir : malgré le manque de sommeil, je ne ressentais jamais la fatigue et les journées me semblaient s'écouler bien trop vite. La dépression était loin derrière moi.

Levée à l'aube pour la prière, je profitais des matinées entières au calme chez moi, sans stress aucun. Je lisais, j'écrivais, j'organisais mes projets. Le matin était devenu pour moi le meilleur moment pour tout mettre en place, et l'après-midi venu, j'agissais. J'enchaînais les rendez-vous de travail, en veillant à garder toujours un peu de temps pour ma famille et mes amis. Ceux-là mêmes que j'avais tant négligés par le passé, tant le monde ne tournait qu'autour de moi. C'en était fini, j'avais pris conscience qu'un changement s'imposait. Et c'est ce que j'essayais de faire humblement.

J'ai renoué avec des copines que je voyais trop peu à mon goût. Je pense que, même si personne ne comprenait vraiment ce qui m'était arrivé, tous aimaient la nouvelle Mélanie que j'étais en train de devenir. J'étais plus douce, plus calme et, surtout, plus à l'écoute des autres et plus aimante. Au fur et à mesure que les semaines passaient, j'étouffais à Paris. Je ressentais un grand besoin de verdure, de me rapprocher de la nature. La méditation me manquait et, même si bien sûr le ciel trônait toujours au-dessus de ma tête, je ne pouvais m'empêcher de rêver à l'île Maurice et à tous les endroits dans le monde qui attendaient que je les explore. J'envisageais de partir en Tanzanie, d'aller voir les merveilles de la création : cascades, rivières, montagnes, océans. J'étais devenue une amoureuse transie de la nature.

Puisque j'avais obtenu mon permis de conduire au mois de décembre, il m'arrivait régulièrement de « m'échapper » de Paris. Rouler et aller voir la mer. Moi qui ne supportais pas le silence, qui parlais tout le temps et vivais à mille à l'heure, je savais rester des heures durant, téléphone éteint, cœur ouvert, à méditer sur l'immensité de l'univers. Sur la création et sa beauté, tout simplement. J'aimais tellement ça. Observer le coucher du soleil, seule, sur ces grandes plages du nord de la France.

Au début du mois de mars, je suis donc entrée en studio pour enregistrer ce qui serait mon quatrième album. Les premiers jours, nous nous sommes concentrés sur les titres existants : « I Am Somebody », « SOS », « Enfants du désert ». Tout allait très vite, je retrouvais mon équipe ; nous étions quatre : Tefa, Masta, J.-P. et moi. Avant, j'aimais qu'il y ait cinquante personnes dans le studio, mais à présent je préférais rester concentrée et organisée. Par le passé, j'avais tendance à y rester des nuits entières : nous travaillions deux heures puis nous refaisions le monde les quinze qui suivaient ! Désormais, je mettais un point d'honneur à avoir une meilleure hygiène de vie, ce qui impliquait de ne pas rentrer tard à la maison. Du coup, je venais tôt, je bossais beaucoup et je repartais tôt.

L'ambiance était au beau fixe avec l'équipe, tout le monde était joyeux. Tandis que le milieu du rap et de la musique me donnait pour morte artistiquement, voilà que dans le plus grand secret nous étions en train de composer l'album le plus profond de ma carrière.

Au bout d'un mois, je tenais le gros du disque.

Je profitais de mon temps libre au studio pour appeler et renouer avec des personnes qui méritaient bien que je leur explique ce que j'étais devenue. J'avais coupé les ponts très brusquement et sentais que certaines d'entre elles le prenaient assez mal. Cela dit, tous avaient déjà pris leur distance avec moi quand j'étais à l'hôpital ! Mais bon. Certaines personnes ont, quand ça les arrange, la mémoire sélective. J'ai revu d'anciens « proches » qui, il est vrai, lorsque j'étais sous le feu des projecteurs, m'ont beaucoup apporté. Quand j'évoquais avec eux ma conversion à l'Islam et mes résolutions artistiques et humanitaires, la plupart me répondaient que j'étais dingue. Je me souviens d'une discussion où je disais entre autres :

« J'ai décidé que je ne ferais plus d'interviews, que jamais je ne parlerais aux journalistes.

– Quoi ? T'es complètement cinglée ?! Tu vas te planter, Mélanie, tout le monde va te tourner le dos.

– C'est qui, tout le monde ? Les médias ? Je n'ai plus besoin d'eux, j'ai mon public.

– Tu ne vendras plus jamais comme avant, tu le sais ?

– Oui, je le sais, et si c'est le prix de ma liberté, alors je le paierai. Si déjà je peux faire une tournée, c'est merveilleux. Après, si j'arrive ne serait-ce qu'à vendre cent mille albums, alors j'aurais réussi un pari fou, et ça me va.

– Je te le dis, Mélanie, tu vas regretter ces choix, tu vas te manger et tu ne pourras t'en prendre qu'à toi-même, viens pas pleurer après.

– T'inquiète, j'y ai plus que longuement réfléchi. »
Fin de la discussion.

Moi, l'écorchée vive passionnée perdue sur cette petite terre, je devenais à leurs yeux une femme déterminée, sûre de ses convictions et souriante. Je sais que mes choix, encore aujourd'hui, décontenancent beaucoup de gens. J'espère que mon livre saura rassurer tout ce petit monde, car c'est aussi pour eux que je l'écris.

Le mois d'avril a pointé son nez et nous étions toujours en studio. C'est au printemps que, dans un élan de joie et de délire, j'ai écrit le titre « Peter Pan ». Mon album était très sérieux et, depuis un moment, je voulais un titre un peu fou-fou sur ce syndrome, cette angoisse de devenir adulte. J'en ai profité pour utiliser les codes des enfants afin de dénoncer des choses, ou fustiger certaines institutions.

En studio, nous discutions aussi beaucoup. Je prenais le temps d'écouter. Ainsi, un soir, J.-P, Tefa, Masta et un autre ingénieur du son étaient en plein débat sur l'état de notre société. Je les écoutais, je notais, notais, notais dans ma tête. Je prenais conscience aussi de ce que m'apportait la religion question sérénité. J'attendais moins des gens, mes espoirs ne reposaient plus sur les politiciens ni sur les promesses des uns et des autres. Du coup, je n'étais plus déçue, j'étais devenue réaliste.

Ce soir-là, j'ai pris une feuille et un stylo et je me suis mise à écrire, longtemps. Pas de structure, pas de refrain. Entre les discussions avec les uns et les autres et les rencontres que j'avais faites grâce à mon ancien entourage, je comprenais que j'étais en train de sortir d'un système. Je sortais du rang, pour aller me ranger ailleurs.

Le titre commençait comme ça :

Ne viens pas faire le gangster, à mes yeux t'es qu'un mortel, tu vas crever tout comme moi, tout comme elle. Tu vas mourir, et puis qu'est-ce que tu auras laissé ? Que de la m****, je te conseille de mettre ton cœur à l'essai.

Car j'ai compris après des années d'égarement que ni les hommes ni l'argent ne font le bonheur des gens.
Aucun humain n'a eu le pouvoir de me soigner, quand après la gloire dans le noir je me suis noyée.
Je ne dois mon talent à personne sur cette terre, ni à mon père ni à ma mère, c'est pour ça que je regarde souvent le ciel et que je demande qu'on fasse de moi quelqu'un de fiable et de fier.
J'ai retrouvé mon honneur, un bonheur sans limite loin des heurts du show-biz et de ce monde sans mérite.
Et parti comme c'est parti, ce morceau va faire mal, appel moi la poucave ou la rebelle infernale.
Je vais te dire ce que j'ai vu, tu me diras ce que tu en penses.
Faut croire que dès le début c'est de la faute de la France,
Ce pays n'a qu'une valeur celle du cours de la bourse,
Peu importe si son peuple ne peut pas faire un plein de bouffe.
Ça donne des mères angoissées et des pères sous pression puis des familles entassées dans du béton.

Aucune valeur ne me ressemble dans leur pu****
d'Assemblée, à gauche, à droite, ils veulent tous se
ressembler.
D'façon, ils veulent le beurre et l'argent du peuple, mais
ils n'auront pas nos cœurs ni nos frères et nos sœurs.
Ils se prennent pour qui à vouloir faire la morale et nous
faire croire que ce pays, c'est des petits blonds dans une
chorale
Non, ce pays, c'est des Ritals, des Noirs, des Arabes,
Espagnols par héritage, des Auvergnats qui font du rap.
Ce pays, c'est des Portugais qui se saignent à la tâche,
Guadeloupéens, Martiniquais qui se fâchent quand on
les taxe.

[...]

Avec les politiques français, j'ai clairement lâché l'affaire,
Franchement, qu'est-ce qu'ils vont faire pour sécher les
larmes de nos mères ?
Le Président ne nous aime pas, je l'ai lu dans ses vœux,
D'ailleurs, il ne s'aime pas non plus, ça se voit dans
ses yeux,
Moi, j'ai de l'amour en moi, et très très peu de haine,
Je la réserve pour quelques journalistes de m**** et
pour Le Pen.
Je suis cordiale messieurs, mesdames, tout en douceur,
Si vous ne nous aimez pas, allez faire un tour ailleurs,
Parce qu'on reste là et on va prendre ce qui nous est dû,
Ce pays, ça nous gêne pas, c'est vous qui êtes des nuls.
Moi je suis trop *yes*, j'suis trop wesh ! J'ai trop de dégaine,
En attendant, j'aime les lettres et je lis Faïza Guène.

[...]

Si toutefois tu m'abordes, serre-moi la main car je suis
comme toi, je n'ai rien d'exceptionnel,

Mais si des petites sœurs veulent être comme moi, il va falloir que je me grouille d'être un modèle.
Il faut vite que je construise autre chose que des disques,
qu'on me cite comme une mère de famille, qui milite,
Comme une sœur au grand cœur, qui prône la charité,
Et si j'ai un mari qui tue, bah je m'en fous de ta parité !
Je suis une princesse, tout ce que je mérite, c'est un royaume,
Pas d'avoir à faire des courbettes devant des clowns et des gnomes.
Je prône l'honneur d'un peuple, celui de nos pères et nos mères.
Lève ta main en l'air.
Fière de leurs valeurs, pour leurs enfants ils peuvent tout perdre, hein ?!
Ils peuvent tout faire ?! Ils ne nous voleront pas nos cœurs, ils peuvent violer nos salaires, on fera la guerre trente-cinq heures.
Ce pays nous cite l'Afrique pour se donner bonne conscience,
Mais regarde l'Amérique comme modèle de bon sens.
Alors on sucre des postes, surtout dans les écoles,
Pour ça que les jeunes ne parlent plus qu'avec des « lol ».
Ce titre n'est pas que le fond de ma pensée,
Mais un résumé de ce que j'entends chez beaucoup de Français.

[...]

Les jours libres, je les passais tranquillement chez moi, le nez dans mes lectures, ou auprès des gens chers à mon cœur. Je faisais aussi beaucoup de réunions avec mon équipe de managers et ma maison de disques. Je n'ai jamais pris personne de court.

Tous avaient été prévenus avant l'été de mes choix. Tous savaient que je ne souhaitais plus donner d'interviews, mais que j'étais partante pour aller interpréter mes titres en télé. Je les motivais pour qu'ils mettent le paquet sur la promotion, Internet et médias. Sur le coup, je sentais que je les sortais de leurs petites habitudes mais qu'en même temps ils croyaient en mon projet et feraient tout pour qu'il fonctionne. Je ne me faisais donc pas de souci.

Nous commencions aussi à parler des clips, de mon image. Tous avaient remarqué que je me couvrais plus qu'avant. Ma tête était toujours recouverte par des capuches ou des bandeaux. Mes vêtements étaient amples, je leur disais que je ne souhaitais plus me servir de mon physique pour vendre mon disque. Je voulais que l'on m'écoute, plus qu'on me regarde.

Le temps filait. L'été approchait. L'album était presque achevé.

J'avais enfin réussi à écrire le morceau en hommage à ma maman, mais aussi à trouver l'inspiration et d'autres thèmes ; j'étais plutôt heureuse de ce qui allait peut-être être mon dernier album. Mais j'avais gardé cette information pour moi. Quand bien même je l'aurais dit autour de moi, personne ne m'aurait crue ! Pourtant, le dernier morceau que j'ai composé, et que j'avais prévu de placer à la toute fin de l'album, mettrait sûrement aux gens la puce à l'oreille. Ce titre, je l'ai appelé « Si c'était le dernier ».

Je me suis particulièrement appliquée pour ce morceau. Je voulais que le message soit clair. Sans non plus trop insister sur l'importance que le spirituel avait pris dans ma vie, je souhaitais que le public comprenne que j'étais devenue une nouvelle femme, que j'avais d'autres projets. Je voulais aider en Afrique, oui, mais je voulais aussi me marier, fonder une famille, voyager, prendre le temps de m'émerveiller et donner un sens à mon existence. Surtout, je fuyais la gloire, ses revers et cette vie menée à mille à l'heure.

Jusqu'à la fin de l'été, je partageais mes journées entre le studio, les réunions et… ma vie privée !

Je me préparais aussi à vivre mon premier mois de jeûne en tant que convertie. Je lisais beaucoup à ce sujet et comprenais que, au-delà de l'abstinence alimentaire, le jeûne était un acte de sagesse, de remise en question de soi et de méditation. Et ce, tout le long du mois de Ramadan.

J'ai aimé être chez moi, au calme. Lire, méditer, prier, pour enfin, le soleil couché, rompre le jeûne chez les unes ou les autres. Depuis quelque temps, le bruit courait dans le milieu que je m'étais convertie à l'Islam. Manifestement, ça ne choquait personne car c'est finalement plus banal qu'on ne le pense. Ça m'a même valu de beaux témoignages et de gentilles invitations à manger. Chaque fois, c'était de fabuleux moments de partage. Mes nouvelles valeurs me rapprochaient de personnes qui avaient les mêmes aspirations que moi.

J'aimais aussi me rendre à la mosquée, pour prier, non loin de chez moi. Des amies m'en avaient parlé et j'y allais donc de temps à autre, surtout le vendredi. Il est d'ailleurs frappant de pénétrer dans un lieu aussi simple et dépouillé. La première fois qu'on y entre, on ressent une extrême quiétude. Prier, se recueillir et lire la parole de Dieu : me voilà seule avec mon Seigneur. L'endroit montrait si bien la relation que je devais avoir avec Lui : pas de statue, pas d'objet, ni de représentation, pas de personnes à qui s'adresser. Rien. Ou plutôt l'essentiel. Moi et Lui, c'était tout.

Le vendredi, les croyants étaient nombreux, hommes et femmes. L'imam faisait des prêches nous exhortant au bien, et à la bonne conduite. Parfois, il rapportait l'histoire d'un Prophète ou expliquait un verset du Coran. J'observais les gens autour de moi. Certaines pleuraient, d'autres méditaient, beaucoup de sourires s'échangeaient entre nous.

Je dois avouer qu'à cette période j'aurais détesté que l'on me reconnaisse. Dans ce lieu de culte, j'étais une femme comme les autres, sans projecteurs braqués sur moi. J'étais anonyme et, aussi bizarre que cela puisse paraître, redevenir un simple être humain m'apaisait énormément. Durant ces semaines de Ramadan, presque tous les soirs après le repas, nous nous rendions à la mosquée pour de longues prières. À mes côtés, il y avait des femmes de tous les horizons, une maman, une adolescente ou parfois une enfant. Qui était pauvre ? Qui était riche ? Qui avait la santé ? Qui ne l'avait pas ? Je n'en savais rien, seule comptait la piété. Des femmes passaient pour distribuer à manger, des enfants offraient des bonbons.

Je me souviens d'avoir beaucoup pleuré à la mosquée. J'avais lu dans le Saint Coran : « Ceci est un rappel pour l'humanité » ; parmi tous ces gens, je me sentais humaine. Je regardais leurs visages de toutes les couleurs, Françaises, Maghrébines, Africaines, Asiatiques. Toutes réunies pour la même chose : prier Dieu.

Ce mois de retraite m'a fait le plus grand bien, tant humainement que spirituellement. La fin du jeûne était un jour de fête exceptionnel. J'avais rarement vu cela. Tout le monde, dès l'aube, s'était rassemblé à la mosquée pour écouter le sermon de l'imam et se rappeler ce que nous venions d'accomplir. Un mois de recueillement et de douceur. Nous espérions pouvoir garder cette ferveur tout au long de l'année. Nous ne nous connaissions pas, mais tout le monde s'embrassait, se saluait, se souriait. Voir toutes ces femmes si heureuses me mettait du baume au cœur.

C'est aussi ce jour-là, devant Dieu, que je me suis mariée. Dans la plus grande discrétion, entourée de quelques proches, mon mari et moi nous sommes engagés à prendre soin l'un de l'autre. Aujourd'hui je le remercie de tout ce qu'il a pu faire pour moi et, avec le recul et la maturité, je me rends bien compte que le mariage est une relation à l'autre qui n'a pas d'équivalent.

Pas moins de dix jours plus tard, alors que je préparais le lancement de mon album, une rumeur a commencé à circuler sur Internet. Un article avait paru dans un magazine expliquant que je m'étais convertie à l'Islam. Selon eux, j'aurais tenu ces propos : « Les médecines n'ont pas pu guérir mon âme, alors je me suis tournée vers la religion. » Cette phrase, reprise plus d'une centaine de fois par la suite, n'est jamais sortie de ma bouche ! Le « journaliste », si on peut raisonnablement le nommer ainsi, a inventé de toutes pièces ces propos que j'aurais tenus et ce message ultra-réducteur qui en a découlé ; inutile de préciser qu'il a été repris par tous les moutons du troupeau !

À en croire l'article, je n'avais pas eu le choix, c'était soit les médocs, soit l'Islam. Quel raccourci.

Encore aujourd'hui, j'entends des gens dire que je me suis rapprochée de Dieu comme on s'accroche à une bouée de sauvetage. Mais il ne s'agit pas de ça. Alors quoi ? Une fois revenue sur la rive et en bonne santé, j'aurais dû ne plus en avoir besoin ? Bizarre, cette façon de penser.

D'accord, au sortir de mon tourbillon, je me suis posé des questions existentielles auxquelles aucun être humain autour de moi ne pouvait répondre, mais il ne s'agissait aucunement d'un acte irréfléchi.

Cela dit, cette rumeur me faisait sourire, je venais de passer un mois de bonheur intense, j'avais gagné en calme et en sagesse, je n'allais pas m'arrêter à ça, d'autant que, oui, j'étais convertie à l'Islam et, oui, je revenais pour mon nouvel album.

À cette période, c'était l'effervescence autour de moi, je pressentais que le lancement du disque serait plus difficile que les autres du fait de mon silence médiatique. D'un autre côté, les retours que j'avais reçus étaient énormes, tous s'accordaient à dire qu'il s'agissait de mon meilleur album. D'autant plus que j'allais livrer le morceau qui mettrait tout le monde d'accord : « Si c'était le dernier ».

Plus je travaillais sur ce titre, et plus je sentais que ce serait sûrement ma dernière chanson. Comme un cri du cœur, un besoin de me défaire de mes chaînes, il sonnait comme un hymne à ma nouvelle vie. Je pensais que mon silence rendrait sceptiques les gens mais qu'après l'écoute de mon album ils adhéreraient à ma cause. J'ai mis un point d'honneur à ne pas parler de religion dans mon disque, je ne voulais pas tout mélanger. Je n'ai jamais caché que j'avais la foi, que l'on me sache spirituelle ne me posait aucun problème, mais je ne voulais pas alors m'en expliquer davantage.

Dans ma dernière chanson, sans m'attarder sur mes nouveaux engagements, j'explique que j'avais besoin de tourner la page, que les paillettes et les aspirations à la reconnaissance ne sont qu'un vulgaire manège dans lequel les artistes sont tentés de monter, qu'un cache-misère censé camoufler le néant de nos existences.

Vendre du rêve, de la pacotille, des fausses voitures, des faux ongles, des faux cheveux, des fausses filles, des faux mannequins, des fausses maisons, des faux couples, des fausses voix, des faux sourires... Du faux bonheur. Tout est souvent retouché, trafiqué, fabriqué. Et, malheureusement, nous avons engrené toute une génération, dont les rêves se sont réduits à être riches et célèbres – même brièvement. Sauf que nous les avons engrenés dans ce qui n'est que mirage et illusion. Ce qui deviendra un jour source de frustrations et de retour parfois violent à la réalité. Aujourd'hui, on le voit aussi à travers les nombreuses émissions qui ne poussent les gens qu'à « devenir quelqu'un ».

Dans mon cas, ce que je tenais comme étant acquis et solide a fini par un jour voler en éclats, avec les conséquences que l'on sait mais, au bout du tunnel, j'ai gagné de nouvelles valeurs : je rêvais de tendre la main à ceux qui souffrent, de construire une famille et de connaître la joie que cela procure... À toutes les femmes qui regardent la télé en rêvant d'un ailleurs, d'un monde aussi lumineux qu'une boule à facettes, à ces femmes, je voudrais leur crier mon respect, mon admiration pour leur courage, leur humilité et leur simplicité. Je voudrais leur dire, leur confier, que nombre de ces « femmes célèbres qui font rêver les autres » rêveraient elles-mêmes de trouver une place dans un foyer. Elles aspirent à épouser l'homme qu'elles aiment, avoir des enfants, une famille, de ne plus être un produit, une marionnette que l'on manipule au gré des modes, et qui doit correspondre aux canons de la beauté.

Combien d'actrices ou de chanteuses, une fois devenues mères, parlent de faire une pause, de « profiter de leurs petits », mais n'y arrivent pas par crainte d'être oubliées ? Ces fameuses mamans qui, à l'aube de leurs cinquante ou soixante ans, viennent avouer à la France entière, sur le canapé rouge de Drucker ou dans les magazines, leurs regrets d'être passées à côté de leurs enfants. Combien de célébrités voient leurs adolescents chuter dans les ténèbres de la vie : drogues, excès divers, suicides ? Combien de jeunes stars ont fini fracassées sans passer la trentaine ?

Je n'invente rien, nous sommes tous témoins de cela. Ce n'est pas la vie ni l'exemple que je souhaite offrir à mes enfants. Je veux prendre le temps de les aimer, de m'occuper d'eux et de les regarder grandir. Personnellement, avec ce que j'ai vécu, traversé et appris, je ne choisis pas de finir comme ces femmes célèbres dont je parle. Et si le prix à payer est de fuir la lumière, alors je paye sans réserve. Je préfère rester dans une ombre éclairée par le seul bonheur de ma vie, plutôt que de suer sous des *spotlights* aveuglants.

Je suis consciente de m'être échappée d'une prison dorée, d'avoir renoncé aux promesses que mes rêves se réaliseraient à condition de ne pas poser trop de questions et de ne pas avoir une soif de liberté démesurée. En m'échappant, je goûtais à l'air libre loin d'un monde où je respirais en fonction du qu'en-dira-t-on, des codes, de la mode. Sans parler des excès en tous genres. Et puis, après avoir échappé de justesse à l'asphyxie, je découvrais d'autres valeurs, un bonheur ailleurs, une sérénité, une vie plus douce à mon goût. De la quiétude pour mon cœur.

J'assurais mes rendez-vous en toute tranquillité et préparais la sortie de mon disque. Nous avions fait les photos qui serviraient à la presse. J'étais satisfaite du résultat. Puis est venu le moment de choisir le titre de l'album. J'avais lu quelque part que « SOS », à l'origine, voulait dire *save our soul*, « sauvons nos âmes ». Je trouvais ça tellement beau, tellement en phase avec ce que je vivais. C'était ça, j'avais eu la chance de sauver mon âme. Son double sens, d'appel à l'aide, me plaisait également. J'ai donc opté pour ce titre. Pour la pochette, j'envisageais d'illustrer mon état d'esprit. J'étais en ville en train d'écrire des textes alors que, dans ma tête, je me voyais plutôt dans la nature. Au moment de faire ces choix artistiques, je ne pouvais pas prévoir le scandale médiatique qui éclaterait quelques semaines plus tard : la publication d'une photo de moi à la sortie de la mosquée, qui allait biaiser tous les plans que j'avais mis en place. C'était mon destin !

Alors voilà, à la mi-septembre, tout se passait pour le mieux autour de moi, l'album était prévu pour une sortie dans les bacs le 16 novembre 2009, je n'avais plus qu'un morceau à enregistrer : « Si c'était le dernier ». Je suis donc rentrée en studio pour délivrer le titre qui, à ce jour, a été le plus apprécié de ma carrière. Paradoxalement, il annonçait à tous l'éventuelle fin de cette dernière.

J'ai éteint la lumière du studio, l'ambiance était très calme. Nous n'étions que tous les quatre, avec Tefa, Masta et J.-P. Au moment où je me suis préparée à rapper, j'ai eu le sentiment que ce serait le dernier de ma vie. Comme un ultime message que j'ai voulu délivrer à tous ceux qui m'avaient aimée, à mes proches et à ma famille :

À l'approche de la trentaine, j'appréhende la cinquantaine,
Mais seul Dieu sait si je passerai la vingtaine,
Mon avenir et mes rêves sont donc entre parenthèses,
À l'heure actuelle, j'ai mis mes cicatrices en quarantaine.
J'écris ce titre comme une fin de carrière,
Je suis venue, j'ai vu, j'ai vaincu puis j'ai fait marche arrière.

S'il était mon dernier morceau, j'aimerais qu'on se souvienne
Que derrière mes balafres se cachait une reine.
Voici mon mea culpa, mon « Mel ne coule pas ! Non ! »,
Et si le rimmel coule sache que mon cœur ne doute pas.
Je suis entière et passionnée, rêve d'amour passionnel
Et toi mon cœur SOS, SOS que tu m'aimes ?
J'ai vu le monde sous toutes ses coutures, avide de points de suture,
À l'usure elles m'ont eue, ouais mes put*** de blessures.
Je vis en marge de ce monde depuis que j'ai goûté l'enfer,
Qu'il fait sombre tout en bas quand t'es perdu sans lanterne.
J'ai posé un genou à terre en fin d'année 2007,
On m'a dit : « Mel, soit on t'interne soit on t'enterre ! »
Qui l'aurait cru, moi la guerrière j'ai pris une balle, en pleine tête,
Une balle dans le moral, il paraît que j'ai pété un câble,
Paraît que j'ai fait dix pas vers Dieu depuis que j'ai sombré,
Paraîtrait même que je vais mieux depuis qu'on m'a laissée tomber.
Car c'est comme ça, dans la vie quand tout va bien t'as plein d'amis,
Puis quand t'éteins, t'entends une voix qui dit : « T'es seule, Mélanie !
Relève-toi pour ta mère, au moins fais-le pour elle !
Relève-toi pour tes frères et sœurs qui aiment tes poèmes et font
Wo-yoye, le soir dans les salles,
Wo-yoyoyoye, quand tu chantes "Petite banlieusarde". »
T'entends une voix qui te dit : « Bats-toi, au moins pour lui,
C'est peut-être l'homme de ta vie peut-être le père de ta fille. »
Et puis la voix se fait rare et tu t'écroules,
Y a plus de MTV Awards à l'hôpital pour t'aider quand tu coules.
Car je l'avoue, ouais, c'est vrai j'ai fait un tour chez les dingues,

Là où le bonheur se trouve dans des cachetons ou des seringues,
Là où t'es rien qu'un malade, rien qu'une put*** d'ordonnance,
Au Vésinet, à Sainte-Anne t'as peut-être croisé mon ambulance,
J'ai vu des psys se prendre pour Dieu prétendant lire dans mon cœur,
Là-bas, là où les yeux se révulsent après vingt et une heures.
Seule dans ta chambre, quand faut se battre, tu déchantes,
Ces put*** de médocs sont venus me couper les jambes,
Au fil du temps, sont venus me griller les neurones,
Ces charlatans de psy ont bien vu briller mes euros.
Tous des menteurs, tous des trafiquants d'espoir,
C'est juste que j'avais un trop grand cœur pour un avenir trop illusoire.
Prenez ce titre comme un pavé dans la gueule ou dans la mare,
Vous n'arrêterez pas mes coups de cœur avec du Loxapac,
Antipsychotique, antidépresseur, anti, anti.
« Normal que vous soyez folle, vous êtes trop gentille-gentille. »
En vrai, je suis comme tout le monde, mi-sagesse, mi-colère.
Eux m'ont dit : « Vous êtes malade à vie, vous êtes bipolaire »,
Moi j'y ai cru comme une conne, alors j'ai gobé,
(J'ai) vu de quoi calmer mon cœur au fond d'un gobelet,
Le visage marqué par mes démons, ouais, j'ai pété les plombs,
C'est fou comme y a du monde qui t'aime quand tu vas taper le fond,
Ils sont heureux quand tu t'écroules, car tout d'un coup ils se sentent forts.
Mais quand je faisais jumper les foules, eux, ils étaient morts,

Ouais, ils étaient morts de jalousie, donc heureux que Diam's crève,
Et quand bien même ce fût vrai, Mélanie se relève.
Aujourd'hui Mélanie plane, j'appelle ça ma renaissance,
Quand mon ventre est plein, j'ai le cœur plein de reconnaissance.
Au final c'est toujours les mêmes, toujours les mêmes qui me soutiennent,
Ceux-là mêmes qui m'aiment, que je pleure de rire ou de peine.
J'écris ce titre comme ci c'était le dernier de ma vie.
Besoin de cracher ce que j'ai à dire, besoin de te raconter ma crise,
À l'heure qu'il est, ici-bas, si je jure que je vais bien,
C'est que tout le temps derrière moi tu peux croiser Sébastien.
Laisse-moi rendre hommage à ceux et celles qui m'encouragent,
Les seuls qui peuvent prétendre faire partie de mon entourage.
Un jour, j'ai changé de *phone* sans prévenir personne,
Et là j'ai vu ceux qui ont cherché des nouvelles de ma pomme.
Souvent je me dis, qu'est-ce que t'aurais fait si t'étais Diam's ?
T'aurais fait péter le champagne ou tenté de t'acheter des lames ?
T'aurais profité de ta gloire pour snober ton public ?
Ou comprendre qu'avec ta gouaille tu pouvais aider l'Afrique ?
Dis-moi, t'aurais fait quoi si t'étais moi ?
Est-ce que t'aurais tout claqué dans la soie ou vaqué dans le noir, dis-moi ?
Qu'est-ce que t'aurais fait ? Qu'est-ce t'aurais fait,
Quand pour un simple crochet tout le monde t'intente un procès ?
Qu'est-ce que t'aurais fait ? Acheter un plus grand plasma ?

Impossible vu que chez moi j'ai déjà un cinéma.
Ils sont mignons, à les entendre faudrait ressembler à tout le monde.
Je t'explique, je ne suis pas aux normes, tu le sais, je suis trop ronde.
T'aurais fait quoi si t'étais moi ? T'aurais arrêté le rap ?
Faut avouer que dans ce milieu y a peu de relations durables,
T'aurais fait quoi si c'était ton dernier show ?
Réclamer des millions d'euros ou réclamer des wo-yoyoyoye ?
Moi, c'est ce que je réclame,
Pas que le public m'acclame,
Mais qu'il chante avec moi nos douleurs communes.
On est pareil, vous et moi, on fait péter le volume.
J'entends rien, je suis sourde quand les co**ards jactent,
Quand les médias me traquent pour savoir ce que je cache.
Je leur ai donné ma plume, ils ont voulu ma main.
Je leur en ai tendu une, puis ils ont connu mon poing.
Je suis rappeuse, pas chanteuse, qu'on s'entende bien.
Je suis hargneuse, pas chanceuse, donc je ne vous dois rien.
Je suis gentille, moi, je m'énerve rarement,
Mais « respecte-toi et on te respectera » m'a dit ma maman.
Je les regarde qui bataillent pour sortir du noir,
Ils ne connaissent pas la taille des problèmes que t'apporte la gloire.
Une épée de Damoclès au-dessus de la tête,
On ne sort jamais indemne de la réussite ou de la tess.
Pire encore quand t'as pas de frère, de père et que t'es seule
À calmer ton seum pour éviter de sortir un gun.
Plus je connais les hommes, plus je risque de faire de la taule,
Donc moins je côtoie de monde et moins je compte d'hématomes.
J'aspire à être une femme exemplaire, je l'avoue.
Pas pour autant que si tu me tapes je tendrai l'autre joue.
Non, j'ai le sang chaud, sans substance caribéenne,

J'ai juste un ego et une rage méditerranéenne,
J'suis juste la progéniture d'une sacrée guerrière,
J'suis la fille d'une armure : la grand-mère du rap français.
Aujourd'hui je suis en paix donc je peux aider,
Plaider coupable si toutefois j'ai engrené des gens dans le péché,
Quand je parlais de suicide ou de mes soucis.
C'est comme si je n'avais pas saisi pourquoi on s'acharnait à vivre.
Ouais, je sais ce que c'est que d'être vide, rien que des rides,
Plus de larmes, plus de rire, plus de rage au bide,
Plus rien qui puisse te booster, tu gobes pour te débloquer,
Mais ton mal-être n'est pas guéri, t'es juste droguée.
Solidaire envers les dépressifs solitaires.
Car aucun être humain sur terre ne pourra vous porter secours.
Cherche la paix au fond de toi-même, je sais que t'aimerais qu'on te libère
Qu'on te comprenne quand tu saignes et que la vie n'a plus de goût.
Faut savoir qu'à l'hôpital j'ai comme perdu la mémoire,
Donc du passé je ne garde que ce qui m'a donné espoir.
Je comprends le monde maintenant, je comprends les cons !
En fin de compte on aura tous à rendre des comptes.
Alors, je m'empresse d'être une fille aimante
Envers celle qui m'a portée plus de huit mois dans son ventre,
Elle qui a souffert le martyr le jour de l'accouchement
Mérite bien que je la couvre de bisous et de diamants.
Ouais, je m'empresse d'être une adulte pour aider mes petites sœurs,
Même si dans le tour-bus je ressemble plus à Peter (Pan)
J'aime le speed et l'attente, la droiture et la pente
Car je suis le gun et la tempe.
Rien que je rappe car je ne parle plus trop.
Voici un ego trip très gros, ouais, voici mon plus beau titre.

J'ai pris la locomotive en pleine course,
Émotive, j'ai pris la connerie humaine en pleine bouche.
Je suis trop fragile pour ce monde donc parfois je me barre,
Et si toutefois je tombe, eh bien je me relève et je me bats.
Y a pas de place pour les faibles, la vie est une lutte.
Tu veux devenir célèbre ? Sache que la vie de star est
une p****.
Elle te sucre ta thune, te sucre tes valeurs
T'éloigne de la lune dans des soirées VIP sans saveur.
Considère-moi comme une traître, j'ai infiltré le système.
Aujourd'hui je suis prête à ne me défendre que sur scène,
Et peu importe si je vends beaucoup moins de disques.
Ouais, je prends le risque de m'éloigner de ce biz,
Je veux redevenir quelqu'un de normal,
Qui se balade sans avoir dix mille flashs dans la ganache.
Je suis trop simple pour eux, j'aime pas les strass moi.
Tu veux savoir qui j'embrasse ? Mais vas-y casse-toi !
Laisse-moi vivre pépère, laisse-moi rester simple,
Laisse, pas besoin de devenir célèbre pour rester humble.
En manque d'amour, j'ai couru après la reconnaissance,
Puis moi, le petit bijou, j'ai côtoyé l'indécence.
J'écris ce titre comme si j'étais toujours en bas,
Besoin de cracher mes tripes, oui, besoin de te conter
mes combats.
Je suis guérie, grâce à Dieu, j'ai recouvré la vue.
J'ai péri mais j'ai prié donc j'ai retrouvé ma plume.
Moi qui ai passé 2008 sans écrire un texte,
J'ai retrouvé mon équipe et l'amour de Kilomaitre,
J'ai sombré, tu l'auras compris, donc tout s'explique,
Le pourquoi de mon repli, de mes voyages en Afrique.
Oui, j'ai compris que j'avais un cœur, mais pas que
pour mourir,
Que là-bas j'avais des frères et sœurs, des enfants à nourrir,
Que toute cette gloire est utile si elle peut servir
À sortir du noir tout plein de petits qui rêvent de grandir.
Ma plus grande fierté n'est pas d'être française résidente,
Mais d'être à la base d'un projet dont je suis présidente.

C'est maintenant que ça commence, maintenant que ça tourne.
Je joue un rôle de contenance du Sénégal au Cameroun.
En 2009, j'ai fait un tour en Algérie, au Mali,
Au Maroc, en Côte d'Ivoire, au Gabon, en Tunisie.
J'espère bien qu'avec le temps on aidera des hommes
À prendre soin des enfants de Madagascar aux Comores.
C'est parti pour toute la vie, si Dieu me le permet.
Elle était terne cette fille, elle était triste et fermée.
T'en sauras plus si tu guettes les *news* sur Internet
Avant la Big Up Fondation, c'est le Big Up project.
Si c'était mon dernier album, j'aimerais que l'on sache
Que mon public est bénévole quand il l'achète dans les bacs.
Moi, avec l'argent du peuple je veux devenir sauveur,
Donc s'il faut donner l'exemple, je suis le premier donateur.
Si c'était mon dernier concert, j'aimerais que la scène
Me permette de véhiculer un message personnel.
Oui, j'aimerais que mon public sache que je l'aime,
Perdue dans mes problèmes comme j'ai eu peur de vous perdre.
Et si c'était mon dernier titre,
J'aimerais que l'on garde de moi l'image d'une fille qui rêvait d'être reine auprès du roi.
Si c'était mon dernier coup de gueule j'accuserais la France,
Elle qui payera sa répression quand elle perdra ses enfants.
Si c'était ma dernière rime je rapperais comme personne,
Car aujourd'hui je préfère vivre et donner du courage aux hommes.
Si c'était ma dernière soirée je verrais mes amis,
Ferais un gâteau tout foiré pour qu'ils me vannent toute la nuit.
Si c'était mon dernier je t'aime je te dirais SOS,
Trouveras-tu la bouteille que j'ai jetée dans la Seine ?
Si c'était mon dernier câlin, je le donnerais à ma mère,
Et lui dirais que j'étais bien, que c'était aussi bien sans père.

Si c'était mon dernier regard il viserait la lune,
Elle qui a éclairé ma plume, éclairé mes lectures
Et si la mort venait me dire, il ne te reste que vingt minutes
Et bien j'aurais souhaité la paix.
Et j'aurais rappé dix minutes.

Ainsi s'achevait mon album.

J'avais le sentiment d'avoir été on ne peut plus sincère et que tout le monde comprendrait mon envie de tourner le dos aux strass et de regarder vers l'Afrique. Je ne me considérais pas utopiste, je suis moi-même admirative de ces gens qui délaissent le futile pour l'essentiel. Mais il faut être honnête, dans ce milieu, c'est chose rare, un artiste qui reverse une part de ses revenus à une association et ne souhaite plus faire d'effort pour entretenir son statut de « star ». J'avais vraiment le sentiment que nombreux seraient ceux qui me suivraient. Certes, les médias seraient un peu déçus face à mon silence, mais ils pourraient relever le caractère humanitaire de ce disque et toutes les bonnes choses qui en découleraient.

Mon manager était confiant, les premières personnes qui avaient écouté les morceaux étaient enthousiastes, les radios me suivaient, j'obtenais même des superbes papiers dans la presse sans dire un mot. Comme si mon disque exprimait à lui seul mes messages. La maison de disques était à bloc derrière moi. Bref, tout était super bien parti ! « Enfants du désert » venait d'être lancé dans les radios, il était très long (cinq à six minutes), ne rentrait pas dans les formats et, pourtant, toutes jouaient le jeu.

J'organisais mon voyage pour les États-Unis, où j'avais prévu de réaliser mon prochain clip sur les lieux du tournage de *Forrest Gump*, en Géorgie. Par le passé, j'avais beaucoup cité ce film car je m'identifiais énormément au personnage principal. Je m'explique.

Forrest est un simple d'esprit, handicapé à la naissance. Assis sur un banc alors qu'il attend le bus, il raconte son incroyable histoire aux gens qui viennent patienter à côté de lui. Lui qui était la risée de son école, voilà qu'au gré de multiples rencontres et coïncidences il se retrouve footballeur ultra médiatisé puis soldat au Vietnam puis champion de ping-pong puis marathonien puis capitaine de crevettier mais aussi milliardaire malgré lui.

Je ne me vois pas simple d'esprit mais toute ma vie j'ai eu le sentiment d'avoir été parachutée d'un endroit à un autre, dans des conditions toujours plus folles. Sur scène avec Michael Jackson à l'âge de huit ans, puis de nouveau à l'âge de douze ans ; auteur d'un album à dix-sept ; voyage à Los Angeles avec Jamel Debbouze et Snoop à vingt et un ; star du rap à vingt-deux ; auteur de tubes pour des artistes à vingt-cinq ans ; invitée dans les plus prestigieuses fêtes à vingt-six, personnalité préférée des enfants à vingt-sept, et encore patronne de trois sociétés. Avant d'avoir trente ans, j'avais séjourné dans les plus grands palaces du monde, voyagé sur les meilleures compagnies, côtoyé les plus grandes stars, alors que je venais de Mondétour, un petit coin paumé de l'Essonne ! Combien de fois ai-je dit à Seb : « Tu ne devineras jamais qui vient de m'appeler ?! »

Étant la plus grosse vendeuse de disques dans le monde du rap, j'étais appelée pour faire des titres avec des rappeurs du monde entier qui visaient le marché français. Et combien de politiciens, de journalistes de renom ou stars du foot sont entrés en contact avec moi dans le but de s'associer ? Je ne pourrais pas les compter. Je refusais chaque jour des tas de propositions, des milliers d'euros, des voyages de luxe et des offres de partenariats complètement dingues. Après avoir vécu tout cela, je me suis retrouvée dans une clinique psychiatrique à côtoyer des gens plus qu'instables. Cela dit, mes rencontres passées n'étaient pas saines non plus, mais c'est pour dire à quel point ma vie était faite de surprises.

Alors, sur une idée de mon management, nous avons décidé de nous inspirer de Forrest sur son banc et de me projeter dans ce cadre pour faire comprendre mon parcours à tout un tas de personnes différentes. En parallèle, nous voulions aussi tourner la scène du marathon. Le départ était prévu le 13 octobre. Depuis quelque temps, j'étais rentrée en répétition pour la nouvelle tournée. Je voulais être au plus vite au contact du public, et lui signifier que mon silence auprès des médias ne valait pas pour lui. Il pourrait le constater en concert. Mon idée, c'était de ne parler qu'à lui ! J'avais retrouvé mon équipe de tournée. Tout s'annonçait au mieux. Nous postions régulièrement des vidéos sur Internet, mon retour prochain commençait à faire le buzz. Mon public semblait enthousiaste et super heureux de ces nouvelles.

Puis est venu le jour où, en chemin pour une nouvelle répétition, j'ai reçu ce coup de fil : « Mel, va acheter *Paris Match*, on se parle après. »

Quelque chose se tramait.

Je me suis arrêtée chez le premier libraire, j'ai acheté le magazine et découvert un article de plusieurs pages me concernant, dont les deux premières étaient illustrées par une photo volée de mon mari et moi. Nous marchions dans la rue, lui au téléphone et moi couverte d'un voile. Nous revenions tous les deux de la mosquée, plusieurs clichés avaient été pris aux abords du lieu et devant mon appartement.

Je n'en revenais pas.

Intrusion, vol. Un moment si intime, si personnel de ma vie se retrouvait étalé dans les journaux. Pour la première fois, j'allais me retrouver au cœur de ce que tous ont appelé un scandale.

Après la publication de cette photo, toute ma vie s'en est trouvée chamboulée, d'un point de vue personnel comme professionnel. Certains au sein de ma famille et de mon entourage n'étaient pas au courant de ma conversion, et la presse, qui souvent s'empiffre en volant l'intimité de femmes et d'hommes, allait créer de gros dommages collatéraux. Ma mère, mes grands-parents, mes amis ne m'avaient jamais vue vêtue ainsi et, jusque-là, je voulais être discrète et garder cela pour moi. Et voilà que, soudainement, mon intimité était dévoilée devant la France entière !

En plus des photos, on pouvait aussi lire un article ultra réducteur et… pitoyable. J'étais choquée par ces pseudo-informations que le magazine prétendait divulguer. Entre vérité et mensonge, il y avait à manger et à boire dans ces lignes.

Tous les mauvais clichés sur l'Islam allaient bientôt m'être attribués et, comme je l'avais d'emblée vu venir, en quelques jours, l'affaire a pris une tournure sociale et politique.

Par milliers sur Internet, les articles se sont mis à fuser, à la télévision, au journal télévisé, à la radio, dans les magazines, les quotidiens, on ne cessait de débattre à mon sujet. Brutalement, j'ai été dépassée par la situation. On me rapportait tout ce qui se disait et, là, j'ai pu mesurer à quel point on ignorait tout de cette religion dans certains milieux.

Moi qui étais devenue quelqu'un de calme, posé, réfléchi, quelqu'un qui souhaitait être à l'écoute, voilà que j'étais décrite comme, je cite, « un danger pour toute une génération ». Ces attaques me touchaient en plein cœur, moi qui avais appris ce que signifiait le mot paix. Je me rappelle encore les propos d'une prétendue politicienne : « Je trouve que, pour le coup, elle devient un vrai danger pour les jeunes filles des quartiers, parce qu'elle donne une image de la femme qui est négative. » Wahhh. C'était donc ça l'image que les gens avaient du voile ?

Jusqu'ici, je ne m'étais jamais aperçue avec quelle force certains étaient fermés d'esprit, donneurs de leçon, jugeant les autres sans gêne ni remords et sans s'intéresser à leur cheminement. Ils parlaient comme des juges et avaient prononcé la sentence : j'étais reconnue coupable alors qu'on ne m'avait même pas expliqué mon crime ni daigné m'appeler pour essayer de me comprendre. Étais-je devenue dangereuse parce que j'étais différente à présent ? Si je ne suis pas comme toi, suis-je contre toi ?

Se questionner sur mes nouveaux choix de vie ? Oui, bien sûr, je le comprenais mais blâmer, condamner, rejeter et mépriser, pourquoi ?

Naturellement, tout le monde profitait de mon silence, et de l'aubaine d'avoir la parole, pour donner son avis. Je préférais garder mon calme, envers et contre toutes les bêtises que j'ai aussi entendues, et notamment sur mon mari. Plusieurs articles commençaient par : « Mariée, voilée. » En gros, « mariée égale voilée » ! C'était tellement bas. En France, lorsqu'une jeune femme se convertit à l'Islam et souhaite porter la voile, soit son mari l'a forcée, soit une secte l'a endoctrinée ! Comme si elle n'avait pas de cœur, ni d'esprit, ni d'autonomie intellectuelle.

Envers et contre toutes les répercussions que cela a eues sur ma carrière, la parution de cet article a immiscé le doute dans l'esprit de certains. Parfois on me regardait comme une bête curieuse, dans le genre : attention, voilà Diam's, peut-on lui dire bonjour ou bien va-t-elle nous tuer du regard sous son voile ? Jusqu'à la fin de ma tournée en décembre 2010, il m'est régulièrement arrivé de constater le changement de comportement des gens, et leurs a priori.

Ce n'est pas tant ma conversion qui a gêné que mon voile.

Jusqu'ici, et malgré les débats qui surgissaient parfois çà et là, je n'avais jamais pris nettement conscience du problème que le voile soulevait dans notre société. Il est vrai que, par le passé, je ne connaissais pas les raisons qui poussaient une femme à se voiler, mais ce n'est pas pour autant que je la jugeais négativement. Ça ne m'avait jamais posé de problème et, pour tout vous dire, je ne la remarquais même pas !

Ma décision de porter le voile est le fruit d'une réflexion personnelle, intime et mûrie, le fruit de mes lectures et de mes convictions. Elle va de pair avec une vision de la vie. Jamais personne dans mon entourage ne m'a dicté telle ou telle conduite à suivre. Absolument personne.

Deux jours après la publication des photos a eu lieu la soirée de lancement de mon disque chez EMI, ma maison de disques. Tous les médias y avaient été conviés pour découvrir mon album. Durant une heure et demie, un casque sur les oreilles, ils ont écouté *SOS* ; certains notaient des choses sur leur calepin. À la fin, je suis montée sur scène interpréter la chanson « S.O.S. ». Tous pouvaient voir que j'avais la banane et que j'étais heureuse. D'ailleurs, je n'ai pu m'empêcher de glisser cette phrase à leur intention : « J'aimerais dire à ceux qui s'inquiètent que je vais *très très* bien ! » Et puis je suis partie.

Le lendemain, je m'envolais pour les États-Unis. Finalement, ce n'était pas plus mal de m'isoler du monde et de la polémique en France. Mon mari, qui m'accompagnait, était jugé d'un œil soupçonneux depuis le scandale. On le considérait comme étant « la cause potentielle » de mes choix. Et ça, ça nous faisait bien rire. De retour des États-Unis, le bruit n'avait pas désenflé. L'écoute du disque m'avait valu de très beaux papiers dans les journaux, les critiques étaient assez unanimes, c'était mon meilleur album, celui « de la maturité », comme ils aimaient à le dire. Et, malgré tous ces bons retours, mon voile était toujours au cœur de débats passionnels.

À ce moment-là, j'ai compris que ma conversion à l'Islam allait inévitablement faire de l'ombre à mon disque. J'ai décidé de tenir bon et de ne pas déroger aux décisions que j'avais prises. Je ne parlerais pas davantage aux médias. Ce n'était pas par défiance ou par snobisme, mais que pouvais-je leur dire ? Que j'avais trouvé le sens de ma vie en lisant le Saint Coran ? Que j'étais heureuse de me voiler et de prier ? Que l'Islam était la plus belle chose que j'avais connue ?

Qui m'aurait sérieusement entendue, qui m'aurait crue en cinq minutes d'interview ?

J'ai préféré me taire. Si j'avais dû parler à qui que ce soit, c'était à ma famille, que je me devais de rassurer, à mon mari, ma belle-famille, mes amis.

Aujourd'hui encore, bon nombre se demandent ce qui m'a conduite à faire ces choix de vie. J'espère que ce récit aura répondu à leurs questions.

L'album allait sortir en magasin dans moins d'un mois et je voyais bien que nombreuses et nombreux de mes collaborateurs perdaient pied : management, maison de disques, partenariats, tous étaient totalement dépassés par la tournure des événements. Chaque jour, j'essayais de rassurer la troupe : « On garde le cap, on ne change rien, oui, ce sera sûrement plus difficile, oui, ce sera sûrement plus long, mais je suis convaincue qu'on peut le faire. Aidez-moi à transmettre mes messages, aidez-moi à monter ma fondation, aidez-moi en mettant du budget dans des pubs, des clips, etc. Ça va le faire. »

Finalement, ça ne l'a pas fait.

Depuis dix mois, tous savaient que je ne parlerais pas, que je ne m'exprimerais pas sur ma conversion ni sur mon voile, et pourtant, déjà, certains commençaient à me mettre la pression : « Fais au moins une ou deux interviews, s'il te plaît. Rassure les gens, dis-leur que tu vas bien. Même les plus grandes stars font au moins le journal télévisé… Mélanie, vas-y, s'il te plaît… » J'étais peinée qu'on n'aille pas au bout de ce qu'on s'était fixé.

Il est vrai que les sollicitations affluaient de partout. Je crois que je n'ai jamais eu autant de demandes d'interviews de toute ma carrière. Seulement, je savais bien que ça n'était que pour parler de religion. Parfois, il s'agissait même de médias qui avaient l'habitude, sciemment ou non, de véhiculer la peur et la haine de l'Islam, et qui n'étaient pas gênés de faire l'amalgame entre la foi, belle et sincère, et le terrorisme.

Les gens avec qui je travaillais étaient dépassés et, franchement, je devinais déjà que tous allaient me planter un à un. Certes, j'avais prévenu que je ne donnerais pas d'entretiens, mais je voulais bien interpréter mes titres à la télé. Nous avions plusieurs idées, plusieurs concepts à proposer à Canal Plus, M6, France 2 et les autres. J'étais super-confiante : une fois en direct sur les plateaux, les gens verraient bien que j'avais le sourire et que j'étais heureuse. Un mois auparavant, tous criaient encore au génie mais, soudain, j'ai eu droit à des « T'es fichue », « Plus personne ne veut de toi », « En télé, t'as plus ta place », etc. Ces professionnels, normalement aguerris, étaient en train de perdre leur sang-froid devant un tel challenge et de baisser les bras. Au point que, très vite, ne voulant pas laisser le bateau sombrer, j'ai appelé Seb :

« Ils m'ont tous rendue dingue, ce soir, si je me sépare d'untel et untel, tu veux bien m'épauler et me manager si besoin ?

– Écoute, te connaissant, tu vas lier la parole aux actes, donc je ne vais pas te laisser seule. »

À trois semaines de la sortie de mon disque, j'ai dû rassurer ma famille, tenter d'étouffer le scandale et former fissa une nouvelle équipe. J'étais épuisée psychologiquement, mais je restais confiante et optimiste. En deux semaines, Seb qui était déjà mon associé est devenu mon manager. Il a dû reprendre le dossier en cours et gérer toutes les bêtises que l'on entendait un peu partout. Heureusement, il me connaissait bien. Et, même si cela a été éprouvant de me séparer de personnes très compétentes dans le travail, j'étais soulagée de ne plus avoir de pression et de mauvais présages au quotidien. C'était devenu trop lourd à gérer : le défaitisme des uns, les angoisses des autres et, finalement, l'ignorance de tous.

À trois semaines de la sortie, nombreux étaient ceux qui avaient choisi de miser sur un échec. Cependant, Seb a su les rebooster et convaincre ma maison de disques de ne pas flancher. C'est ainsi qu'on a décroché cette prestation au « Grand journal », où je suis venue chanter « L'honneur d'un peuple ». L'équipe de Canal Plus, qui m'avait plusieurs fois reçue sur son plateau, a accepté de me convier, même sans la possibilité de m'interviewer, et m'a permis d'interpréter un titre long et sans refrain. De même, je suis allée interpréter « Enfants du désert » lors d'un télé crochet sur la Six ainsi que sur le plateau de « Taratata » sur France 2. Lors de cette émission, nous avions même pu négocier pour que je réponde à l'interview en rappant mes textes. Et puis, comment ne pas citer mon passage sur France 3, dans l'émission de Frédéric Taddeï « Ce soir ou jamais », le 20 novembre 2009.

Nous leur avions proposé ce projet fou que je vienne rapper « Si c'était le dernier » en intégralité et en direct sur le plateau. Deux jours après la sortie de l'album et après avoir essuyé un nombre incalculable d'attaques sur mon voile, on me permettait d'interpréter ce qui serait la réponse la plus fracassante à tous les mensonges me concernant : dix minutes de rap sans refrain, sans DJ, sans équipe, seule face à la caméra, seule face au public. L'émotion était forte, l'atmosphère intense et le public très ému. Tout le monde découvrait que j'avais traversé une sale période mais surtout que j'avais trouvé des réponses à mes questions. Je savais qu'autour de moi, mais aussi devant leur écran, il y avait des gens qui se sentaient prisonniers dans leur propre labyrinthe, « celui qui ne bouge pas ne sent pas qu'il a des chaînes ». J'avais un tel besoin de m'exprimer que, même s'il n'y avait pas eu la bande sonore derrière, ça aurait été pareil. Je n'avais qu'une envie : partager.

En une semaine, des millions de gens m'avaient vue à la télévision souriante et épanouie, ce qui tranchait franchement avec l'image que certains médias voulaient donner de moi en me présentant comme quelqu'un de dérangé et de renfermé. Je savais que le téléspectateur verrait le décalage entre le qu'en-dira-t-on et la réalité.

Mon album est directement entré numéro un des ventes. Au total, il s'est même vendu à trois cent mille exemplaires. Sans le scandale et en le promouvant à fond dans les médias, j'aurais sûrement pu en vendre deux fois plus, mais je l'avais dit :

Considère-moi comme une traître, j'ai infiltré le système.
Aujourd'hui je suis prête à ne me défendre que sur scène,
Et peu importe si je vends beaucoup moins de disques.
Ouais, je prends le risque de m'éloigner de ce biz.

Et je l'assumais.

Lors des tout premiers concerts, entre un show pas tout à fait rodé et un album à peine dévoilé, j'ai senti une certaine appréhension dans le public. Je savais que, dans le fond, les médias avaient eu un petit impact sur lui et qu'il me fallait redoubler d'effort pour détendre l'atmosphère. Ce malaise a disparu au fil des jours, et je retrouvais peu à peu la chaleur de mes anciennes tournées. Je crois même que, sur celle-ci, le public était encore plus proche de moi, comme s'il avait tout particulièrement envie de me soutenir, ou de m'épauler. Par exemple, quand j'achevais l'interprétation de « Lili », qui aborde le sujet du voile, il pouvait se passer cinq minutes sans que je puisse continuer de chanter tant les gens applaudissaient et me criaient leur soutien. Ce titre qui, à l'origine, ne parlait pas de moi était devenu comme un hymne au scandale après coup.

Les 21 et 22 décembre 2009, je remplissais deux Olympia. À Paris, l'ambiance était particulière, nous jouions à domicile, et remplir deux soirs de suite cette salle si célèbre, sans avoir dit un mot dans les médias, relevait de l'exploit. C'est pourquoi nous avons programmé deux Zénith supplémentaires, les 2 et 3 juin 2010.

Entre-temps, j'ai passé beaucoup de temps sur les routes. Les dernières personnes qui avaient accepté de travailler avec moi et qui me soutenaient étaient toutes respectueuses de mes choix.

J'avais mon propre tour-bus où je vivais avec mon mari et qui me permettait de prier et de continuer à avoir une vie « normale » parallèlement au succès.

Dans mon petit bus, je passais beaucoup de temps à lire, à méditer. À l'aube, nous priions sur les aires d'autoroute ou en pleine campagne. J'aimais tant ces moments de calme. Nous observions le lever du soleil, nous nous réveillions avec les oiseaux. Cela m'émerveille encore aujourd'hui alors que je vis en pleine campagne. Avant l'aube, il n'y a pas un bruit, et puis l'aube se lève et, tout à coup, les oiseaux chantent. En communion avec la nature, la prière m'offrait un solide équilibre dans tout ce tourbillon. Contrairement à ma précédente tournée, *Dans ma bulle*, je prenais le temps, ne passais pas des heures à l'intérieur des salles à attendre sans jamais voir le soleil jusqu'à ce que les flashs de la scène m'éclairent. Non, cette fois, je profitais de mon temps libre pour me ressourcer, pour décrocher.

Dans les médias, c'était toujours pareil. Aucun ne parlait de ma fondation, de mes projets en Afrique. Ce qui devait être l'aspect le plus fort de mon album était totalement passé à la trappe. Pour sûr, si j'avais accepté de « jouer le jeu des médias » et qu'on ne m'avait pas vue voilée, j'aurais pu expliquer et défendre mon projet. À cette période, les journaux disaient tout et son contraire. Je me souviens d'un article paru le jour de mes concerts parisiens. Tout le long, on y lisait que c'était dur pour moi, que je ne vendais plus un disque, que mon voile m'avait fait couler, tout en terminant par : « Diam's, à l'Olympia, ce soir et demain : complet. » J'ai tellement ri ! Si couler, c'est remplir deux Olympia, alors j'avais sûrement touché le fond ! Une autre chose m'a marquée, l'attitude de la presse dite « sélective », *Les Inrocks* et compagnie, qui depuis toujours ne voulait pas de moi ; je devais être trop « populaire » pour eux. À la suite du scandale sur mon voile, ils m'ont carrément dédiée une couverture ! Tiens donc, quand j'ai des trucs à dire on ne veut pas de moi, mais quand je ferme ma bouche on me donne la une ! C'est qu'elle fait vendre, quand même, la p'tite Diam's... Tous les mêmes.

Quant au *Nouvel Observateur*, il a carrément illustré une de ses couvertures avec mon visage et écrit : « La France et ses musulmans » placardé dans tout-Paris ! Donc, moi, j'étais représentative de tous les musulmans de France ? Je ne m'étais jamais exprimée à ce sujet, j'aurais d'ailleurs préféré ne pas le mêler à ma carrière et, pourtant, j'ai obtenu par ce biais la plus grosse retombée médiatique de ma vie.

J'allais de surprise en surprise ! Lorsque je couchais sur le papier toute la tristesse du monde et que ma voix désespérée arrivait au cœur de certains jeunes, leur chantant que la vie n'était qu'un désert sans but, leur racontant l'histoire d'une fille qui se suicide, alors j'étais « le reflet d'une génération », son « porte-drapeau ». On me couvrait d'éloges sur mon talent, on me plébiscitait et on étudiait mes textes. Et si j'avais connu une fin aussi tragique qu'une Amy Winehouse, comme cela a failli être le cas après la clinique, si j'avais exposé au monde ma déchéance, alors j'aurais sûrement été considérée comme un génie mal compris, une star pas comme les autres, un talent hors du commun, fracassé par la vie. C'est vrai, on m'aurait peut-être regardée comme un animal de foire ou on m'aurait adulée, mais m'aurait-on accusée d'être un mauvais exemple et de représenter un danger ? Tout cela me laissait perplexe.

Pour être sincère, j'aimais vraiment le contact du public, mais tous les à-côtés devenaient extrêmement pesants, les jugements tous azimuts me fatiguaient. Deux heures de kif pour vingt-deux heures de pression, je ne pouvais plus. C'est pourquoi, le lendemain de mes concerts à l'Olympia, je me suis envolée pour la Tanzanie.

Mon rêve se réalisait. Trois semaines durant, avec mon mari, nous avons vu les plus beaux paysages du monde. Au cœur de cette réserve de milliers d'hectares, nous avons observé tous les animaux que porte cette terre. Je me souviens avoir fondu en larmes devant le cratère de Ngonrongonro. Je n'avais jamais vu de si belle création. À plus de deux mille trois cents mètres d'altitude, nous pouvions admirer cette immense réserve animalière : lions, tigres, guépards, zèbres, rhinocéros, hyènes, flamants roses, éléphants et j'en passe. Moi qui auparavant ne m'extasiais que devant New York et l'Empire State Building, je m'émerveillais devant cette nature qu'aucun homme n'était en mesure de créer dans toute sa beauté et sa complexité.

Ce voyage était un pas de plus vers ma nouvelle vie. Là, je prenais conscience que je manquais de temps. J'avais l'impression de courir sans cesse. J'avais besoin de me poser. Tant de choses à voir, de livres à dévorer, de bonheur à partager en famille, j'allais être très occupée.

Là-bas, j'ai pris la décision de tenir mes engagements, d'assurer ma tournée de festivals, ma tournée mondiale puis de lever le pied. Besoin de me retrouver. Ma décision prise, je suis repartie sur les routes, jouer au Zénith et dans de nombreux festivals.

L'été est vite arrivé. Ma maison de disques ne se battait plus vraiment pour défendre mon album. Je peinais même à obtenir des budgets pour tourner mes clips. Le scandale du voile avait pris tellement de place que certaines radios m'avaient sortie de leurs grilles de programme. Étant donné que je n'avais rien démenti et que je continuais à garder le silence, au fil du temps il devenait officiel que j'assumais mon Islam, donc il ne faisait pas bon trop s'associer avec moi. Lorsque nous avons cherché des sponsors pour un nouveau clip, toutes les marques qui auparavant m'envoyaient des cartons de fringues et de cadeaux m'ont fait faux bond. Aucune d'elles ne souhaitait plus « s'afficher » avec moi. À mes débuts, ça m'aurait anéantie, là, j'en souriais. Je les trouvais prévisibles, et esclaves d'un système bien rôdé.

Après tout, c'était moi qui avais fait tous ces choix, je ne devais pas me laisser toucher par leur retournement de veste. Je me mettais à la place de tous ces artistes qui avaient connu la gloire et qui, du jour au lendemain, s'étaient fait jeter comme de vieilles chaussettes parce qu'ils ne correspondaient plus à l'image que telle ou telle entreprise voulait donner d'elle-même dans le but de ramasser un max de thunes. Je me disais que ça devait être violent de vivre ça quand tu n'en comprends pas les vrais ressorts.

Moi, je comprenais maintenant que j'étais sortie du système.

Pendant les festivals, je sentais aussi le poids du scandale mais d'une tout autre manière. Jamais il n'y avait eu autant de monde à mes concerts. En grande part il s'agissait de mon public, mais je remarquais aussi des curieux, qui se prenaient au jeu et finissaient généralement les mains en l'air. En France, en Belgique ou en Suisse, nous avons parfois joué devant dix mille, vingt mille, trente mille ou même quarante mille personnes. À la fin de l'été, nous avons fait quelques dates à l'étranger : Sénégal, Madagascar, île de la Réunion, île Maurice (!), Algérie, Guadeloupe, Martinique.

En France ou ailleurs, lorsque j'évoquais mes futurs projets en Afrique, je sentais une grande ferveur dans le public, mais j'avais préféré mettre mon projet entre parenthèses. Il y avait déjà assez de confusion, d'amalgames pour qu'en plus je vienne mêler mes projets humanitaires à toutes ces bêtises. C'est la raison pour laquelle le site Internet est resté fermé un long moment et que je n'ai pas donné de suite immédiate à mes paroles.

Je voulais que mon livre sorte d'abord pour, ensuite, me concentrer plus sereinement sur mes projets. Depuis, je suis retournée en Afrique entre deux tournées, au mois d'avril 2010. C'est à cette occasion que nous avons pu creuser le puits dont l'eau profite non seulement à l'orphelinat de Bibi mais aussi aux villages alentours. Fatoumata et moi-même avons gardé contact et j'essaie autant que je peux de l'aider à nourrir les enfants et à leur offrir un quotidien décent.

Avec ce livre, j'espère que les gens comprendront mieux pourquoi j'ai agi si discrètement sur le terrain : je ne voulais pas que nos projets soient entachés par tous les scandales qui ont entouré la sortie de mon album.

Malheureusement, les fonds ont manqué pour ceux que nous envisagions au Maroc et ailleurs, mais je ne doute pas que nous puissions un jour aller au bout.

Le 12 décembre 2010 au soir, j'ai joué mon dernier concert à Dakar au Sénégal et achevé ainsi la tournée de mon dernier album, *SOS*.

Le souvenir de cette soirée résonne encore en moi, je me suis donnée à fond, comme à chaque fois. Puis les lumières se sont éteintes, le silence m'a joliment enveloppée, et j'ai mis ma carrière sur « pause ».

Je suis descendue de l'estrade et, depuis deux ans maintenant, je réapprends à vivre « normalement ». Plus de vie folle ni de chaos, juste mon époux, ma maman, ma belle-famille, mes amis et mes projets humanitaires.

L'envie dévorante de profiter des gens que j'aime m'a éloignée de la scène, du star system et, aujourd'hui enfin, je sais pourquoi je vis.

Le fait d'avoir trouvé l'issue du labyrinthe est la plus grande grâce qu'il m'ait été donné de vivre. Depuis deux ans, ma vie est rythmée par la prière, la méditation et la redécouverte des personnes qui me sont chères.

Ces derniers mois ont donc été une sorte d'atterrissage, et j'avoue avoir ressenti quelques secousses, mais il n'y a pas de changement facile. On peut changer, mais pas se transformer. Cela demande du temps, de la patience et aussi du bon sens.

J'ai longtemps espéré être enceinte, cette attente a été une source de profondes réflexions et j'y ai acquis la certitude que ni l'argent, ni la gloire ne peuvent t'apporter ce « cadeau » si Dieu ne l'a pas voulu ainsi. Leçon d'humilité, leçon de patience. Mais je crois qu'après l'épreuve vient l'issue. Alors j'ai espéré et j'ai prié…

Quelques jours après la fin du mois de Ramadan 2011, j'attendais mon premier enfant. Ma grossesse a été un moment de bonheur rare et de méditation… Et aujourd'hui je suis maman.

À l'heure où je rédige les dernières lignes de ce livre, ma petite fille dort paisiblement à mes côtés… Nous l'avons appelée Maryam en hommage à la mère de Jésus.

Maryam a deux mois, et chaque jour qui passe je remercie Dieu pour Son immense grâce. La regarder grandir et s'éveiller au monde qui l'entoure m'émeut énormément.

J'espère être pour elle une maman aimante mais aussi une maman qui saura la préserver des voies obscures que j'ai foulées. Je suis heureuse qu'elle ait vu le jour loin des photographes et que sa vie soit épargnée du tourbillon dans lequel j'ai vécu auparavant.

J'ai quitté Paris pour m'installer en pleine nature… La forêt au bout de ma rue, les chevaux de la voisine et le coq qui nous réveille à l'aube m'ont aidée à retrouver une vie simple et belle. Voilà les paysages qui s'offrent à moi chaque jour, et je souhaite de tout mon cœur que cette visite dans mon « chez moi », dans mon univers vous ait plu et qu'elle vous ait permis de me comprendre.

Si tel est le cas, merci à vous d'être revenus avec moi sur les chemins de ma vie.

Vous étiez mes invités

Vous étiez mes invités, mais il est temps de nous quitter et de nous dire au revoir cette fois. Ni leader, ni guide, je vous ai juste prêté mes yeux. Pour me mettre de nouveau en avant ? Non. Les projecteurs, désormais, ne seront plus sur moi, mais entre mes mains.
À force de courir, je me suis essoufflée,
À force de crier, je n'avais plus de voix,
À force d'oublier l'essentiel, je me suis oubliée moi-même.
À force de courir dans tous les sens, ma vie n'en avait plus aucun.
À force de ne pas regarder le ciel, j'ai oublié qu'il existait.
À force d'être en haut sur l'estrade, j'ai oublié ma vraie taille.
À force de me plaindre, je n'entendais plus les cris des autres...

Vous savez à bien y réfléchir, la dernière chose que j'aimerais vous confier, et la plus importante, c'est que je suis heureuse. Mon bonheur n'était pas dans un studio, ni dans une vie d'où jaillissaient mille paillettes qui retombaient sur moi comme des pierres en me blessant. Mon bonheur est d'avoir trouvé le sens à ma présence sur terre, et auprès des autres et il a commencé le jour où j'ai ouvert les yeux et le cœur sur la grandeur et la beauté de la création. Être seulement émue devant un coucher de soleil, ranger ses angoisses et son ego dans sa poche, contempler ce que la main de l'homme ne peut ni imiter ni gâcher : les étoiles, la lune, les vents... Se laisser éblouir et envahir par la splendeur d'un paysage. Se sentir petit, modeste devant tant de grandeur mais surtout heureux de pouvoir accueillir ces sentiments dans son cœur. Heureux d'être encore capable de s'émerveiller. La terre est vaste mais pas plus vaste que nos cœurs.

Merci à vous d'avoir toujours été là, avec moi ; à tous, je vous souhaite tout le bien que je me souhaite à moi-même : dépasser les apparences et aller au-delà de ce que certains nous offrent en prêt-à-penser, « ne pas regarder le doigt quand on nous montre la lune ».

Aujourd'hui, je n'attends ni gloire ni honneur, je ne suis plus qu'une brindille d'herbe dans le champ. Mais si un jour, nous pouvions partir en récolte et nous retrouver autour d'une lettre échangée, d'un puits à Bamako, ou au chevet d'un enfant malade, alors rien n'est fini, les amis ! Au contraire, tout commence ici...

In cha Allah.

Pour faire un don* :

Big Up Project
72, rue Bonnin
92250 La Garenne-Colombes

www.bigup-project.org
twitter.com/BigUpProject
facebook.com/BigUpProject

Pour écrire à Mélanie :

Éditions Don Quichotte,
pour Mélanie Georgiades
13, rue Séguier
75006 Paris

Contact « management » : contact@donquichotte-editions.com

* Reçu Cerfa

Avec l'aimable autorisation de :

Rudolphe Barray
Grégory Berthou
David Bonnefoi
Marc Chouarian
Sylvain Couturier
Anthony Gouin-Tambouro
Frederic Joly
Matthieu Le Carpentier
Christophe Minck
Karim Skakni
7th Magnitude
Because Éditions
Din Records
Éditions Crépuscule France
EMI Music Publishing France
Gestion Universal
Kilomaitre Publishing
Kilomasta
Kraked
La Boulette
Magnificent Publishing
Quillz
Resilience Publishing
Suther Kane Films
Universal Music Publishing
Warner Chappell Music France

Crédits

« Enfants du désert »
Auteur : Mélanie Georgiades
Compositeurs : Mélanie Georgiades / David Bonnefoi / Sylvain Couturier / Marc Chouarian
© 2009 La Boulette / Suther Kane Films / Because Editions / Warner Chappell Music France / Quillz / Kilomasta

« I Am Somebody »
Auteur : Mélanie Georgiades
Compositeurs : David Bonnefoi / Sylvain Couturier / Frederic Joly
© 2009 La Boulette / Magnificent Publishing / Resilience Publishing / Suther Kane Films / Because Editions / Kilomasta

« La boulette »
Auteur : Mélanie Georgiades
Compositeurs : Sylvain Couturier / David Bonnefoi / Matthieu Le Carpentier / Anthony Gouin-Tambouro
© 2005 Universal Music Publishing (catalogue Universal Music Publishing MGB France) / EMI Music Publishing France / Kilomaitre Publishing / Because Editions / Warner Chappell Music France / 7th Magnitude

« L'honneur d'un peuple »
Auteur : Mélanie Georgiades
Compositeurs : Mélanie Georgiades / Christophe Minck / David Bonnefoi / Sylvain Couturier
© 2009 La Boulette / Suther Kane Films / Because Editions / Kilomasta / Universal Music Publishing / Kraked

« Ma France à moi »
Auteur : Mélanie Georgiades

Compositeurs : Mélanie Georgiades / Grégory Berthou / Karim Skakni
© 2006 Universal Music Publishing (catalogue Universal Music Publishing MGB France) / EMI Music Publishing France

« Marine »
Auteur : Mélanie Georgiades
Compositeur : Sylvain Couturier et David Bonnefoi
© 2005 Universal Music Publishing (catalogue Universal Music Publishing MGB France) / Editions Crépuscule France

« Par amour »
Auteur / Compositeur : Mélanie Georgiades
© 2006 Universal Music Publishing (catalogue Universal Music Publishing MGB France)

« Peter Pan »
Auteur : Mélanie Georgiades
Compositeurs : Mélanie Georgiades / David Bonnefoi / Sylvain Couturier
© 2009 La Boulette / Suther Kane Films / Because Editions / Kilomasta

« Petite banlieusarde »
Auteur : Mélanie Georgiades
Compositeur : Matthieu Le Carpentier
© 2006 Universal Music Publishing (catalogue Universal Music Publishing MGB France) / Warner Chappell Music France / 7th Magnitude

« Si c'était le dernier »
Auteur : Mélanie Georgiades
Compositeur : Rudolphe Barray
© 2009 La Boulette / Din Records / Because Editions

« TS »
Auteur : Mélanie Georgiades
Compositeurs : Sylvain Couturier et David Bonnefoi
© 2006 Universal Music Publishing (catalogue Universal Music Publishing MGB France) / Kilomaitre Publishing / Because Editions

Éditions Points

Le catalogue complet de nos collections est sur Le Cercle Points, ainsi que des interviews de vos auteurs préférés, des jeux-concours, des conseils de lecture, des extraits en avant-première…

www.lecerclepoints.com

DERNIERS TITRES PARUS

P4112. Désirable, *Yann Queffélec*
P4113. Allmen et les dahlias, *Martin Suter*
P4114. Le garçon qui ne pleurait plus, *Ninni Schulman*
P4115. Trottoirs du crépuscule, *Karen Campbell*
P4116. Retour à Niceville, *Carsten Stroud*
P4117. Dawa, *Julien Suaudeau*
P4118. Sept années de bonheur, *Etgar Keret*
P4119. L'Invité du soir, *Fiona McFarlane*
P4120. 1 001 secrets de grands-mères, *Sylvie Dumon-Josset*
P4121. Une journée, une vie. Fragments de sagesse dans un monde fou, *Marc de Smedt*
P4122. Tout ce qui compte en cet instant. Journal de mon jardin zen, *Joshin Luce Bachoux*
P4123. Guide spirituel des lieux de retraite dans toutes les traditions, *Anne Ducrocq*
P4124. Une histoire personnelle de la Ve République *Alain Duhamel*
P4125. Ce pays qu'on abat, *Natacha Polony*
P4126. Le Livre des secrets, *Fiona Kidman*
P4127. Vent froid, *C.J. Box*
P4128. Jeu d'ombres, *Ivan Zinberg*
P4129. Petits moments de bonheur volés, *Francesco Piccolo*
P4130. La Reine, le Moine et le Glouton, *Shafique Keshavjee*
P4131. Crime, *Irvine Welsh*
P4132. À la recherche de mon fils. Toute une vie sur les traces d'un explorateur disparu, *Edgar Maufrais*
P4133. Un long printemps d'exil. De Petrograd à Saigon. 1917-1946, *Olga Ilyina-Laylle, Michel Jan*
P4134. Le Printemps des enfants perdus, *Béatrice Égémar*
P4135. Les Enfants du duc, *Anthony Trollope*
P4136. Portrait d'une femme sous influence, *Louise Doughty*
P4138. Lamb, *Bonnie Nadzam*

P4139.	Le Coq rouge, *Miodrag Bulatovic*
P4140.	Terminus radieux, *Antoine Volodine*
P4141.	Le Rire du grand blessé, *Cécile Coulon*
P4142.	Retour à Little Wing, *Nickolas Butler*
P4143.	Pas pleurer, *Lydie Salvayre*
P4144.	Bain de lune, *Yanick Lahens*
P4145.	Dans les yeux des autres, *Geneviève Brisac*
P4146.	Viva, *Patrick Deville*
P4147.	Fonds perdus, *Thomas Pynchon*
P4148.	Incident voyageurs, *Dalibor Frioux*
P4149.	L'Évangélisation des profondeurs, *Simone Pacot*
P4150.	Apprivoiser son ombre. Le côté mal aimé de soi *Jean Monbourquette*
P4151.	La Pratique du bonheur, *Marcelle Auclair*
P4152.	101 conseils pour ne pas atterrir aux urgences *Gérald Kierzek*
P4153.	L'État islamique, *Samuel Laurent*
P4154.	Le Diable au creux de la main, *Pascal Manoukian*
P4155.	Les Indomptées, *Nathalie Bauer*
P4156.	Nos disparus, *Tim Gautreaux*
P4157.	Sarah Thornhill, *Kate Grenville*
P4158.	Ne meurs pas sans moi, *Suzanne Stock*
P4159.	Une main encombrante, *Henning Mankell*
P4160.	Un été avec Kim Novak, *Håkan Nesser*
P4161.	Le Sourire de l'ange, *Émilie Frèche*
P4162.	Cher époux, *Joyce Carol Oates*
P4163.	Minus, lapsus et mordicus. Nous parlons tous latin sans le savoir, *Henriette Walter*
P4164.	Brèves de bulletins scolaires
P4165.	Et rien d'autre, *James Salter*
P4166.	Cassada, *James Salter*
P4167.	Un truc très beau qui contient tout, *Neal Cassady*
P4168.	D'un monde à l'autre. Autisme, le combat d'une mère *Olivia Cattan*
P4169.	Je n'ai plus peur, *Jean-Claude Guillebaud*
P4170.	Poèmes épars, *Rainer Maria Rilke*
P4171.	Le Détroit du Loup, *Olivier Truc*
P4172.	Dandy, *Richard Krawiec*
P4173.	Jacob, Jacob, *Valérie Zenatti*
P4174.	La Vie amoureuse de Nathaniel P., *Adelle Waldman*
P4175.	Suzon, *Louise Bachellerie*
P4176.	La Maîtresse du commandant Castro, *Eduardo Manet*
P4177.	Johnny : l'incroyable histoire, *Éric Le Bourhis*
P4178.	Le Voleur de morphine, *Mario Cuenca Sandoval*
P4179.	Les Réputations, *Juan Gabriel Vásquez*
P4180.	La Vie volée de Jun Do, *Adam Johnson*